I0647988

www.ingramcontent.com/pod-product-compliance
Lightning Source LLC
Chambersburg PA
CBHW031337020726
47499CB00005B/1311
9781961420212

قابيل السوري

قابيـــل الســوري

الفائزة بالمرتبة الأولى بجائزة دمشق للرواية العربية

حســين ورور

المخطوط: 2016 م

عدد الصفحات: 294

الطبعة الأولى: 2024

لوحة الغلاف: للفنان نصر ورور

الناشر: الخيّاط

ISBN: 978-1-96142-021-2

KHAYAT
Publishing

Washington, DC
United States
+1 7712221001
info@khayatpublishing.com
www.khayapublishing.com

حسين ورور

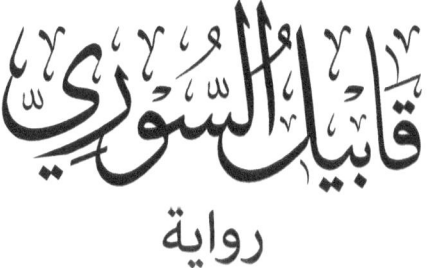

قابيل السوري

رواية

"حين يُذبح الإنسان أمام عيوننا،

لا يمكن لأيّ شيء

أن يبرّر لنا أن نمسك الريشة، ونكتب:

هذا ما عانيناه أثناء الحرب".

لوكليزيو

1

~~~❧~~~

الساعة تشير إلى السادسة مساءً، وقصدي مدينة لولا. السيارة العمومية التي اتجهت نحوها في مركز الانطلاق كان ينقصها راكب واحد. وكان أنا. جلست محشوراً بين اثنين في المقعد الخلفي. لفت نظري للوهلة الأولى شابّ في المقعد الأمامي يرتدي ثياباً تشبه ثياب عمّال البحر، ويعتمر طاقيّة من الكتّان الخشن.

يطلب هذا الشاب من شاب يجلس إلى جواره بمحاذاة النافذة، أن يتبادلا الأمكنة بحجّة أنه منذ سبع سنوات غادر البلد، ويريد أن يتملى ما استطاع من مناظر حُرم رؤيتها طوال هذه المدة.

- لكن الآن ليل وعتم. أعدك بأن تجلس مكاني بعد فترة.

- الآن!؟ (قالها بجلف!).

- أهكذا إذاً؛ ليس الآن، ولا في أيّ وقت آخر. أتفهم!؟

قال للسائق بلهجة الأمر، ومتوعّداً أن يتوقّف.

كان السائق قد شغّل المحرك وأقلع. توقف وهو ينظر إلى الشاب مستغرباً.

استغربنا جميعاً مثل هذا السلوك العدواني. حدّق فينا جميعاً. لاحظ استغرابنا. قال.

أنا فعلاً مشتاق لأرى البلد. ورأيت أن نبدأ الرحلة بشيء ما. أيّ شيء. أن نكون كالأصنام في رحلة طريق طويلة. شيء يبعث الغمّ. ألا يكفي أنه لا يوجد معنا ما تبدّد وحشة هذا الليل. ألا توافقونني الرأي بأن المكان الذي لا توجد فيه أنثى -ولو كانت هرّة- هو قطعة من جحيم؟!

بعد لحظات يفتح حقيبة صغيرة كانت معلّقة على كتفه. أخرج منها شريط مسجّل. ناوله للسائق ملتفتاً نحونا.

ستستمعون إلى أغانٍ لم تسمعوها من قبل. إنّها يونانيّة. سأترجمها لكم. لكن ليس قبل أن ننتهي من سماعها.

انصاع السائق لطلبه. شغّل المسجّل.

فعلاً كانت الأغاني جديدة بالنسبة إلينا. كلّها بصوت أنثوي. كان صوتها في الأغنية الأولى شجيّاً. في الثانية، كان عذباً. تشعر أنك أمام مياه تنساب رقراقة في جدول بطيء الجريان. الأغنية الثالثة على العكس، كانت تؤدّيها على لحن راقص. "خلاصة هذه الأغاني. هي الحب. المرأة مثل نحلة تتنقل بين الزهور لتجني العسل. مثل فراشة تتنقّل من زهرة إلى زهرة. الفراشة أفهم من بني آدم بالجمال، وأغبى منه في ذهابها باختيارها إلى اللهب لتحترق".

ساد الصمت بيننا لفترة تزيد عن نصف ساعة. كلّ منا شارد في عالمه الخاص. بالنسبة إليّ لا أدري كيف عادت بي التداعيات إلى نهاية خمسينيات القرن العشرين. أن تعود الذاكرة إلى ذاك الزمن، ليس بالأمر السهل، إلى بداية تشكّلي بعد مرحلة المراهقة التي لا تزال ترافقني إلى يومي هذا؛ فالفتاة التي كانت تغنّي لأهل القرية في أعراسهم، هي التي استأثرت بذاكرتي في ذاك الوقت. يسرح خيالي

في مجريات ما حدث لتلك الفتاة فيما بعد. كلّ ما أعرفه حتى تلك اللحظة أنها تزوجت، ولا علم لي بمصيرها فيما بعد.

يقطع الشاب الصمت الذي اعترانا جميعاً، بأغنية يونانيّة انسجمنا معها رغم عدم معرفتنا معنى كلماتها.

كان لحنها حزيناً جداً. قلت في سرّي لا شكّ أنها حكاية عشق مأساويّة؛ وهكذا كانت فعلاً بعد أن ترجمها الشاب لنا.

الليل وحده في الخارج من كان يتابع مسارنا إلى المدينة، التي هي كأيّة مدينة في صخبها. زرتها ثلاث مرات من قبل. كانت في كل مرّة تتألّق أكثر. زيارتي الثالثة كان لها طعم خاص؛ ولأنني لست من روّاد النوادي الليلية، كنت أكتفي بارتياد مقهى شعبي، أو دار للسينما، أو (كافتيريا) لأرتشف فنجاناً من القهوة، وأغادر. تجلّى الطعم الخاص في ذلك المكان. النادلات فيه حسناوات وزينتهنّ بسيطة جداً. يعتمدن على الإغراء الذي يغوي الرجل المكبوت. تنوّرة قصيرة سوداء تعطي بياض الساقين، ذلك الوهج الذي يقود الذهنيّة المقموعة إلى الما بعد، إلى الأعلى، حيث العتمة.

الفتاة التي قدمت لي القهوة، قالت.

- أتستضيفني بفنجان قهوة أحتسيه معك؟

- ولم لا؟

أحضرت قهوتها، وجلست قبالتي. كان جلوسها مواربا، يتيح لي أن أرى ساقها المرفوعة فوق الأخرى. أشارت إلى الرجل الذي يعطي الأوامر للنادلات.

- حذار من أي شيء يثير الشكوك! إنه زوجي.

خدعني مظهرها في البداية. ما اعتقدت إلاّ أنّها لا تزال بكراً.

- لا بد أن هناك سرّاً في الأمر؟ قلت لها هامساً.

- أنا لست من هذه المدينة.

قاطعتني.

- ليس مهماً.

عرفت فيما بعد أنها مرسلة من قبل شخص له باع طويل في بلدها بعالم البغاء، ويعتقد الناس أنّه انتهى من هذا العالم. أما كيف وقعت هذه الحسناء بين براثنه؛ فتلك قصّة طويلة. في الأيام التالية من ذلك اللقاء بها، فضفضت لي بما يؤرّقها:

"كانت أمّي لا تزال فتاة صغيرة حين اضطرتها الظروف لأن تعمل خادمة في بيت أحدهم. أمّي كانت يتيمة الأبوين. طُردت من هذا البيت حُبلى بي. هذا ما عرفته بعد وفاة أمّي بمرض خبيث، بسرطان في الرحم"

(استغربتُ كيف راحت تحدّثني بهذه الصراحة. تابعتُ الإصغاء) وتابعت حديثها.

"لجأتُ إلى أحد معارف أمي. بدأت مع هذا الرجل حكايتي. بصراحة، كان قوّاداً! بسببه وصلت إلى هنا. ما حدث معي في رحلة عمري القصيرة تحتاج إلى شكسبير ليروي تفاصيلها، ومجلّدات لتستوعبها. ما الذي ترجوه من امرأة اختبرت عشرات الرجال الفاسقين؟ ما أحسّه الآن بعد كل ذلك، أن روحي لا تزال عذراء. لهذا أصارحك!".

صحوت من شرودي. الساعة الثالثة بعد منتصف الليل. بدأت تغيب صورة تلك المرأة تدريجيّاً من خيالي. النساء المدمّرات في هذا

العالم بعدد النجوم. أعاود النظر إلى الشابّ الذي يبدو أنه صحا هو الآخر. وراح الركّاب الآخرون يتململون تباعاً بعده.

سأله السائق:

- أين سرحتَ في هذه الغفوة؟

- في عوالم زرتها ولم أشبع منها!

- مثل؟

- الحب!

- ومن يشبع منه!؟ وغيره ماذا؟

- البحر.

- وماذا غير البحر؟

- الطفولة.

- أنت تحكّ لي على بيت الجرب. كما يقال. أنا مثلك؛ كلّ الذي ذكرت لم أرتوِ منه.

يسترسل الشاب بحديثه للسائق بصوت يسمعه الكلّ دونما أيّ حرج، رافعاً الكلفة بينه وبيننا نهائياً:

"أوّل حبّ لي كان أيام المراهقة. أحببت فتاة تربيتها دينيّة متزمّتة. تركب رأسها فكرة أنها قدّيسة. تريد أن تصعد إلى ربّها. كانت النهاية أنّني قلت لها: الله معك. أنا لست قدّيساً. أنا ابن هذه الأرض. أعيش عليها، وأموت عليها، ونهايتي في التراب. الحقيقة؛ أنّها لم تخلق قدّيسة. أهلها صنعوا منها الشيء الذي يخالف طبيعتها. ردّ الفعل عندها كان قويّاً. لم يكن يتصوّره أحد. أحبّت رجلاً ثريّاً. الأصحّ أنه

اشتراها بالمال. عندما صَحَتْ على هذه الحقيقة، لم تعد إلى بيت ذويها. يقال إنها هربت إلى بيروت. ومنها إلى بلد خليجيّ. وغير ربّك لا يعلم ما مصيرها!".

"الحب الثاني لي كان لراقصة تعمل في ملهى ليلي. صدّقني أنها كانت أقرب إلى أن تكون قدّيسة من إنسانة تتقاذفها الأقدار. اكتشفت أمراً سبّب شرخاً واسعاً ما بيننا. بطاقتها الشخصية كانت محتجزة لدى رجل يستغلّها. يغتصب قسماً من دخلها بسبب هذه البطاقة.

(يزفر زفرة طويلة) كنت جباناً. لم أضع حدّاً له. تركتها إلى مصيرها. كان الرجل جشعاً فورّطها في الدعارة!".

"الحب الثالث كان للمغنّية اليونانيّة التي أسمعتكم صوتها. أو الأصحّ أحببت صوتها. ولم أرها. الأذن تعشق أيضاً. وهذا صحيح».

نظر الشابّ إلى الخلف. استعرض وجوهنا. شعرت أنه يستحثّنا على إبداء الرأي فيما قال، أو أنّه يريد لنا ألاّ نظلّ صامتين.

نظر السائق نحونا من خلال المرآة الأمامية. قال: الشاب يريد أن يعرف رأيكم. لكن لماذا لا نتعارف أوّلاً؟

الشاب الذي كان يتحدث قال.

- الجميل في بلادنا أن التعارف يتمّ بسهولة. إلاّ ما ندر! لطالما بعد سويعات من الزمن سنفترق. والفراق دائماً يلاحقني أينما ذهبت. سوف أفضفض بكلام كثير يكاد يقتلني. سبع سنوات لم أقله لأحد إلاّ لنفسي. هل يزعجكم هذا؟ أراكم لذتم بالصمت! أحدكم يقول لي لا!

انتظرت برهة ليوافقه أحدهم. كانوا خرساً. قلت له:

- بالنيابة عنهم، أريد منك أن تفصح بما تشاء. وتقول ما تعتبره سرّاً، أو مباحاً!؟

لكأنّما فتحت سدّة لمياه مختزنة منذ زمن. يتململ الشاب. ينظر إلى الخلف. يبتسم لي.

- ليت حياتي تشبه اسمي يا صاحبي؛ فأنا اسمي طعّان. حياتي كحياة ذرّة غبار تلعب بها عاصفة. أذكر أن أمّي قالت لي: "لو لم أخف عليك من العين، لقلت للناس كيف وأنت ابن كذا شهر مشيت دون أن تمرّ بمرحلة الحبو". ربما كان الله يريد أن يسارع بعمري ليقصفه. المهم أنّني جئت إلى الدنيا؛ على الأقل لأتعرّف إليكم وتتعرّفوا إليّ. أرجو ألاّ يؤاخذني أيّ منكم بسبب ثرثرتي الزائدة. هذه إحدى الصفات التي أكره أن تكون من صفاتي. كنت أتمنّى أن أكون صموتاً. السكوت من ذهب، كما يقال. لكن!

أوّلاً أنا لم أختر اليونان في أوّل أسفاري، أو سواها لأسافر إليها؛ إنما هي اختارتني. إنها مثل أي بلد. فيها الحسن وفيها القبيح. لكن على الأقل خرجت من عباءتها الفلسفة والأخلاق. لكن للأسف، لم أكن ميّالاً إلاّ إلى العكس!

فيها بيت عبادة. وفيها ما حرّم الله! بالنسبة إليّ كنت مهيّأً لأن أكون في الجانب المظلم. ربما لأن حياتي بدأت في هذا الجانب. لا أعرف أن لي أب. أتكلم بصراحة أمامكم، لأن الكيل طفح عندي، ولا أدري كيف ولدت عندي شهوة البوح بما يعذّبني لأيّ إنسان من بلدي بعد غيابي عنه. على الرغم من أنّ حنيني إليه، ليس أكثر من حنين الضفدعة للماء.

لا أتمنّى أن يقول لي أحدكم: الأفضل أن تغيّر لنا هذه الأسطوانة!

كان بودّي أن أغنّي لكم باليونانيّة لأسلّيكم، مع أن صوتي ليس رخيماً؛ لكن مزاجي معكّر. صدري مثقل بما أنا بحاجة لإزاحته عنه.

أحسّ أن صخرة كانت على عظام صدري، وزحزحها القدر. لقد غادرت بلدي كالمجنون قبل سبع سنوات، وعدت إليه بالحالة ذاتها. أبحثُ عن أمّي دون جدوى.

يستغرق طعّان في ماضيه. يعود إلى وعيه الأوليّ. يتذكر الأسرة التي احتضنته.

وهو يعتقد جازماً أنها أسرته الأصلية. لم تظهر المرأة التي كانت بمثابة الأمّ، ما يوحي له أنّها ليست أمّه. كذلك الرجل الذي لعب دور الأب. لم يعرف أنّهما ليسا أبويه، حتى بلغ العاشرة. عرف ذلك وهو في المدرسة. كانت إحدى المعلّمات تعامله بتميّز عن جميع أقرانه. ينتبه طعّان إلى أنّه يُعامل من قبل هذه المعلّمة معاملة خاصّة، جعلته يتعلّق بها.

اصطحبته المعلّمة إلى منزلها أكثر من مرّة. تعرّف إلى أولادها. أحدهم كان مجايلاً له. يسمع هذا الولد من أمّه حكاية طعّان، وهي تروى لها من قبل صديقة كانت زميلتها في المدرسة الابتدائية، فيسأل طعّان ذات يوم بكلّ براءة:

- أين أمّك يا طعّان؟

- أمّي في المنزل!

- أسألك عن أمّك الأساسيّة؟

- .....!

(الأسرة التي احتضنته، لم تقل الحقيقة. كما لم تقل له أنّ أمّه تزوّجت إلى مدينة أخرى، وآثرت أن تهرب من واقعها كي لا يُفتضح أمرها، بعد أن عهدت بطعّان لهذه الأسرة كي تتبنّاه، ثم غادرت المدينة، وانقطعت أخبارها).

بدءاً من تلك اللحظات راحت الشكوك تتناسل عن حقائق متخيّلة، تتخمّر عن وقائع لا وجود لها إلاّ في رأس طعّان.

لم يفصح لأحد في البداية، عمّا كان يدور برأسه من هواجس، من أسئلة مؤرّقة. كان دائماً يتساءل في سرّه:

- لماذا يخفون عنّي الحقيقة؟ لا بدّ من سرّ!

كانت الأيام تسيل في الزمن بطيئة. لن تتسارع إلاّ في الوقت الذي رأى فيه أنّ كلّ شيء غدا مثل كرة الثلج. يكبر دون أن تكون لدى طعّان القدرة على فعل أيّ شيء في دحرجتها، أو تذويبها، أو أيّ شيء يكون فيه خلاصه، من قلق يستبدّ به، وربّما يقوده إلى سلوك عدوانيّ تّجاه محيطه، الذي لم يبالِ بمشاعره، ولا يعلم هذا المحيط بالأصل عنها شيئاً. كان هذا الجرح يتقيّح، ويغدو أشدّ إيلاماً. يتناسل عن جراح أخرى، كلّها كانت تنزف، أو كانت تندمل على دغل. كان جرحه الأساس، مثل بقعة زيت في بحر، ولا سبيل للسيطرة على ما يبعثه من ألم كلّما تذكّرها.

يقول دائماً في لحظات استعادته ذاك الهدوء العقلانيّ الفاتر، وهو يستعرض مأساته:

"لماذا لا تُقال لي الحقيقة، حتى ولو كانت أمّي عاهرة؟ لماذا لا يقال لي ما هو مصيرها؟ على الأقل؛ يا ليت صورتها لديّ، أو على الأقلّ أعرف شكلها. كم كانت تجتاحني الكثير من نوبات أريد خلالها أن أصعد إلى أعلى جبل في العالم، ومن أعلى ذروة فيه أصرخ: أمّ--ي..! توصّلت إلى نهاية أشدّ إيلاماً. كنت أبحث عن أمّي، فصرت أبحث عن صورتها. عن صورة لها. تعبت كثيراً، ولم أعثر على ما أبحث عنه".

كل شيء صار يضيق عليه، جلده. رئتاه. شرايين دمائه. حتّى ثيابه، وحتى الأمكنة. كم كان يتوسلّ أن تضيء له الطرقات شموساً، وتنير له دروبه في الليل، أقمار، ونجوم أخرى. كان قراره الأخير أن يفلت من المكان، لعله يرى المشهد كاملاً حين يبتعد عنه. مرّة واحدة لم يفكّر في أن يكون سلبيّاً. أن يضع الماضي خلف ظهره، ويمضي في دروب الحياة.

يتذكّر أنّه حين عمل ذات يوم في معمل للألبسة خلال العطلة الصيفية، كانت الفتاة فاتن تعمل فيه أيضاً، وقد أسرّت لإحدى زميلاتها -بسبب الحيف الواقع عليها من قبل زوج أمّها- أنّها ستهرب إلى اليونان، بواسطة أحد البحّارة المهرّبين، تعرفه امرأة ساحليّة متزوّجة من مدينتها. ظلّت هذه الفكرة تضجّ في رأسه، كلما أحسّ بضيق المكان عليه، أو بظلم أحد له. لكن هذه الفكرة ظلّت في رأس طعّان هاجساً، أكثر من خمس سنوات.

يُساق طعّان إلى الجيش. يحدث اشتباك مع العدو. تشترك فصيلته في ذاك الاشتباك بشكل فعلي. يشنّ طيران العدو غارة ليليّة عليها، فتفقد أكثر من نصف جنودها. تُضمّ بقية العناصر إلى كتيبة في الخطّ الأمامي بمواجهة العدو. تُطوّق هذه الكتيبة في إحدى المواجهات الساخنة، فتفقد أيضاً أكثر من ثلث عناصرها، ويأسر العدو أحد جنودها، هو الصديق الشخصي لطعّان. كانت ذكرى هذا الحدث تمرّ وكأنّها كأيّ أمر عادي يمرّ..

.....

كانت السيارة التي تقلّنا قد وصلت مع الفجر إلى مشارف مدينة (لولا).

تململ طعّان من غفوته. فرك عينيه بظاهر كفّه. ألصق وجهه بزجاج النافذة. قال:

- نكاد نصل المدينة. لكن لو تعرفون ما الحلم الذي حلمته؛ حلمت أنني أحرّر صديقاً لي من الأسر، أعتقد أنّه لا يزال حيّاً. إذا ثبت لي ذلك، فسأفعل المستحيل من أجله! (قال ذلك، وكأنّه يريد رؤية فيلم سينمائيّ، ولم يعلّق أحد عليه).

تدخل السيارة المدينة مع الفجر، وأوّل الضوء. ينظر من النوافذ مستغرباً:

- كأنّ كلّ شيء قد تغيّر! (يشير إلى أبنية على جهتيّ مدخل المدينة). لم تكن هذه الأبنية من قبل. يقول للجميع: أرجو أن يدلّني أحدكم على فندق متوسط الحال، كي أنزل فيه، ريثما أعرف أين سأستقر.

قلت في سرّي: أمر هذا الشاب مدعاة للعجب! التفت إلى الخلف. التقت عيناي بعينيه. سألني:

- هل ستنزل في فندق، أو أن أحداً سيستضيفك؟ أجبته متردداً:

- سأنزل في فندق.

- أتقبلني رفيقاً لك؟

- على الرحب والسعة.

***

"لماذا يجب أن نعود من الأسفار

بقلب يثقله الشتاء الغامر؟

على الطريق قطفت متاعب مجهولة

وكانت الساعات بطيئةً.

مورياك

2

عندما وصلنا مدينة لولا، ترجّلنا من السيارة. حمل كلّ منا حقيبته. وقفنا متقابلين في لحظة وداع، بعد لقاء رحلة قصيرة في الزمن. كان بطلها الشاب طعّان في كسره قاعدة السفر، التي غالباً ما تتّسم بالصمت، إلاّ في حالات نادرة كهذه الحالة. تعانقنا معاً بشكل عفويّ، وشدّ كل منّا يده على يد الآخر، كأنّما يعاهده على أمر ما.

قصدت وطعّان فندقاً، كان أحد أصدقائي في القرية قد حدّثني، عن أنّ عدداً من بنات النوادي الليلية، يقمن فيه كنزيلات بشكل دائم، وبينهنّ بنت قريتي (فتاة الغناء في الأعراس). في الوقت ذاته، أمَنّي نفسي بأن أحظى بلقائها.

استوقفت سيّارة عموميّة، وطلبت من سائقها إيصالنا إلى الفندق المقصود (الباهر). في الفندق، سجّلنا لدى الموظف المختصّ، وقادنا آخر إلى غرفة بسريرين في الطابق الثالث، إذ لم يكن في الفندق غرف منفردة فارغة. وضعنا حقائبنا، وخرجنا نقصد صالة الاستراحة في الطابق الأوّل، ويتبع لها في الداخل صالة طعام ومطبخ. استقبلنا النادل في صالة الاستراحة. لفتت نظري على الجدار المقابل، لوحة تشكيليّة لتشكيليّ محليّ رُسمت على ما أعتقد كمنظر طبيعي يليق

بالصالونات. لم أستطع أن أميّز توقيع الاسم عليها تماماً. انتبه طعّان لي، وأنا أنظر إليها. قال:

- تذكّرني الرسوم بما كنت أراه من رسوم في سفري إلى مدن في العالم. العالم يهتمّ أكثر منّا بفنّ التصوير. (يستدرك) ليس بهذا الفنّ فقط، بل بالفنون جميعها.

كنا قد اخترنا الزاوية التي نجلس فيها. طلبنا من النادل أن يسارع لنا بالقهوة. يستطرد طعّان بالكلام دون رغبة منّي بالإصغاء إليه. يقول:

- ليت أسفاري في العالم كانت للسياحة، لكنت رأيت العالم بعين غير العين التي رأيته بها. (دخلت الصالة في اللحظة فتاتان، وجلستا إلى طاولة قريبة جدّاً منّا) إحداهما كانت تهمس في أذن صاحبتها، وتنظر نحونا. انفجرت صاحبتها بضحكة عالية. تساءلت في داخلي:

- أتضحكان منّا؟! ما المضحك فينا؟! ربّما للفت أنظارنا!

نهض طعّان من دون أن يقول لي ماذا سيفعل. لم ألاحظ أنّه كان متردّداً. اتّجه نحو الفتاتين. دعاهما للجلوس معنا. وافقتا. لحظات وكانتا تلقيان السلام عليّ، وتشاركاننا الطاولة، دون أدنى حرج. بدتا، وكأنّهما تعرفاننا منذ زمن.

لا بدّ من التعارف، قال لهما طعّان، وقد عجبت من تصرّفه السريع هذا، ليؤكّد لي أنّه بتصرّفه هذا لا يحبّ اللفّ والدوران، وأنه يريد أن يصل إلى الهدف الذي يضعه نصب عينيه دون مراوغة.

قالت التي تجلس إلى يميني إنّهما تعملان في ملهى ليليّ، ولم تتحدّث عن طبيعة عملهما. ومن دون سؤالها عن اسمها قالت:

- اسمي ناديا.

سارعت زميلتها إلى الإفصاح عن اسمها مع ابتسامة عريضة:

- أنا رشا. (وهي التي انفجرت بالضحك قبل دعوتهما).

سألتهما عمّا إذا كانتا تعرفان ابنة قريتنا مغنيّة الأعراس. أجابت رشا:

- نعم نعرفها. ومن لا يعرفها؟! أضافت: لكنّها منذ ثلاثة أيّام غادرت، ولا ندري إلى أين. حتى الآن لم تعد.

عرّفتُهما من أنا، وبدوره طعّان عرّف عن نفسه باسمٍ آخر. قال

- أنا وليد من العاصمة.

أجابته رشا:

- لكن لهجتك تشبه لهجة أهل هذه المدينة!؟

- عشت فيها فترة من الزمن. أجابها.

ضجّت بي الشكوك. تساءلتُ في سرّي:

- ما اسمه الصحيح يا ترى؟ أم إنّه يكذب عليّ وعليهما. أعتقد أنّه لا يريد لهما أن تعرفا اسمه الحقيقيّ. ربّما خبرته بالحياة، دفعته إلى هذا، أو ربّما لأمر آخر!

لم أستطع إلاّ أن أعرّف عن نفسي بما هو صحيح. قلت:

- أنا من قرية قرب العاصمة. أعمل في شركة خاصّة. لم أزر سوى بلد أجنبيّ واحد بمهمة من الشركة، هو ألمانيا، ولم أعرف من ذاك البلد سوى مدينة برلين.

طعّان قال: مدينة لولا هي المدينة الوحيدة التي أعرفها من هذا العالم!... (هو لا شكّ يكذب؛ قلت في سرّي).

في حضرة المرأة، يحدث ما هو غير متوقّع. يلعب الكذب لعبته. الخيال أيضاً. تنتصب أقواس قزح، كي تمرّ من تحتها المرأة بكامل رضاها إلى عرش، أو إلى حبل مشنقة، أو على الأقلّ إلى سرير اغتصاب. أما الرجل، فإمّا أن يتحوّل إلى إله، أو إلى شخص وضيع وهشّ وشيء!

لا يُلام طعّان، وهو الذي قبل سويعات، كان مثل ديك حبش ينفش ريشه. كم أحسسنا بضعفنا أمامه في السيّارة، التي أقلّتنا من العاصمة. أحاول ألاّ تتّسع المسافة بيني وبينه، ويحدث فيها أيّ شرخ. في عينيه ثراء مراوغ يجعلك تعتقد أنّه يحمل كلّ معاني الصداقة. قال إنّه عمل قرصاناً؛ وليكن! قال ما هو أقسى من ذلك، الإنسان يُخلق إنساناً، والحياة تصوغه. لا عقله يكفي. لا إرادته تكفي. هناك ما هو أصعب من الموت، في رحلة الحياة التي نعيشها. لا بدّ أن يكون داخل طعّان ولو خيط من الخير، ولن أعدم الإمساك به إذا ما لاح لي. ما عرفته عنه، أنّه انفلت من عقاله، وآثر السفر، والمغامرة على الحياة المستقرّة لأكثر من سبب، افتقاده إلى حنان الأمّ، والأب؛ الفروق بينه وبين أقرانه؛ فأحدهم أضحى طبيباً، بسبب وضعه الماديّ، وآخر أيضاً صار مهندساً، ولديه مكتب، وموظفون، وآخر ابن تاجر، ولكلّ من شباب الأسرة، منزل، وسيارة، وزوجة. و. و.

كانت الجلسة مع ناديا ورشا، غير ما كان عليها أن تسير، لو أن طعّاناً كان صادقاً فيما يقول. تغيّر اتّجاه الريح بالنسبة إلي، أما طعّان فقد نال ما كان يرمي إليه. كان يريد قضاء ليلته مع امرأة، فقدّم نفسه بمظهر الإنسان البسيط الساذج، الذي لا يهمّه من الحياة غير الطعام والشراب والنساء. تلك الليلة قضيتها وحيداً في الغرفة، التي كانت مهيّأة

لي ولطعّان. قضيت الليلة بنوم متقطّع. وقع الكعوب العالية في الممرّ بعد منتصف الليل، والذي استمرّ حتى الفجر، وحده كان السبب!

لم يعد من رحلته مع فتاته، وأعتقد أنّها كانت رشا.

ففي جلستنا التي انقضت كانت هي طريدته. لازمني هذا الإحساس من خلال كلامه الملغّز معها، وتجاوبها بما هو مبطّن من الإيحاءات، أو الغمز. أكد لي بعد أن عاد إليّ في ضحى اليوم التالي أنّها هي فعلاً.

كان أوّل حديثه لي أقرب إلى العتاب. لامني لأنّني لم أصطد ناديا، التي كانت لديها رغبة في أن أقضي ليلتي معها، حسبما باح لي.

قُرع الباب. أطلّ منه النادل يدعونا إلى طعام الفطور، في صالة الطابق السفلي. لم يكن لديّ أيّ إحساس بالجوع. قلت لطعّان يمكن أن تذهب وحدك. فوجئ بما قلت:

– معقول؟! مستحيل أن أذهب وحدي. هيّا. يكفي أن تكون رائحة الطعام مفتاحاً لتأكل. هيّا.

انصعت له. قصدنا صالة الطعام حيث النزلاء الذين سبقونا على ما يبدو إلى الطاولات المحاذية للجدران. وجدنا لنا مكاناً على طاولة مزدوجة في الوسط، ومشتركة مع نزيلين آخرين. تناولنا طعام الفطور من دون أن يتكلّم أحدنا مع الآخر. إرضاء لطعّان تناولت الطعام، لا عن جوع. كانت عيناه تتطلّعان خلسة نحو الباب الخارجيّ بين الحين والآخر. حدسي يقول لي أنّه ينتظر مجيء صاحبته رشا. لم يكذّبني هذا الحدس. دخلت رشا، وتبعتها ناديا. كانت في الزاوية الشماليّة من الصالة طاولة محجوزة لهما. قصدتاها، وجلستا خلفها. يتقدم نادل نحوهما. تفتح رشا حقيبتها الصغيرة، وتعطيه شيئاً ما، أعتقد أنّه ورقة مطويّة.

راح طعّان يتابع ما يجري خلسة. بدا عليه التوتّر، ثم نهض فجأة، واتّجه نحوهما. لا أدري ما الذي كان يقوله لهما، إنّما حركات يديه توحي بأنّه يُشحن بالغضب. يضرب الطاولة بقبضة يُمناه، يتركهما عائداً. ينظر إلى الخلف. يتفّ. بينما كانت الاثنتان مندهشتين. ثم بدتا بعد هنيهة في وضع لامبالٍ.

حين صار قبالتي، كان لا يزال وجهه محتقناً بالغضب. قال:

- المرأة هي المرأة! ليس الحقّ عليهما؛ إنما عليّ. يستحسن أن نغادر. التافهتان لديهما مواعدة مع شر..... مثل أولئك لا يعنيهنّ من الحياة إلاّ أن يفتحن أفخاذهنّ لأسرع عابر!

كأنّما أصابته حمّى مفاجئة، أصابته نوبة من الهذيان لا يستطيع العاقل أن يُؤاخذه على كلّ ما قاله بحق النساء من سوء!

نعود إلى غرفتنا في الفندق. نجلس خلف طاولتها الصغيرة. أُفاجأ بأنّه تغيّر كليّاً. قال:

- يجب أن نغفر للمرأة ما يبدر منها. المرأة يا صديقي مخلوق غامض!

بعد فترة من الصمت. حدّق بي مليّاً. قال:

- حتى الآن لم أسمع لك رأياً، بعد كلّ الذي قلته بحق المرأة!؟

- يكفي أنني أصغي بكلّ جوارحي إليك.

- لقد اكتسبت في أسفاري الكثير من الخبرات بشأنها. زرت معظم دول عديدة. صدقني أنّ النساء فيها جميعها، مثل بيض خميس الأسرار. كلّ بيضة تُصبغ بلون مختلف، أو تُرسم عليها رسوم مختلفة، لكنّها جميعها حين تقشّر تكون بطعم واحد! قبل أن أغادر

البلاد كانت خبرتي ضحلة. صفر. بكلّ شيء. أجل. صفر. الأسفار تعلّم الكثير. المياه الراكدة تفسد. تتجرثم. أعجب كيف كانت المرأة في المعابد القديمة لها مرتبة عليا، أتعرف ما هي؟ هي (البغي المقدّسة) وفي المقابل فهي أيضاً إلهة. كانت تقدّم وليمة جنسيّة للعابرين، أو للكهنة. في أيّامنا مثل هذه البغي (منحطّة) عاهرة. (يتابع). أتريد رأيي؟ الرجل هو المنحطّ!

(استغربت لغته التي لا تصدر عن إنسان جاهل) تردّدت وأنا أفكّر في متابعة الحديث معه. سألته:

- قلت إنّك زرت الكثير من البلاد؛ وكنت قد قلت بأنّك عملت قرصاناً؛ كيف ذلك؟

- عملي كقرصان هو الذي جعلني أزور تلك البلاد. كانت أوّلها اليونان، وظلت المحطّة التي أنطلق منها إلى الأمكنة التي أقصدها.

- ماذا تعني لك اليونان الآن، وقد غادرتها، وأعتقد أنّك لن تعود إليها إذا التقيت بأمّك، وطاب لك المقام هنا؟

- اليونان؟ سأعود إليها ولو محمولاً على قفاي. أحسّ أنّ لي أجنحة حين أكون على أرضها. أخال نفسي مثل (أوليس)، حين أهمّ لركوب البحر. حتى حبيبتي، أخالها أثينا الأسطورية، حين أكون قربها

- لماذا اخترت اليونان دون سواها؟ سألته.

- اسمع يا صديقي. ذات يوم قال أستاذ مادة التاريخ، وهو يتحدث لنا عن الرحّالة: من لا يعرف اليونان، لا يستطيع أن يتكهّن ماذا سيحدث في القادم من الأيّام. عرفت فيما بعد أنّه يقصد أموراً كثيرة. (يسكت طعّان للحظات، ثم يبدو في حالة شرود، وكأنّي بسؤالي أيقظت فيه ما هو نائم من ذكريات، أو تصوّرات، أو أفكار. لا أدري.

يعدل من جلوسه. يقطّب جبينه شيء غامض. يتابع ما كان يبوح به): "بلد مثل اليونان ولدت فيه الأساطير لا يحبّ إلاّ المغامرين. الأساطير أنجبت الفلسفة. أساطيرنا أنجبت الفلسفة، والخرافة أيضاً. أنا لم أؤمن بالخرافة. كل شيء يجب أن ألمسه بيدي. لأن الغرب لا يريد لليونان أن تظلّ في المقدّمة، أفقرها وأغرقها في الديون. لم أشأ أن أقاسمها غذاءها، فلجأتُ إلى البحر، أبحث فيه عن رزقي. كسمكة أكون فيه، أو أخطبوط. قرّرت ألا أكون كالحلزون بين نبات اليونان الغضّ، أو على رمال شواطئه. كنت أستطيع أن أمارس أيّ عمل هنا، أو هناك، ولكن سأكون عالّة على بلد لجأت إليه كي أعيش. أردت ألاّ أكون غريباً فيه. ألقيت نفسي في البحر، وجعلت رأسي خارج الماء كي لا أغرق! (سكت هنيهة، ثم تابع....)

... حين وصلت اليونان، بحثت عن عمل حتّى جلي الصحون في مطعم، فلم أُوفّق. قصدت البحر أقضي أوقاتي على شاطئه. تارة أتمشّى، وتارة أجلس على صخرة قبالته أفكّر في مستقبلي دون جدوى، أو أتأمّل البحر، الأمواج، المدّ، الجزر، السفن القادمة. المغادرة. أصغي إلى صفيرها. أتعبّأ بما يحمله البحر، والسفن من أسرار. قصدت مقهى بحريّاً يؤمّه البحّارة. كان يؤلمني عدم التواصل معهم لجهلي لغتهم. (يسكت لهنيهة، وينظر إليّ ليعرف استجابتي لما يبوح به، ثم يتابع):

تمرّ لحظات أكاد أنفجر لإحساسي بضعفي أمام القوة التي يتمتّعون بها. بدونيّتي، بسبب وضعي كغريب. لم أستطع أن أكتشف عالمهم إلاّ بعد أيّام وأيّام؛ حدث وأن دنا مني أحدهم، وسألني بلغتي دون مقدمات:

- "أين رأيتك من قبل؟".

كان سؤاله ونظراته لي توحي بما لا يقبل الشكّ أنّه يعرفني، أو على الأقلّ أنه رآني في مكان ما، ويعرف أنّي سوريّ. للوهلة الأولى أحسست وكأنّ يداً من الغيب، أخرجتني من الضيق الذي أنا فيه. خلّصتني من دوّامة رهيبة، ووضعتني على برّ الأمان. تمالكتُ نفسي من فرحي المباغت. سألته:

- "أين تعرفني؟ أين تكون قد رأيتني؟ بصراحة، أنا في وضع لا يجعلني أتذكّر شيئاً".

- ""يبدو أنّك لم تأتِ سائحاً إلى هذا البلد. ما العمل الذي تفكّر أن تنخرط فيه هنا؟".

- "حتى الآن لم أُوفّق بأيّ عمل. لكن العمل في البحر يستهويني الآن؛ ولا أعرف لِمَ تماماً. يبقى ذلك من باب التمنّي".

- "العمل في البحر مغامرة. تربح أو تخسر. تلك هي المعادلة، وقد تخسر في النهاية نفسك!؟".

- "لا بأس؛ هذا ما أبحث عنه!".

- "الريّس ليس هنا هذا النهار. كن في هذا المكان غداً. تماماً في مثل هذا الوقت، وسأجعلك تلتقي به".

- "وهل سأعمل فعلاً؟".

- "الريّس من سيقرّر".

- "سأعرّفك من أنا قبل أن نفترق؛ أنا نبيل. أتمنّى أن تتذكّر أيّامنا في الصفّ الأوّل الابتدائي، خلال تلك الفترة التي عشتها في مدينتكم مع أخي الأكبر. يومها افترقنا، ولم نلتقِ بعد ذلك أبداً!".

***

3

ذهب طعّان إلى ذات المكان مبكّراً، إلى الشاطئ. لم يكن مبكّراً أكثر من اليونانيّين. ربّما كان قد قَدِم بعضهم منذ مطلع الفجر. السواحليّون في كلّ أنحاء العالم، بينهم وبين البحر ألفة عجيبة. يبثّونه ما في أعماقهم من أسرار. يناجونه كما لو كان حبيباً. يأخذهم إلى جزر بعيدة، إلى أحلام مستحيلة، وقد يأخذهم إلى تهلكة محقّقة. في البحر كما في البرّ، كلّ المتناقضات، والمتضادّات. فيه السمكة الناعمة، وفيه القرش الذي يفترسها. فيه المرجان، وفيه قناديل البحر. فيه من يسبح في زرقته، وفيه القراصنة. فيه كلّ ما لا يخطر على بال من مخلوقات، وأشياء

أمّا عندما يخذل البحر أحدهم، فيأخذ الشخص موقفاً منه، كما لو كان البحر إنساناً مثله. يمتنع عن زيارته، حتى لو كان لا يبعد عنه كثيراً، مع أنّ هدير أمواجه، يدوّي في رأسه ليل نهار. البحر هو ما يحلم به طعّان. يلتقي بالريّس الذي تحدّث عنه نبيل.

نبيل يعرف هذا الريّس جيداً. يعرف أنّه من سلالة رجل ليس بالأصل يونانيّاً. فرّ من بلده الأصليّ أيام الحرب الكبرى، ولجأ إلى هذا البلد، وسافر إلى إيطاليا، واكتسب جنسيتها، ومن هناك يدير أعماله. ربما يكون الريّس هو الوحيد من يعرف الحقيقة.

يلتقي طعّان بوكيل الريّس. كان هذا الوكيل يلمّ بالعربيّة ويتحدّث بها بلهجة مكسّرة تدعو إلى الضحك حين يلفظها، وكان أريحيّاً معه. قال له:

- ستتعلم أوّلاً كيف تقود قارباً آليّاً، كي تعمل عليه. عملك بسيط جداً، وممتع. سترافق العشّاق في نزهاتهم البحريّة، أو السيّاح. ثم حين تخبر البحر. ستذهب إلى أماكن أبعد. سيعلّمك البحر أن تكون مثله. لن أستبق الأمور. أعتقد أنك موافق على ما أقوله لك!؟ ها.. ماذا قلت؟

- أنا موافق. لكن أريد أن أعرف... (ويبتلع ما يريد أن يقول).

يقاطعه:

- أن تعرف كم الأجر. أليس كذلك؟

- نعم.

- الأجر سيكون مكافأة على الجهد. ليس هناك شيء معلوم. المكافأة ثلث ما ستكسب.

- أليست قليلة هذه المكافأة؟

بدأ وكيل الريّس منذ هذه اللحظة يظهر له بعض ما يبطن. قال وهو يفتل شاربه بعنجهيّة:

- لا. لماذا لا؟ لأن القارب لي. والبحر لي. أقصد للريّس! ضع هذا في حسابك دائماً. (ثم سكت، وتابع ينظر إليّ خلسة. عرف أنني أترصّد نظراته لي. قال متودداً):

- أنت شاب محظوظ. أنت لك أمّ تدعو لك ليل نهار بألاّ تتعثر، وأن تحظى دائماً بمن يساعدك.

صدرت عنّي ابتسامة صفراويّة بشكل عفوي كردّ فعل على ما قال. انتبه لي. قال:

- على أيّ حال، العمل ينتظرك، وستجد زملاء عمل فيهم كلّ الرجولة، وكلّ الطيب.

يبدأ طعّان العمل، ويدرّبه نبيل على قيادة الزوارق الصغيرة. يتعلّم التجديف اليدويّ. عضلاته القويّة كانت تساعده على ترويض القارب، والمناورة مع موجة عالية، أو مع تيّار. أضف إلى ذلك، عشقه الذي يتصاعد للبحر.

دخل في المرحلة التالية، من التدرّب على قيادة قارب بمحرّك آلي. كان يتغلّب على كلّ المصاعب التي تواجهه بفضل ذكائه، وإصراره على إجادة القيادة، والتمكّن من إصلاح الأعطال، التي يمكن أن تطرأ، في حال حدثت على نحو مفاجئ، ولم تكن في الحسبان.

كانت أولى المهمّات التي كُلّف بها، اصطحاب فتاتين في رحلة بحريّة قصيرة، لا يزيد زمن أدائها عن عشرين دقيقة. كان يراقبه أحد أزلام الريّس من مكان مرتفع على الشاطئ بواسطة منظار. إحدى الفتاتين كانت تنظر إلى طعّان بإعجاب، لكنه لم يبالِ بها.

رحلات بحريّة متعدّدة على مدار الصيف، وبعض الخريف كُلّف بها، معظمها كان متشابهاً. أجملها كان بالنسبة إليه، تلك التي كان الكرم فيها يفيض عليه من أعطيات، أو أطعمة. يعرف في قرارة نفسه أنّه مُراقب. يتحاشى الاقتراب من أيّ شيء يثير الشبهة. وكان حريصاً بالمقابل على الظهور بمظهر المخلص لعمله. الوفيّ لصاحب هذا العمل.

حلّ الشتاء، موسم سبات البحّارة. أرسل طعّان يقوده بحّار أقدم منه إلى نابولي في إيطاليا. هناك انتقل إلى مرحلة أعلى، هي التدرّب

على العمل كبحّار، على سفينة شراعيّة. تلاها التدرّب على قيادة مركب صيد، ومركب بخاريّ للشحن، ولم يحلّ الصيف حتّى غدا بحّاراً ماهراً، بعد اجتيازه الاختبارات جميعها.

يُفاجأ طعّان بحضور الريّس إلى نابّولي. يطلب من غريب أن يقابل (المعلّم) في منزله الكائن في أحد ضواحي المدينة. كانت شخصية المعلّم تبعث الرهبة. بدا له كإحدى شخصيّات الإقطاعيّين في القرون الوسطى، أو زعماء القراصنة الذين قرأ عنهم في الكتب، أو شاهدهم على شاشة سينما، أو تلفاز.

كان ذلك اللقاء بمثابة منعطف حادّ في حياته. قال له المعلم:

- أنت منذ الآن ستكون ريّساً لسفينة تجاريّة. أنت المشرف، والمرجع الأول والأخير عن بحّارتها. ليس مسموحاً لأحد أن يعصي لك أمراً، أن يعصي أوامرك. هناك مخلوقات بحريّة من حقّها أن تعيش!!

تلك الليلة لم ينم بسبب الشكوك التي أقلقته، وأرّقته حول التطورات التي طرأت سريعة على وجوده في هذا العمل. يتساءل في سرّه عن السبب. لا جواب! يحاول أن يختلق المبرّرات لنفسه. أخيراً استسلم لما قرّره المعلّم.

صباح اليوم التالي عاد إلى اليونان. كان أوّل مستقبليه نبيل. حدّثه عن رحلته العمليّة إلى نابولي. أخبره عن دعوة المعلم له، والمهمّة التي كلّفه بها. بدا الاستغراب على وجه نبيل. تساءل في داخله هو الآخر، عن سرّ اهتمام المعلّم به. لم يجد لذلك تفسيراً. لم يستطع إلاّ أن يسأله عن ذلك السرّ. هزّ رأسه كإجابة بالنفي. لم تكد شمس ذاك النهار أن تغيب حتى وصلت تلك المعلومة إلى كلّ العاملين في الميناء. كان الجميع بين مصدّق مثل هذا الخبر ومكذّب

كان معظم من صدّقوه في موضع حسد، أو غيرة على الأقلّ

ليلاً طلبه وكيل الريّس، وأبلّغه أنّ مركباً مجهّزاً ببضاعة ينتظرها مشتروها، على الساحل الآخر من المتوسّط. تحديداً في طنجة. هناك تفرغون الحمولة، وتجدون من يحمّل لكم بضاعة بديلة ستبحرون بها إلى نابّولي. يسأله طعّان عن نوع البضاعة التي سيبحر بها. يهزّ رأسه بالنفي. ثم يمشّط لحيته برؤوس أصابع يمناه بشكل لاإرادي (وكانت قد نمت على مدار شهور دون أن يمسّها بتشذيب):

- هنا أنا وأنت والآخرون صمّ بكم. أفهمت ما أعني!؟

هزّ طعّان رأسه بالإيجاب.

مع مرور الوقت، أجاد التكلّم باللغة اليونانية، وغدت لغته اليوميّة حتى مع ابن جلدته.

تذكّر الفتاة فاتن التي كان يعمل وإياها في مصنع الألبسة، وحلمها بالسفر إلى اليونان، وتمنّى لو يلتقي بها فيما لو كانت قد حقّقت هذه الأمنية فعلاً.

صار يشعر فيما بعد أنّه بحاجة إلى أن يتنفّس لغته الأصليّة، مع أيّ كان من هذا العالم. كان يغنّي كي يطرد عنه شبح الغربة الروحيّة، التي بدأت تستبدّ به. لم يكن الغناء كافياً، لأن يكون له مثل هذا الفعل. كم كان يتمنّى لو أنّ الغيب يحقّق له هذه الأمنية. - تجري الرياح بما لا تشتهي السفن!

...

في اليوم التالي كان على ظهر السفينة المبحرة إلى طنجة. مهمّته الوحيدة هي الإشراف على عمال السفينة فقط. لم يبالِ بتهامس العمّال

القدماء حوله. كانت تشرف على مطبخ السفينة امرأة خمسينية جادّة. يبدو أنها لا تعرف المزاح. حنطيّة البشرة. شعر قصير تسلّل له الشيب مبكراً، يغطّي بعضه منديل كالذي تتعصّب به الريفيّات في الحقول. عينان حادّتان. ترتدي دائماً وزرة العمل البيضاء، فوق قميص أبيض، وتنّورة حتى منتصف الساق. من يراها للوهلة الأولى يعتقد أن دماءها مزيج من كلّ دماء أهل الأرض. الحيويّة التي تتمتّع بها لم تُشاهد على امرأة بمثل سنّها.

...

يتأكّد لطعّان دون أدنى شكّ من خلال ما رأى في هذه السفينة، أنّها سفينة قرصنة. فيها كلّ شيء يخدم هذا الغرض. من مخزن السلاح والذخيرة، إلى كلّ ما فيها من أشياء: الحبال. الكلاليب. زوارق الإنقاذ الصغيرة. الدواليب المطّاطية المنفوخة سلفاً. حتّى التوتّر الذي يبدو على وجه البحّارة، وغيره.

مساء اليوم الأوّل من الإبحار صعد طعّان إلى ظهر السفينة يراقب، يتأمّل. كان كلّ شيء على ما يرام.

صعدت الطبّاخة أيضاً. وقفت على الجانب الآخر. دنا منها. حيّاها. سألها إن كانت بحاجة إلى أيّة مساعدة. شكرته على أريحيته.

...

عرف من خلال حديثه معها أن لها ابنة وحيدة، وأن زوج هذه الطبّاخة كان واحداً من ضحايا البحر، مات في ظروف غامضة، وانطوت قصّة موته، كقصص الكثيرين من البحّارة المغامرين، أو قل القراصنة

ابنتها كانت لا تزال طفلة بعمر سنتين حين فقدت الأب. أمّا هي فقد تعاطف معها صاحب السفينة، التي كان يعمل عليها الزوج،

وتعهّد بتشغيلها، ورعاية طفلتها التي غدت الآن صبيّة. استرسلت الأمّ في الحديث عنها لطعّان: "إنّها الآن تدرس الموسيقى التي شغفت بها منذ كانت في المرحلة الابتدائية، وهوسها الآثار، والتاريخ، والترحال. صوتها في الغناء جميل جداً أيضاً. قال لي صاحب السفينة حين لمس أن لديها هذه الموهبة: يا سيليفا سأقدّم لابنتك (سافو) كلّ ما تحتاجه حتى تقف على قدميها".

رنّ اسم ابنتها في رأسه. الهواء البحريّ يلفح صدره العاري. ينظر إلى سيليفا بعيون كشّاف هذه المرّة. يتأمّلها متفحّصاً ملامحها من جديد، محاولاً رسم صورة متخيّلة لابنتها سافو.

سيليفا تنظر إليه هي الأخرى، منتظرة أن يسألها أيّ سؤال عن ابنتها، لكنّه لم يفعل. أطرق رأسه متعفّفاً. قال في سرّه: "أين أنا من فتاة شغلها الموسيقى؟ أنا لي هدير البحر!". غادر طعّان مكانه، إلى مكان آخر من ظهر السفينة، دون أن يلتفت إلى سيليفا، التي تنتظر منه أن يفتتح أيّ حديث معها. قالت في سرّها: "فليكن.. هذا حظّي منكم أيها الرجال!".

بينما كان طعّان يتلمّس المنظار المعلّق برقبته، والمتدلّي إلى أسفل الصدر، ينخطف بفكره إلى الماضي البعيد، إلى رفاق الأعمال التي زاولها من قبل. إلى فاتن. متمنياً للمرّة الألف أن يراها. فهي تشبهه في صفةٍ واحدة، حبّها للمغامرة. "هل لا تزال على عهدي بها؟" تساءل، ثم ألقى هذا الهاجس خلف ظهره. هدير البحر يمحو من رأسه أمنية لا تحقّقها إلاّ يد القدر!

يلتفت إلى حاضره. يرفع المنظار إلى عينيه، ويمشّط مساحة واسعة تمتدّ أمامهما: "لا شيء إلا الماء والأفق البعيد".

في بطن السفينة حيث الطعام. النوم. الأحلام. الحكايات. الذكريات...

كلّ من يعمل على ظهر السفينة فريق واحد. تعدّ سيليفا لهم الطعام. أحدهم يذهب إلى المطبخ، ويأتي حاملاً ما أُعدّ لهم. فجأة تدوّي صفّارة إنذار تدعوهم للتأهّب من أجل أمرٍ طارئ. كانت في البعيد نقطة سوداء تتقدّم لم يلحظها طعّان. اتّضح له أنّها قارب آليّ سريع يتجه نحو السفينة. يقدّر طعّان أنه لقراصنة، وهذا ما كان فعلاً. فتح بحّارة السفينة النار من بنادقهم الآليّة على القراصنة القادمين، وكان على الموج أن يتكفّل بمسح آثارهم، وآثار قاربهم ليعود البحّارة إلى تناول طعامهم، وهم في حالة صمت وترقّب لما قد يحدث. يطمئنّ طعّان إلى أنّ رجاله أكبر بكثير، لمهمّةٍ أكبر، وأخطر من هذه المهمّة.

في عالم البحر كلّ شيء مستعدّ، ومتأهّب كلّ لحظة للعراك. للافتراس. لاختصار الحياة. لإلغاء الآخر بالتهامه غالباً؛ ذلك بالنسبة إلى كائنات البحر. تماماً كما على البرّ أحياناً. في البحر يتخطّى الإنسان هذه اللعبة؛ فهو مستسلم لقدره، في ذات الوقت الذي يكون فيه مستعدّاً للشجار، والعراك، أو إصبعه على الزناد، من دون أن يسلّم بالهزيمة أمام خصمه، لا أمام ملاك الموت.

كان هذا هو الدرس الأوّل العمليّ لطعّان كأقصر الدروس، وأوضحها، وربما سيكون أشدّها تأثيراً، وأبلغها حقيقة، وحكمة.

قالت له سيليفا بعد الذي جرى: "ليست هذه هي المرّة الأولى التي نُهاجم بها يا طعّان. كنّا نُفاجأ أحياناً بأنّ أحد بحّارتنا، أو بعضهم متواطئون مع المهاجمين. لكن ما مرّةً كُتب لهم النجاح".

كان كلام سيليفا له رسالة على قدر من الوضوح تقول: "انتبه أوّلاً لما يدور، أو قد يدور حولك".

طعّان يفتح عينيه جيداً.. وتبصّرُهُ باهتمامها بمصيره!

- هل تشرب القهوة؟ سألته.

- أجل.

- انتظرني هنا لأعدّها وأعود.

لعب الوسواس برأسه، وهو يفكّر في كلام سيليفا: "ربّما! أمّا في هذه الرحلة، فلا أعتقد أن يخونني أحد. الكلّ سيثبت لي أنّه عند حسن ظنّي به، وأنه يعزّز ثقتي ليس فقط برجولته، بل بإخلاصه أيضاً"

عادت سيليفا بصينيّة عليها ركوة يتصاعد منها البخار، وفنجانان فارغان. نظراته إليها فيها الكثير من التقدير والمودّة. لاحظتْ ذلك، فكان قيمةً مضافةً لارتياحها له.

في سرّها قالت: هو لا يخطر بباله أن أفتح عليه نار أسئلة لم يتوقّعها أبداً:

"حرام أن يُخدع مثل هذا الشابّ، أو يسير نحو الهاوية. سأقول له: حتى الآن أنت إنسان غامض بالنسبة إلينا. كيف دخلت من باب موارب، واستلمت الدفّة؟ هل تعتقد أنّ المكانة التي مُنحتها ستجعلك مطمئنّاً إلى النهاية؟".

.....

ألا تعتقد أنّ طاقم السفينة يطيعك خوفاً منك، لا احتراماً لك؟ ثمة أسئلة كثيرة لا تزال تدور في رأسي، سأسألك إيّاها؛ لكن ليس الآن!"

- أعرف يا سيّدتي حجمي تماماً، وفي المقابل أعرف أنّني في المكان الخطأ. إنّما سأفعل ما بوسعي أن أفعله، ليس إرضاءً لغروري، أو

خداعاً لذاتي؛ فحين تنتزع الريح ريشة من طائرٍ، ذلك لا يؤثّر على مواصلته رحلة الطيران. أنا من الذين انتزعت الريح من أجنحتهم أكثر من ريشة! همهمت سيليفا، وهي تفكّر بما ستجيب. رأت أن تغيّر موجة الأسئلة، وتستبدلها بحديث عاديّ يخلو من الإحراج، أو الألغاز

ورأى طعّان أن هذه المرأة ليست ضحلة، ولم يُلقها الزمن في هذا الموقع عبثاً: "يجب أن تكون سيليفا بوصلتي" قال في سرّه.

طعّان لا يعرف عن سيليفا شيئاً بالمقارنة مع حقيقتها. لديها من الأسرار ما يملأ الكثير من صفحات الكتب. لكنّها لا تبوح لأحد بشيء. في داخلها تضجّ مشاعر البوح لطعّان بكلّ شيء حتى بتاريخها الشخصيّ. ثمة أسرار مختنقة في داخلها، لا تريد أن تطفو على سطح حياتها، لا تريد حتّى لابنتها سافو أن تعرف عنها شيئاً. المسكين لا يعرف أنّه يسير في حقل ألغام. لا يعرف أنّه قد يلقى حتفه، ويختفي أثره. هو فرح الآن بعمله كزعيم بحّارة، وعلى حدّ زعمه أنّه سيستمر في العمل على سفينة تجاريّة. لا يدري أنه سيكون قرصاناً فيما بعد. لن أدع الحبل على غاربه!

- يا طعّان، اقترب مني. سأهمس في أذنك.

- ماذا يا خالة؟

انظر إلى هذا البحر.

- إذا لم تكن أكبر منه ستغرق!

قال لها وهو يبتسم:

- أعرف!

- أنا متأكّدة من أنّك لا تعرف شيئاً مما أنوي قوله لك.

تسترسل أمّ سافو:

"أبدأُ بنفسي. أنا الآن أقرب إلى أن أكون مقطوعة من شجرة، فابنتي سافو تعيش عالمها الخاص. تدرس الموسيقى، والماضي الذي لن يعود، وعالمها أفلاطونيّ. عالم خلود الروح. وهلوسات لم أفهم منها شيئاً. كانت تخيفني وهي تستغرق في التحدّث في هذا الموضوع. أرتاح حين أبتعدُ عنها. وفي الوقت ذاته أحنّ إليها، وأخاف عليها. أحسبها وهي تهلوس أنّ نوبة جنون قد أصابتها. رفضتْ مراراً أن أعرضها على طبيب نفسيّ، أو عالم روحاني. أكلّمك الآن، وقلبي معها، وأفكاري تحوم حولها، ولمّا كانت الموسيقى تشغلها معظم الوقت، فهذا ممّا يخفّف قلقي عليها، وتوتّري بشأنها. مع إدراكي أنّ قلبها كما الحجر بشأني. الأمر الذي يشغلني دائماً هي أنّها اختارت دراسة التاريخ والآثار قبل أن تتّجه إلى الموسيقى، وكانت في وضع نفسي لا تُحسد عليه".

بعد لحظات من صمت، ومن دون أن ينظر أحدهما إلى الآخر، طلب طعّان منها، أن تتابع، وتقول أيّ شيء.

نظرت إليه بحنوّ، وتابعت بلهجة أقرب إلى تحذيره خوفاً عليه:

"أخاف أن يصيبك ما أصاب السندباد يا بنيّ.. السندباد مثلنا كان عالمه البحر. تقول الحكاية التي سطّرتها (ألف ليلة وليلة) عنه إنّه حين غرقت سفينته لجأ إلى جزيرة قريبة، وأنّه من شدّة تعبه نام حتى الصباح، ليستيقظ ويرى شيخاً بحاجة إلى المساعدة، رفض أن يتكلّم مع السندباد إلاّ بالإشارة، وطلب منه أن يحمله على كتفيه، وينقله إلى ساقية قريبة، فاستجاب السندباد لطلبه، وحمله. عند وصولهما إلى الساقية أبى الشيخ أن ينزل عن كتفيه، بل قام بوضع

رجليه على رقبته؛ وحين حاول السندباد إزاحة رجليّ الشيخ عن رقبته، فوجئ بأنّ ساقيّ الشيخ قد تحوّلا إلى ساقيّ جاموس أسود؛ ومن شدّة فزعه حاول أن يرمي الشيخ الجاموس، لكنّه أحكم ساقيه أكثر على رقبته حتّى كاد يخنقه، ويغيّبه عن الوعي، وطوال الوقت يبول عليه، ويمنعه من النوم في الليل".

هل عرفت قصدي؟ أجابها، وهو في حالة ذهول، وتساؤل؛ إذ كان يتمنّى أن تستمرّ بالحديث عن ابنتها سافو، ولكنّ إحساسه بخوفها عليه، جعل من هذا الإحساس عزاءً له عن تلك الأمنية:

- لكنّ الحكاية لها نهاية يا خالة، والنهاية أعرفها؟!

- تقصد أن الشيخ قتل الوحش؟!

***

4

انتهت الرحلة إلى طنجة بسلام. لاحظ أنّ الكثير من الأمور لم يفهمها. غياب بعض البحّارة دون إذنه، وعودتهم تسلّلاً إلى السفينة، ومعهم أشياء مخبّأة تحت ثيابهم، يخفونها خلسة في أماكن سريّة تخصّهم. لا مجال لسؤالهم عنها؛ فأيّ سؤال حولها سيؤدّي إلى عداء حتماً.

أم سافو لم تغادر المركب، فهي تعرف طنجة بشوارعها، وحاراتها وأزقّتها، وتعرف كيف يعيش الناس فيها. كانت قد حدّثت طعّان عنها من قبل، وقالت له كيف عاشت مع زوجها لأكثر من خمس سنين فيها، وأن سافو ولدت فيها أيضاً. يسألها طعّان عمّا هو مميّز في طنجة. تتنهّد، وتقول بحرقة: كلّ ما فيها مميّز، حتى طريقة العيش. المميّز الأكثر لفتاً للنظر، هو التنوّع البشريّ. الطبيعة الساحرة. وجودها على شرفة من الأرض تشاهد منها أوروبّا. كنت أهتمّ بالتعرّف إلى الشخصيّات التي ولدت على أرضها، أو زارتها، أو ألهمتها في مجالات مختلفة. لم يكن يهمّه ما تقول هذه المرأة، فحسّه تبلّد عند حسابات معلّميه القراصنة. قالت أم سافو له حين شعرت أنّه كان شارداً، وهي تحدّثه يومها: ستندم!

يتذكّر طعّان تلك الكلمة الصادمة، فيطلب منها أن تحدّثه عن هذه المدينة، ووعدها أن يصغي إليها جيّداً، وأنّه نادم فعلاً على عدم

اكتراثه بحنينها لها. وتستعيد أم سافو حماسها للحديث عن طنجة التي أحبّتها الحب الذي يجعلها لا تنسى لحظة عاشتها فيها. تقول لطعّان

....طنجة تشبه أيّة مدينة بما فيها من عمارات وشوارع وبشر يسرحون، أو يعيشون فيها؛ لكنها أبعد ما تكون عن أيّة مدينة في الدنيا بروحها، وخصوصيّتها. حتى الحبّ فيها له طعم مختلف. لطالما في داخل كلّ إنسان ملاك وشيطان، ومن يغذّيه صاحبه أكثر، يكون قويّاً أكثر. هنا في طنجة مغارة أطلقوا عليها مغارة هرقل. يدخل إليها العشّاق. يكتبون على جدرانها أجمل تجلّيات عشقهم. للأسف أنّهم خارج المغارة يعودون إلى طبيعتهم، وإلى تربيتهم التي درجوا عليها. لا أعتقد أنّك زرتها يا طعّان. إن المرء يرى منها مدينة تاريفا الإسبانية، فيما لو كان الجوّ صحواً. في هذه المغارة أصابني مغص أوّل المخاض بولادة سافو. لا أنسى تلك اللحظة. لا أنسى ارتباك زوجي خلالها. يقال إنّ هذه المغارة تختزن الكثير من الأسرار التي لا يعرفها أحد، عمّن يدخلها كلصّ، أو كعاشق، أو كعاطل عن العمل؛ ذلك عدا عن الأسرار التي تكتنفها حول ما يقوله الناس عنها. الكلّ يعتقد أن نوحاً بعد الطوفان جاءته الحمامة، وفي رجليها الطين. قال: الطين جا. أي وصل اليابسة. ليس أجمل من أيّ شيء يعتقد فيه الناس في أيّ مكان في الدنيا، لأنّه جزء حيّ من هويتهم. أمّا تسميتها بمغارة هرقل.

حدّثتني عنها سافو. قالت:

"تذكر الكتب أنّ ذلك يعود لأسطورة إغريقية تقول إنّ شخصاً اسمه (آنتي) كان ابناً لـ (بوسيدون) و(غايا). وكان آنتي هذا يهاجم المسافرين، يقتلهم. وقد بنى من جماجمهم معبداً أهداه لأبيه، وأطلق على مملكته اسم زوجته (طنجة)، وكانت تمتدّ من سبتة إلى

ليكوس مدينة التفّاحات الذهبيّة قرب العرائش؛ لكنّ هرقل استطاع أن يهزمه، ويشقّ بضربة من سيفه مضيق البوغاز بين أوروبا والمغرب، وتزوّج إثر ذلك زوجة (آنتي)، وأنجبت له (سوفوكس) الذي أنشأ مستعمرة (طنجيس). ثم توقفت عن الكلام، ربّما نسيت ما تبقى من الحكاية وراحت تنظر إلى الأفق البعيد".

قال طعّان في سرّه:

عجيب أمر الغربيين، كيف يحفظون ما يشير إلى قوّة الغرب، حتى لو كان أسطورة، ولا يحفظون عن سواهم أيّ شيء، إلاّ ما يريدون حفظه! هي لا تعرف أنّني أعرف معلومات كثيرة عن هذه المدينة، وكنت حين أقرأ عنها أُصاب بالغثيان. ربّما فيها أيضاً، بكى آخر أمير أندلسي، وكان يستحق ذلك. لا أدري لماذا لم أحبّ هذه المدينة، ولا أحبّ أن أعود إليها ثانية.

بينما كان مسترسلاً في هذه الهواجس، والنظرة السلبيّة لطنجة، قطعت أم سافو عليه ذلك، سألته: ما هو أكثر شيء أعجبك في طنجة؟

نظر إليها وابتسامة صفراء، ارتسمت على وجهه. أجابها ببرود:

- أنتِ! ذلك لأنّكِ أحببتِها، ولأنّكِ أنجبتِ فيها ابنتك. أنا هنا بحّارٌ ولست سائحاً، ولا مواطناً. هي محطّة أملأ معدتي بها، وأقول لها وداعاً! والمهمّ أنّني لم أتشاجر فيها مع أحد. ما لاحظته للوهلة الأولى أنّ هويّة طنجة ممزقّة، وأن الغوص إلى العمق في التعرّف إليها سهلاً، بسبب ما مرّ عليها عبر التاريخ من محن، ومن سلطات، وأنظمة، وحكومات أجنبية، وغير أجنبية، وما جلبته هذه الجهات كلها لهذه المدينة من مصائب، ووجوه، ودماء، وفوضى، ليس من الصعب أن تلمس ذلك في وجه أيّ شخص تصادفه.

فوجئت أمّ سافو للوهلة الأولى بجلف طعّان في ردّه عليها، بل أحسّت أنّ هذا الردّ كان بمثابة صفعة لها، ولكنّها امتصّت هذه القسوة، لأنّها لا تريد أن تقطع التواصل معه، وفي المقابل راحت تفكّر لماذا كانت إجابته هكذا، ولم تصل إلى النتيجة التي أقنعتها. وشردت ذاكرتها تستعيد الفترة التي عاشتها في هذه المدينة. تذكّرت أنّها كانت كما لو أنها في قفص؛ فالناس في طنجة جذبهم موقع المدينة الساحليّ. الميناء الذي يستقبل السفن. إطلالتها على أوروبا، وإسبانيا تحديداً، إذ تستطيع مشاهدة التلال الإسبانية نهاراً، وأنوارها ليلاً. هي حلم الأفارقة الفقراء، بأنّها صخرة خلاص من الفقر، ومنصّة انطلاقهم إلى قارّة أوروبّا الغنيّة، بكلّ ما يدغدغ أحلامهم من ثراء، ونساء، ولذا ففيها الاستراحة التي تستوعب العاطلين عن العمل، والكسالى، والحالمين.

أمّ سافو، على الرغم من أنّ المدينة كانت محطة جميلة في بعض حالاتها لها، إلا أنّها بالمقابل كانت تعيش فيها منعزلة؛ إذ لم يكن الأوروبيون فيها إلاّ قلّة. كانت قد توصّلت إلى نتيجة مؤدّاها، أن أيّ مكان، ولو كان أقلّ من عشرة بالمائة من سكّانه من المتعصّبين لدين معيّن، ولباسهم يميّزهم بقوة، عن سواهم، كذا عاداتهم، وطقوسهم الخاصة جدّاً بهم؛ مثل هذا المكان سيكتسب هويّة هؤلاء، مهما حاول الآخرون فيه، من تعزيز ثقتهم بنفسهم، في أنّهم لون أساسيّ في نسيجه البشريّ.

***

5

بعد عودته من طنجة طلبه المعلّم إلى مكتبه في إيطاليا. رأى في المكتب رجلاً بزيّ عربيّ. دشداشة بيضاء، وعقال على الرأس فوق شماخ أسود، وشابّ بلباس إفرنجيّ، يودّعانه. قدّر أن هذا الشاب يعمل كمترجم لا أكثر. في يمناه حقيبة صغيرة، ويسراه سرعان ما خاصرت الشابّ في أثناء خروجهما، دليل على ثقته به.

طلب المعلّم من طعّان أن تكون الرحلة هذه المرّة إلى المغرب، وزوّده بتعليمات يتقيّد بها في مهمّته هذه:

.."سيستقبلك بعض الرجال، وتسلّمهم ما ستحمله معك من بضاعة، وتستلم ما لديهم من بضاعة. حاذر أن تسألهم أيّ سؤال مهما كان بريئاً، أو تافهاً. وهناك من سيحميك حتى تعود إلى هنا بسلام. يكفي عند إحساسك بخطر ما، أن ترفع راية كلمة السرّ، فتجد كلّ من حولك يشدّ أزرك".

يتذكّر طعّان أنّه كان قد رأى (أبو الدشداشة) أكثر من مرّة، وفي أكثر من مكان، وكلّها تثير الشبهات. تذكّر أنّه رآه يخرج ذات يوم من سفارة عربيّة في فرنسا. تتوقّف تداعياته عند هذا الحدّ، ليبدأ التفكير في الكيفيّة التي ينجز بها مهمّته. عاد إلى موقعه. لم يسأله الوكيل أيّ سؤال. كانت كلّ الأمور ميسّرة لطعّان في رحلته. لم يرافقه سوى ثلاثة بحّارة. أمّ سافو لم تكن في هذه الرحلة، بسبب قيام سافو برحلة أثريّة

مفاجئة إلى بلاد الشام، وتحديداً إلى القدس، والبتراء، وبصرى، وسيع، وكلّها أماكن تاريخيّة، كانت لليونان فيها بصمة، لا يمكن محوها من كتاب الحياة.

كانت أم سافو قد عقدت النيّة على أن ترافق ابنتها في زيارتها هذه، ولكنها تشاجرت مع سافو في اللحظة الأخيرة لسبب تافه، يتعلّق بلباسها، الأمر الذي حرمها من مرافقة ابنتها. كما أنّ أمّ سافو لم تكن متحمّسة بمرافقة طعّان إلى المغرب؛ فهي تعرف بحدسها وخبرتها، أن رحلة طعّان لا تتعدى عمليّة تهريب مخدّرات، وفيها من المخاطر ما لا يحمد عقباه. يدع طعّان القسم الأكبر ممّا ادّخره من مال مع أم سافو، التي تسرّ إليه أنّها لن تعود إلى العمل أبداً.

ينطلق في رحلته فعلاً حاملاً معه البضاعة الموصوفة، ويسلّمها حسب الخطّة المقرّرة، ولم يصادف أيّ معوقات تمنعه من إتمامها بسلام

لم يُفاجأ طعّان بغياب المرأة التي كانت بوصلته. لم يسأل أحداً عن السبب. عرف فيما بعد أن ابنتها سافو أجبرتها على ترك عملها هذا، والتفرّغ لها. والحقيقة غير ذلك؛ لقد تعبت. هذا كلّ ما في الأمر.

بعد عودة سافو من رحلتها الأثريّة، أفصحت لأمّها أنّ هذه الرحلة تركت لديها انطباعاً مغايراً عن دراساتها النظريّة، والمعلومات التي رسخت في ذاكرتها عمّا رأته بأمّ العين.

قال طعّان:

تعبت من هذا الكلام. أرى أن أتابع غداً ما جئت من أجله، مع أنّي حسبما يتراءى لي، سيكون الفشل حليفي، ولهذا فالأفضل أن أعود غداً إلى الشام. إلى سوريا، وهذا ما حدث.

***

6

عام 2010

في الشام. حين كان يقطع ساحة باب الجابية، ليدخل شارع مدحت باشا (الشارع المستقيم) تجتاحه تخيّلات لا عهد له بها. للمرّة الأولى يتذكّر أشياء لم تكن في رأسه من قبل، رغم أنّه يعرف هذا الشارع معرفة تامّة، يستطيع أن يقطعه مغمض العينين، أو لو أنّه أعمى؛ لقد عمل أجيراً لدى العديد من تجّاره، ومهنييّه، كما عمل في زقاق البرغل، وفي سوق الصوف، وفي سوق البزوريّة، وما يتفرّع عنه من أزقّة أخرى كان كلّ شبر فيه يعيه تماماً.

يتابع السير باتجاه ساحة الحريقة. خطاه متثاقلة. يتوقّف قليلاً أمام مخزن ما، ثم يتابع سيره البطيء.

يتابع السير حتى ساحة الحريقة. يرى مجموعة من التجّار تدخل أحد المخازن. يتوقّف ويصغي إلى اللّغة التي يبرطمون بها. يتأكد له أنّهم أتراك من خلال معرفته الكثير من مفردات هذه اللغة، وكان قد تعلمها من أحد البحّارة العاملين معه. وأغراه الأمر أن يطلب منهم العمل معهم. يعدل سريعاً عن هذه الفكرة، ويتمنّى لو لم يترك النقود أمانة مع أمّ سافو حتّى يتاجر بها هنا، بعد أن لمس الحركة التجاريّة غير الاعتياديّة في السوق.

يتذكّر أحد التجّار الذين كان يعمل لديهم خلال العطلات المدرسيّة في سنوات الطفولة. يغذّ السير باتّجاه متجره. ينظر إلى الداخل. بائعان من جيل الشباب، خلف بسطة لم يعتد أن يراها من قبل: "كأنما كل شيء متغيّر. الديكور. نوعية البضاعة، ونوعية الزبائن أيضاً".

لم ير صاحب المتجر الأساسيّ الذي يعرفه، فخمّن أنه متوفّى، وذلك بعد أن تأكّد من اسمه الذي لا يزال في أعلى الباب.

يتابع السير نحو سوق الحرير، حيث أحد المحلّات التي يملكها شخص، كان بين ولده إبراهيم، وبينه صداقة طفولة متينة. يدهشه هذا السوق بما فيه من معروضات، كلّها بالطبع تخصّ عالم النساء، من أدوات زينة، وتجميل، ومعظمها ممهور بماركات أجنبيّة، الكريمات، وعلب المكياج، والعطور، وآلاف الأشياء التي تحوم حولها المرأة على أمل أن يزيد جمالها جمالاً، وفتنة، وغوى، وإغراء.

يُفاجأُ بصديقه ذاته في المحلّ، وعدد من النسوة يخترن، أو يوضّب لهنّ ما اشترين. لم ينتبه إليه الصديق في البداية، بسبب انهماكه مع النسوة. وطعّان يتأمّل ما طرأ على ملامح صديقه إبراهيم من تغيّر. ينتبه إبراهيم إليه، ويخرج من المحلّ فارداً ذراعيه مرحّباً بطعّان، ويعانقه بحرارة، وكأنه غير مصدّق بوجوده.

يدخلان المحلّ على ضيقه. يجلسان، وتبدأ حكاية الذكريات. أأعجبتك الشام هذه الأيّام يا طعّان؟ يسأله بعفويّة.

- الشام أم الدنيا.. (يتابع بعد لحظات من صمت) لكن ما أراه في أسواقها من حركة، وسيّاح، وبضائع أجنبية، لم يكن مألوفاً من قبل!؟

- قيّض الله لسوريّة مرحلة انفتاح كبيرة، بعد عودة المياه إلى مجاريها مع بلدان الجوار، وتركيا بخاصة، والتخفيف من قيود الترانزيت، والمنافذ الحدوديّة، والتسهيلات الجمركيّة، كبوّابة لأوروبا، وبوابّة إلى الأشقاء، والزيارات الأخويّة على أعلى المستويات؛ حتى إن القرى الحدوديّة، رفعت الكثير من الحواجز، لا جوازات سفر، ولا، ولا حتّى ما يثبت شخصيّة الداخلين، والخارجين.

عرف طعّان أن والد إبراهيم يقوم بجولة في السوق، ليرى ما لدى تجّار الجملة من جديد عروضهم؛ فراح يصغي إليه ملهوفاً ليستمع المزيد، عن أحوال التجارة. يسأله:

- أتشجّعني على العمل بالتجارة يا إبراهيم؟

- "أشجّعك. نعم، فأصحاب المعامل، والحرف، طلبوا التخفيف من الاستيراد لأنهم تضرّروا، فلم تُصغ الدولة لهم. طنّشوا على طلبهم هذا. التجّار في اللوج الآن، ونحن منهم. أجل أشجّعك! لكن ألديك المبلغ الذي يتيح لك مثل هذه المغامرة؟".

- نعم لديّ؛ لكن المبلغ الذي يتيح لي ذلك، ليس تحت يدي الآن إنّه خارج البلد.

- تستطيع أن تدخل شريكاً، أو شريكاً مضارباً، فتشتري إجازة استيراد للبضاعة التي ترغب بها، وتسدّد ثمنها بالعملة الصعبة؛ أو تحاول أن تحصل على رخصة استيراد، وهذا سهل الآن. بالمال تحصل هنا على ما تشاء، ويستحسن أن تكون معك دولارات!

- لكن المبلغ لا يتيح لي أن أكون بين المضاربين، أو كما أنت تظنّ أنني أستطيع الاستيراد مثل غيري.

- أنصحك أن تذهب إلى تركيا، وهناك تقرّر ما ستفعل، على ضوء الواقع.. وبعد قليل سيكون وقت الغداء بالنسبة إلي، ولا تقل: لا.. سنكون معاً.

منزل إبراهيم لم يكن بعيداً. هو في القيمريّة، شرقي الجامع الأمويّ.

بدا إبراهيم متوجّساً من طعّان، حين علم منه أنّه كان يعمل مع القراصنة، مع أنه لم يجد في ذلك غرابة، فطعّان كان أحد أشقياء حلقة الطفولة التي كانت تجمعهما، وكان لا يتورّع عن إلحاق الأذى، أو الاعتداء غير المبرّر على أقرانه، أو على المارّة.

يفترقان، ويذهب طعّان في غير اتّجاه. يقصد سوق الحميديّة. بوّابة الصالحيّة. شارع الحمراء. تشحنه دمشق بطاقة عجيبة مغايرة في ارتياد المجهول، والدخول في دوائر غامضة، لا تفضي إلاّ إلى التهلكة، لأنها جميعها تنطلق من بؤرة واحدة هي (المال) عصب حياتنا المعاصرة. الدماء التي تغلي في شرايين ذوي الضمائر الميّتة من جميع شرائح البشر، وفي قلوب الجشعين الذين لا يعرفون إلى الشبع سبيلاً. ينسحب ذلك على مجتمعات بعينها، وعلى حكومات، وعلى أيديولوجيّات، وعلى أناس احتكروا الدنيا، والآخرة!

يودّع طعّان دمشق، وتغدو الشام بكلّ فتنتها خلف ظهره. ما أقسى أن يدير المرء ظهره لأماكن عشقتها الحياة، والطبيعة، والناس. عشقها الطير، فسكن بيوتها، ومعابدهم، ومحالّ رزقهم. عشقها الورد، فعرّش فوق جدرانها، وفي باحات دورها، وفي شرفاتها. عشقها الجمال، فاختارها أيقونة لعشّاقه، ومريديه. عشقها الحبّ، فاختارها للملاحم، والتغني بالبطولات، والأمجاد. عشقتها الحريّة، فاختارتها فضاء شاسعاً

لكلّ الحضارات وكلّ المعتقدات، وكلّ الأفكار. عشقها حتى الأعداء، فاختاروها لقعقعة سلاحهم، وصليل سيوفهم، وتناحرهم وإيغالهم بدم الأبرياء، وانتهاك الحرمات، وقطع الرؤوس، وجزّ الرقاب، والاتجار بنسائها، وأطفالها و..

يصل طعّان إلى أول مخفر حدوديّ مع تركيا. هناك يشاهد اكتظاظاً في الدخول والخروج، وتسهيلات لم يشاهدها بين بلد وآخر، إلاّ عند هذا المعبر. عَبَرَ الحدود دون أن يستوقفه شرطيّ، أو أيّ رجل أمن. لفتت نظره الشاحنات، والمقطورات الداخلة، دون أن تخضع لأيّ تفتيش كان، أو أيّ تدقيق بحمولتها.

تذكّر عبارات قالها له صديقه إبراهيم: تستطيع أن تمرّر ما تشاء، حتّى الممنوعات، والسلاح. بالمال.

عينا طعّان لم تلحظا سوى ما تفكر فيه روحه المنحرفة، التي لا ترى غير أحلامه، وأهوائه، وطريق الشرّ الذي انخرط فيه، وأعمى بصيرته عن كلّ ما يجب أن يراه على حقيقته، في الذات، وفي الآخر، وفي أيّ شيء. يثيره ما يرى من حركة نشطة في هذا المكان. يتحرّش بأحد العابرين نحوه. يسأله ما إذا كان يحتاج إلى خدمة ما. يجيبه هذا الشخص:

لديّ بضاعة أريد إدخالها إلى بلدكم، هل تستطيع مساعدتي، ولك منّي أحلى إكراميّة. ها. ماذا قلت؟

لم يسأله طعّان عن طبيعة هذه البضاعة.

أجابه: أجل. أنا بخدمتك!

(يعرف هذا الشخص أنّ من السهل على السوريّ إدخال ما يشاء،

بحبّة مسك يسترضي بها الخفير في ذلك الوقت المفتوح لما هبّ، ودبّ، ولا يدري أنّ ما أدخله ليس إلاّ أجهزة للكشف عن المعادن والذهب الموجود في باطن الأرض).

تمرّ البضاعة بسلام، ويلتحق بها ذلك الشخص، بدخول موارب دون إبراز أيّة وثيقة تثبت هوّيته، وينقد (طعّان) مبلغاً، يكتشف فيما بعد أنّه دولارات مزوّرة، فلا تغضبه هذه الخديعة، ويعتبره درساً يضيفه إلى ما تعلّمه من دروس، والحقيقة غير ذلك تماماً؛ فهو يجهل من هو خصمه، وأين آل به المقام، ومن العجز أن يشكوه لأيّة جهة، يستطيع من بواسطتها الحصول على حقّه، كما لم يغضبه أنّ مثل هذه النقود المزوّرة ستكون كالبكتيريا السامّة في ربوع بلد وُلد فيه.

يقضي ليلته في فندق قريب من الحدود، ويعود في اليوم التالي إلى ذات المكان الذي خُدع فيه، ليقتصّ، أو ليصطاد. رأى أحدهم، وأمامه بعض الصناديق، والطرود، ولفّات من السجّاد الآليّ. يعرض عليه خدماته، فيجد ذاك الشخص ضالّته التي يبحث عنها. يشرح له عن محتوياتها بإسهاب كاذباً، إلاّ في موضوع السجّاد. يوافق، قبل أن يتفّقا على المبلغ الذي سيحصل عليه، لقاء إدخال هذه البضاعة. يفكّر طعّان بأن يسوّي صفقة الإدخال مع الخفراء، فيُطلب منه مبلغاً كبيراً، لا يتناسب مع نوع، وثمن البضاعة حسب ظنّه. يفصح لصاحب البضاعة بالرشوة المطلوبة. يدفع به ليوافق فوراً. فيتمّ ذلك سرّاً، وبهدوء.

ولكن لسوء طالع طعّان، تنفرط إحدى الطرود نتيجة سقوطها عن كتفه، فيظهر ما كان خافياً. حبوب مخدّرات، تلفت أنظار كلّ من

كان في المكان، ينطلق طعّان كالسهم داخل الحدود التركيّة، وينجو، ولم يعد يعلم ما آلت إليه الأمور.

يصل مدينة أنقرة. يقصد فندقاً متواضعاً كان قد نزل فيه من قبل. لاحظ أنّ معظم النزلاء من سوريّين، أغرتهم التجارة الرائجة بين البلدين، والانفتاح الذي جعل المجالين التجاريّ، والسياحيّ، في ازدهار لم يعرفه البلدان أبداً.

طعّان، لا يعنيه من تركيا أو سواها أيّ شيء، أمام تطلّعاته، ورغباته، وهدف المال الذي هو عقدته الأساسية، لتجاوز الدونيّة المستأثرة به منذ الطفولة، لأسباب كامنة في داخله، وتغلي في دمه دون نار، ودون دخان.

يجلس في صالة الفندق، وهو يراقب النُزُلاء، مدقّقاً. لعلّه يحظى بمن يشاركه غرفته، ويكون الشخص المناسب للتعاون معه. كأنّه كان على موعد مع هذا الشخص. بنية قويّة. ملامح صارمة. نظرة قاسية. يغريه أن يفتتح الحديث معه. يسأله:

- أنت سوريّ، ولا شكّ. أحبّ أن نتعارف.

- أنا جعفر من جبال الشمال.

- وأنا طعّان من الشام.

- بالنسبة إلي أنا هنا أبحث عن مجال تجاريّ بخاصة لأمارسه. أنت.. لمَ أنت هنا؟

- أنا مثلك أبحث عن عمل، أيّ عمل. أهلي لا يملكون في قريتنا سوى بيتنا، وبضعة دونمات زيتون، لا تكفي أسرة من سبعة أشخاص

بدا طعّان غير مكترث به بعد أن سمع منه ما سمع. في سرّه أراد أن يعرف شيئاً عن النزلاء الآخرين.

- منذ متى أنت هنا يا جعفر؟

- منذ خمسة أيّام.

- أتعرف النزلاء هنا من أين؟

- كل واحد من بلد؛ لكن أكثرهم منّا. وهنا شاب لبناني من الشمال.

- من منهم؟

- أبو لحية. كان يجلس وحيداً حين كنّا في الصالة قرب الزاوية اليمنى. لقد اصطدمت معه في الليلة الأولى، التي نزلت فيها الفندق

- لماذا؟

- لا يريد لأحد أن يشاركه الغرفة، مع أنها لنزيلين، ولا أعرف لماذا انصاع له مدير الفندق، مع أنّه حسبما تأكّد لنا، لم يدفع سوى أجرة غرفة بسرير واحد.

- هكذا إذاً!؟ ورفع حاجبيه دهشاً، وبدا كمن يتوعّد. انتبه له جعفر.

- أنصحك ألاّ تصطدم معه.

(يهزّ طعّان رأسه، وتقطّب جبينه مع نظرة حادّة، تخفي الكثير ممّا يضمره نحوه).

- سأحاول أن!

يخرج طعّان إلى الصالة، فيجد الملتحي المقصود في الزاوية ذاتها، التي يجلس فيها عادة. يتّجه نحوه. يخاطبه بلطف، وودّ:

- السلام عليكم يا أخ.

- وعليكم السلام.

أنا ضيفك على فنجان قهوة. هل تستقبلني؟

(تملّاه الملتحي جيداً بنظرة من الأعلى إلى الأسفل، وبالعكس).

- هات الكرسي من خلف تلك الطاولة القريبة إلى هنا. واجلس!

أحسّ طعّان بأن النبرة، والأسلوب، اللذين بادر بهما ينمّان عن استهانة، وقلة احترام. أجابه بنبرة هادئة، وواضحة:

- قلت لك: أنا ضيفك!

- وإن يكن!؟

- أهكذا تعاملون الضيوف عندكم؟!

ليس كلّ الضيوف. أنت من الشا....

(قبل أن يكمل كلمة الشام، كوّر قبضته، ولكمه على أنفه، غيّبت صوابه، ونفر الدم من أنفه غزيراً، مما جعل كلّ من في الصالة، يقف مشدوهاً، مستغرباً ما حدث. ثم على جناح من السرعة تقاطر الجميع نحوهما، بعضهم يعالج نزف الملتحي، وآخرون يحاولون تهدئة طعّان وإبعاده عنه).

(جعلت هذه المفاجأة، التي لم يتوقّعها الملتحي، يمتصّ الضربة من شخص تحدّاه ضمن أصول اللياقة، والأدب، وبدا كمن يهمهم).

- إنّها خطيئتي! (قال هامساً).

(لم تمرّ ساعة من الزمن، حتى تّم جمعهما معاً، من قبل النزلاء وتراضيهما، وكأنّ شيئاً لم يكن، وانتهت تلك الحادثة على أكثر من ذلك. إذ طلب الملتحي من طعّان أن يشاركه غرفته، ووافق طعّان على ذلك).

يسهر طعّان، والملتحي (عابد) حتى الفجر، وكلّ منهما يروي للآخر سيرة حياته، مع إضافة قليل من البهارات، وشطب المواقف الرخوة، وإظهار اللامبالاة، في المواقف التي تمسّ الهمّ العام، وإبراز الجانب الرجوليّ المسيطر، والساديّ مع النساء، وعدم الرغبة في تشكيل أسرة، والإحجام عن الزواج، وكأنّهما تربيّا معاً، وفق قواعد أسريّة، قاعدتها الالتزام بركوب موجة الشقاء الإنسانيّ، والسباحة عكس التيّار في بحر الحياة الهادر. يسأله طعّان فيما لو كان يريد السفر معه للعمل في البحر، فيجيبه عابد:

- لم أُخلق لمثل هذا العمل، رغم أنني من عشّاق السباحة، ويكاد لا يمرّ يوم، إلاّ وتراني أصارع الموج في عباب البحر. وغير ذلك، فأنا بصراحة في مهمّة، وعليّ ألاّ أغادر هذه المدينة، بل هذا الفندق بالذات.

- وكيف تنفق على نفسك؟ ما هي طبيعة مهمتك؟ ليتك تصارحني؛ فقد أستطيع الوقوف إلى جانبك، وستجد بي المخلص، والوفيّ، والذي يُعتمد عليه!؟

- لا أشك بذلك؛ ولكن دعني أفكّر في الموضوع، وأشاور. غداً أجيبك.

(ينتظر طعّان، الغد، والإجابة، على نار. يتصل عابد بمعلمه (الطير) في بيروت، ويصف له الصفات التي يتميّز بها طعّان، فيقول له: دعه يسافر، واطلب منه أن يظلّ تحت الطلب. زوّده بأرقام هواتفك، وأكّد عليه أن يأتي حين نطلبه، ولا بأس لو أعطيته بعض المال كهبة تساعده في الغربة، لكي يثق أكثر بك. وهذا ما كان من عابد..).

يسأله طعّان عن طبيعة العمل الذي يمكن أن يوكل إليه مستقبلاً، فيجيبه أن البوح بمثل هذه الأمور، غير جائز، ويرجوه أن يعذره

***

"فلسوف تلقى حتفك

إنْ سلكتَ

طريق العنف

مع المرأة"

الرامايانا

7

يتردّد طعّان بين زيارته أمّ سافو أوّلاً، أو معلّمه، وزملائه البحّارة، ثم يستقرّ رأيه، على أن يزور أمّ سافو. لم يكن يحمل أكثر من حقيبة ثياب صغيرة في يده. فكّر في شراء هديّة لها، ولم يسعفه ذوقه بتحديد هديّة مناسبة إلاّ حين تذكّر سافو، وخمّن أن تكون قد عادت من رحلتها الطويلة، إلى حضن أمّها. في سرّه تساءل عمّا يرضيها، أو بالأحرى يرضي الاثنتين. استقر رأيه على شراء باقة ورد، وشيء من الحلويات الفاخرة، وقميص لكلّ منهما.

استقبلته الأم بحنان بالغ، كما لو كان ابنها غائباً وعاد، وسافو صافحته بحرارة، كما لو كان صديقاً قديماً لها. قدّر أنّ الأمّ كانت تحكي لها عنه معجبة به. أراد أن يكمل صورةً تحملها عنه، بكلّ ما هو حسن، وجميل.

- لا بدّ أنّك جائع. (قالت له أمّ سافو. سارعت سافو إلى المطبخ، وعادت بالقهوة. تركت الأم فنجانها، ودخلت المطبخ لإعداد ما يتيسّر من طعام).

- كم كنت أتمنّى من قبل أن أتعرّف إليك يا سافو. أمّك حدّثتني الكثير عنكِ.

- وأنا أيضاً. حدثتني أمّي عنك.

- أرجو أن تكون..

(تقاطعه سافو).

- ماذا قالت لك أمّي عنّي؟

- قالت كلّ شيء حسن.

- هذا يعني أنّها لم تبن الوجه الآخر للعملة!؟

(بدا طعّان في حالة ارتباك، ودخول الأمّ أنقذه مما هو فيه).

- أهلاً بك يا طعّان.. اعتبر نفسك في منزلك..

(هزّ رأسه بالإيجاب).

- أنا أعتبرك كأمّ فعلاً. لا يسعني إلاّ أن أشكرك على اهتمامك بي.

- طعّان لطيف. (قالت سافو لأمّها).

- شكراً يا سافو.. (قال طعّان، ومنولوج داخلي صامت بتداعيات مرّة، وتذكّر أيّام مضت، والقرصنة كانت عنوان مرحلة قاسية من عمره، ويُمنّي نفسه ألاّ تكون أمّها حدّثتها عن المهامّ التي كان يقوم بها).

(يضيف طعّان كي يكسر صدمة الإجابة التي تلقّاها من سافو).

- هل كانت رحلتك ناجحة إلى بلدنا؟

- أكيد!

ما سرّ نجاحها برأيك؟

- أنا!

(لم يرق له أن يسمع منها هذه الإجابات المقتضبة، أتت الأم بالطعام، فكسرت غيظه المكتوم. راح يفكّر في طريقة مناسبة للتواصل معها، تكون ذات جدوى، لبناء علاقة، أيّاً تكون هذه العلاقة، وأيّاً يكون مستواها).

- لم أفهم ما تقصدين؟

(زمّتْ شفتيها، ونظرت نحوه بإشفاق).

- أنا متأكّدة من أنّك ستفهم حين تستيقظ! لا تسألني أكثر.

(تأكّد لطعّان أنّها تعرف أموراً كثيرة من خلال أمّها، فلاذ بالصمت، وعرف أنّها أوّل فتاة تخاطبه من علوّ، وقرّر المغادرة إلى حيث صخب البحر، وأمواجه، ومناراته، وسفنه، وبحّارته، وكلّ ما يبعثه من رهبة، أو..).

(تنفرد به أم سافو، وتسأله فيما لو يريد أن يستردّ الأمانة التي لديها، ودون أيّ تفكير بذلك، يعتبر طلبها من الأمور المؤجّلة..).

ثم تنفرد الأم بابنتها، وتسألها رأيها بطعّان. تقول لها إنّه مادّة خام، يلزمها الكثير، حتى يتعرّف المرء إلى معدنها الحقيقيّ -وفيما لو كان من معدن أصيل- لن يكون له مثيلاً؛ فهو ذكيّ، وجذّاب، وجريء.

يقصد بعد هذه الزيارة صديقه (نبيل)، ويصل في اليوم التالي، فيستقبله بلهفة، لأنّه يعوّل عليه الكثير حسبما قال له، في مساعدته على تخطّي محنة وقع بها مع أحدهم، بشأن امرأة تعمل في أحد البارات، وحتى تاريخه لم يستطع التخلّص من هذه المشكلة.

يطمئنه طعّان بأنه سيعالج هذا الأمر فوراً، وأنه سيستطيع السيطرة على خصمه، مهما كان الثمن.

قبل أن يعالج طعّان مشكلة نبيل، يقصد معلّمه في مكتبه، يهنّئه المعلمّ بالسلامة، ويبادره:

- جئت في الوقت المناسب يا طعّان.

- أنا بأمرك يا معلّم!

- استرح الليلة، وتعال إليّ غداً صباحاً.

يودّع معلّمه، ويذهب إلى المقهى البحريّ، الذي يرتاده البحّارة أمثاله ليرى الزملاء الذين عمل معهم، وأحبّهم، وأحبّوه. شرب الجميع نخب عودته، وأجاب على أسئلتهم الضحلة، حول زيارته لبلده، ومعظمها تدور حول عالم النساء، تذكّر حكاية قديمة، مع راقصة اسمها الفنيّ تيتا، وعرف فيما بعد أنها طالبة جامعيّة، تركت الجامعة، والتحقت بالرقص في النوادي الليليّة، أو في المسارح الرخيصة، بسبب خلافها مع أبيها المتديّن، المتعصّب، الذي أراد أن يفرض عليها الحجاب، وهي التي كانت تشقّ طريقها العلميّ بطموح كبير. زد على ذلك أنّها تعرّضت لصدمة عاطفيّة، بحبّها الجنوني، وتعلّقها بشاب، اكتشفت أنّه يريد استغلالها جنسيّاً، ويتعامل معها كقوّاد لا كعاشق. لم يشأ طعّان أن يذكر اسمها الحقيقي لزملائه، لأنّه يخاف من تبعات ذلك، مع أبيها الموظّف من الدرجة الأولى. حدّثهم عن أنّها تورّطت بعلاقة مشبوهة مع رجل مهمّ، واحتفظ ببطاقتها الشخصيّة، حتى لا تفرّ من بين يديه، وحين عرف طعّان قصده، انتزع البطاقة منه رغماً عنه

مثل تلك الحكايات كانت تستهوي ليس البحّارة فحسب؛ بل الشباب المهاجرين، العرب بخاصّة، لأنهم يرون فيها الشهامة التي شرعت تتدنّى، في مجتمعاتهم لأسباب عديدة، أهمها اتسّاع الهوّة بين الفقراء، والأثرياء، والجهل، وتهميش المرأة، والتعصّب المقيت للعائلة،

والعشيرة، والطائفة، وسوء الإدارة وتفشّي الفساد بأشكاله كافّة.

ومن المقهى إلى النُزُل الذي أعدّه المعلّم لجميع العاملين لديه، وفيه كلّ وسائل النوم، والطعام، والراحة، وغيرها، وذلك حتى يظلّ الجميع تحت يديه، وعينيه.

صباحاً يجد طعّان نفسه أمام معلّمه. يطلب منه ما لم يتوقّعه: السفر إلى تونس بحراً بواسطة قارب بحريّ سريع جداً، مع بضاعة لم يفصح عنها. يسلّمها إلى شخص يعرفه طعّان من قبل. يعرف طعّان أن البضاعة، مخدرّات، وتمنّى لو كان يعلم ما هي قبل أن يسلّمها للشخص المعنيّ.

يسمع في طريق العودة من المذياع الذي يحمله معه أنّ شابّاً تونسيّاً أحرق نفسه، وأنّ المظاهرات تعمّ المدن التونسيّة تطالب بالحريّة، والمساواة، وغيرها. تنفّس الصعداء حين وجد نفسه يعود بسرعة من تونس قبل أن ينزل أرضها لأنّ المعلّم طلب منه العودة فوراً.

يستريح قليلاً بعد وصوله. يتفقّد المعلّم في مكتبه، فلم يجده. عند المساء عاد المعلّم، وقابله طعّان، وأخبره بتنفيذ ما طلب منه تماماً، وكعادته، لم يقل له المعلم كلمة استحسان، أو تشجيع. اكتفى بأن طلب منه أن يأتي صباحاً إلى المكتب لأمر هامّ.

لم يتلكأ طعّان. حضر عند الصباح فعلاً. فوجئ بمهمّة جديدة. طلب منه الاستعداد بالقارب السريع ذاته، أن يغادر إلى تونس أيضاً، بحمولة لم يسأل عن فحواها، وطمأنه أن أموره ميسّرة، وبأمان تامّ، حتى وصوله، وحتى عودته، وألاّ يقلق بشأن عقبات يمكن أن تعترضه أبداً. يقول له طعّان متخوّفاً:

- أعتقد أنّك سمعت ما يحدث في تونس؟!

- طبعاً. لا تتوجّس، ولا تخف من شيء. الأمور كلّها مسألة وقت،
وربما تنتهي قبل أن تصل!

يستعد طعّان، ويغادر عند ظهيرة ذلك النهار، ولم يسأل ما
الحمولة التي هي عبارة عن صناديق صغيرة، من خشب متين. كتب
على أحد سطوحها (هديّة)، وعرف طعّان ما تحتويه الصناديق
لأنّها فُتحت عند تسليمها لأزلام معلّمه بحضوره؛ والهدية من بلد
صغير، لكنه ثريّ. (وأنا ككاتب لهذه الكلمات يعزّ عليّ ذكر اسمه،
لآن الحمولة كانت عبارة عن مسدّسات فرنسية، وإيطاليّة الصنع،
مرسلة للتونسيين).

ينجز طعّان مهمته على أكمل وجه. لم يتذكّر إجابات سافو له
المبطّنة، بأن يستيقظ! لم يتذكّر ما كانت تقوله أمّ سافو من تلميحات
بأن يكون حذراً من الهاوية التي يتّجه نحوها.

يدخل مكتب معلّمه في اليوم التالي من عودته، بناء على طلبه.
كان في المكتب رجلٌ بهيئة رجل أعمال، يجلس، وعلى ركبتيه محفظة
أوراق جلديّة سوداء بسحّاب يحيط بها. كان الرجلان يتحدّثان حول
أمور مختلفة تناولت الوضع المستجدّ في تونس، وكيف لن تطول
مسألة تونس، بعد خروج رئيسها بن علي من السلطة، وكيف راحا
يتحدّثان بالألغاز، وهما يعرّجان على بلدان عربيّة أخرى في حديثهما.
انتهى الحديث عند رجل لبنانيّ، سيتّصل بهما، وتبيّن أنّهما ينتظران
مجيئه من تركيا، على أحرّ من الجمر.

يعود طعّان على أمل أن يحلّ مشكلة نبيل، ولكنه يفشل.
يتّصل بطعّان هاتفيّاً. يلتقيان في استراحة النُزل الذي يأوي إليه عادة.

يتشعّب الحديث بينهما. يتقدّم منهما النادل، وبيده مغلف. يقدمه لطعّان:

- هذه الرسالة لك.

يتناولها طعّان منه. المفاجأة أن الرسالة كانت من سافو. يفضّها فرحاً، ومتوجّساً بآن. يفردها، ويقرأها بعينيه: أمّي مريضة، ولديها لك أمانة مودعة. ليتك تحضر لاستردادها، وأشارت عليّ أمّي أن أرسل إليك كاسيت يتضمّن مقطوعات موسيقيّة من تأليفي، وعزفي. من بينها أغنية قصيرة من تأليفي، وتلحيني، وبصوتي. أرجو أن يعجبك ما أرسلته.

يسأله نبيل عن فحوى الرسالة. يخبره باختصار شديد بأنّها من إحداهنّ.

يتغيّر مجرى الحديث بين طعّان، ونبيل. يتشعّب ثانية، ويتخلّله ذكريات من الوطن، والحنين إليه، كان نبيل مستغرقاً أكثر بحنينه إليه. يحاول طعّان التملّص من اللقاء، للاختلاء وحده كي يستمع لصوت سافو، وعزفها، وكان له ما أراد طالباً من نبيل أن يلتقيا في يوم غد بالتوقيت ذاته لهذا النهار، وفي المكان ذاته.

دخل غرفته في النُزل. خلع ثيابه، وارتدى منامته، وتمدّد في سريره، وهو يحتضن المسجّل الذي سيستمع منه إلى ما أبدعته سافو التي لم تبدأ معه بداية حسنة، بل بداية صادمة. بل كانت أكثر من صادمة. طعّان لم يكن يتوقّع أن تكون قاسية إلى هذا الحدّ.

لم يتوقّف عند موسيقاها طويلاً. انتقل إلى صوتها الرخيم، ولغتها اليونانية العذبة. راح يحلّل الكلمات التي تقولها الأغنية كلمة كلمة. تقول:

"أنا النار الأولى

وأنا الوجه الآخر للنار

وأنا الماء

وأنا الوجه الآخر للماء

أنا هدير البحر

وأغنيات السواقي

أنا لغة الطير

وحفيف الشجر

أنا الموسيقى

أنا الخصب

أثينا طريقي للخلود

بيدها مفاتيحي كلّها

من نكران الذات

إلى جسدي الذي لا يلد إلاّ

الحق والخير والجمال".

يضرب طعّان قبضة يمناه بباطن يسراه، وينظر في نقطة من الفراغ، تستعيد ذاكرته كلمات سافو.

- يبدو أنّها تقصد إذلالي ثانية! (قالها هامساً)، وأضاف: لن تفرح بهذا!

في اليوم التالي أودع في صندوق البريد رسالة إلى أمّ سافو يقول فيها:

أمّ سافو المحترمة، وصلتني رسالة من ابنتك سافو، المهمّ فيها، طلبك أن آتي إليك لاسترداد المبلغ المودع معك. الآن يتعذّر عليّ ذلك؛ ولطالما هو في عهدة بيتكم الكريم، والأمين، أنا مطمئنّ لذلك، وتصرّفي به أنت، أو سافو إذا احتجتما إليه. أشكر سافو أيضاً على ما أرسلته إلي. موسيقاها عذبة، وصوتها جميل».

يكلّف طعّان بمهمّة أخرى، إلى سرت في ليبيا، وتحديداً إلى المياه الإقليمية الواصلة إلى هذه المدينة، ومعه كمّيات من الهيروين، والكوكائين، وينجح في إيصالها إلى المرسل إليه، إذ كان ينتظره مع مجموعة من المهرّبين في زوارق صيد عاديّة حتى لا يثيروا شبهة ما حولهم. وطوال رحلته هذه كان يستمع من مسجّله إلى موسيقا سافو، وإلى صوتها.

كانت الأجواء التي رافقت ذلك، من شروق الشمس، أو غروبها، من انعكاس أشعة الشمس على زرقة البحر، أو انعكاس ضوء القمر ليلاً، يضفي إلى روحه القلقة شيئاً من رومانسية لم يعتدها. كم كان يتجلّى وجه سافو البريء على صفحة الماء، أو يتماوج إذا ما هبّت النسائم لتشكّل لوحات بحريّة، لم يكن ينتبه إليها من قبل.

حين عودته من مهمّته، كان نبيل بانتظاره، ليبلغه أن الأمور تتصاعد، وتسوء أكثر بينه، وبين خصمه الذي راح يهدّده، وأفضى إليه بأنه لا يودّ الصدام معه، ويفضّل أن يسافر إلى تركيا، لعلّه يجد مجالاً للعمل يغنيه عن العمل هنا.

لم يُقلق طعّان قرار صديقه، واكتفى بأن قال له:

- على بركة الله. خيراً تعمل بالانسحاب من مواجهة لست أهلاً
لها! (وطعّان في حقيقة الأمر لا يريد أحداً ممّن يعرفهم يعكّر عليه
السير والاندفاع في طريق اختارها، عنوانها المال، وبأيّ السبل يحصل
عليه لا يهمّ).

فطن طعّان للشاب عابد، وأعطى عنوان النُزل الذي يقيم فيه
هذا الشاب لنبيل، وقال له بأن يذكّره به، ويسلّم عليه.

***

8

تفضّ سافو رسالة طعّان، وتتلوها لأمّها، فلا تعلّق عليها بشيء؛ أمّا سافو فترى فيها ما كانت تتوقّعه. طعّان يريد ألاّ ينقطع حبل الوصل بينه وبينهما، على الأخص سافو. تفصح لأمّها عن رأيها. تلومها الأم على قسوتها عليه في لقائهما الأوّل. سافو ترى أنّ أيّة علاقة يُراد لها النجاح، يجب أن تبدأ على نار هادئة، مع قليل من البهارات، التي تستفزّ، أو تصدم؛ فهي أيضاً كالملح للطعام. أفصحت لأمّها عن مكنونات صدرها، أنّها ستخرج هذا الشاب المتهوّر، الضائع، الذي -حتى تاريخه- لا يؤمن إلاّ بالعنف، والبلطجة، والقرصنة، من هذا الجحيم الذي هو فيه، ولكن ليس بالأسلوب الذي يمارسه في حياته، وبالتالي ستعرف أيّ الأوتار في آلته الروحيّة، ستعزف عليها. هو حتّى الآن ليس أكثر من إنسان شقيّ بالنسبة إليها، وأمّها تحبّه كابن لها، للاحترام الذي كان يكنّه لها.

تستشير سافو الأم بماذا ستجيب على رسالته، فتطرح رأياً لم يكن ببال سافو. قالت لها، بأن تدعوه لزيارتهما، وتكون هذه الزيارة الورقة الأخيرة؛ فإمّا أن يُروّض، وإما يُطلق في حال سبيله.

(تقول الأمّ في سرّها: لأوّل مرّة أشعر أن ابنتي سافو عاقلة، ولا هلوسة في كلامها!).

راحت سافو تفكّر: أيّ الموضوعات عليها أن تطرحها في حال قدم لزيارتهما. أيّ الأبواب تفتحها، وأيّها تغلقها. استعرضت الكثير من الاحتمالات. أتحدّثه عن طفولتها، لتعرف كيف كانت طفولته، أم تحدّثه عن خبراتها، وهواياتها، أم عن رحلتها إلى البلاد الشاميّة؟ لم تصل إلى النتيجة المرجوّة. انتهت إلى أن تترك الأمور على طبيعتها، ويكون لكلّ حادث حديث.

يخيّب طعّان أملها. يذهب بعيداً في ردّه على رسالتها. يقول ردّه، إنّه لا يستطيع تلبية رغبتها هذه، لاعتبارات كثيرة، أهمّها أنه منشغل جدّاً في هذه المرحلة، لأنه يُكلّف بمهامّ كثيرة، وكبيرة، ولا يستطيع التخلّي عنها مهما كانت الظروف.

تتلقى سافو رسالته، وتُصاب بإحباط تجاه ما كانت تُخطّط له، وترسمه؛ أمّا أم سافو فقد رأت إجابته عاديّة جدّاً، لأنها تعرف أيّ ظروف يعيشها، وحجم المهامّ التي يمكن أن تُلقى على عاتقه. تفهم أمّ سافو من تلميحات ابنتها أنّها لا تريد لهذا الشابّ أن يضيع!

تنزوي سافو في غرفتها الخاصّة. تبدو في حيرة من أمرها. تارة تعزف. تارة تخربش في دفتر يوميّاتها ما لا ترضى عنه، أو ترسم وردة، أو وجهاً، أو شكلاً لا يعبّر عن شيء، إلاّ عن قلقها. ترى أنّها كانت بغنى عن هذه المتاهة التي دخلتها بإرادتها. تنجح أخيراً باستعادة توازنها الداخليّ، وتهدئة روحها الحائرة. تلجأ إلى أوراق رحلتها لتصوغ ما دوّنته من معلومات، كانت مقتنعة من صحّتها، وجدواها.

تدخل أمّها، فتراها على هذا الوضع، فتسألها عمّا تفعل. تطلب منها أن تجلس لتسمعها ما ستكتبه. قالت لها اسمعي:

“كانت زيارتي للبلاد الشاميّة فرصة تشجّعني على العودة ثانيةً لتلك البلاد التي أحسست، وكأنّها جزء من كياني. لماذا لم تعلّمنا كتبنا المدرسيّة أن بعض ملوكنا القدماء من أصل سوريّ؟ ما العيب في هذا؟ أليس من الفخار أن يكون لنا مثل هؤلاء الملوك، ومثل هذا الأصل.

- مثل من؟ تسألها الأمّ.

- أنطيوخيوس أيبيفانس!

- أسمع باسمه، لكنّني لا أعرف عنه شيئاً. ماذا عنه؟

- هذا الملك، واحد من أربعة قادة عظام، حملوا وزر القيادة بعد رحيل الإسكندر المقدوني، وما لبثوا أن اختلفوا، فاختصّ (أنتيباتر) باليونان، و(أنتيغوس) بآسيا الصغرى وسورية الشمالية والغربية، و(بطليموس) بمصر وأفريقيا، و(سلوقس) ببلاد ما بين النهرين وفارس والهند، و(أنطيوخيوس) الثالث الكبير، استطاع سنة 197ق.م توحيد سورية الطبيعية، ليتواصل اندماج الشعوب الذي أسّس له جدّنا الإسكندر المقدوني، وليواصل حفيده سلوقس أيضاً ذلك تزوّج من الأميرة أفاميا السوريّة، وبنى مدينة تحمل اسمه لم تتسنّ لي زيارتها، وبنى مدن الرستن، وحمص، وحماة، وحلب، ومنبج، وبيروت، وعكّا، وعمان، وبيسان وغيرها.

عرفت من الأدلاء السوريين، أنّ الملك أنطيوخيوس، كان رواقيّاً، ثم انتهى به الأمر إلى فلسفة أبيقور. وما عرفته أكثر، أن اليهود في تلك البلاد -على قلتهم- كانوا في وجه طموحاته التي يسعى من خلالها لتوحيد السوريين، وفكّروا بإقامة كيان لهم يتحالف مع مصر لإجهاض طموحه. (كان عليهم ألاّ تكون نظرتهم دينيّة ضيّقة. التنوّع يجعل البلاد أكثر قوّة ورخاء) كلّ ما ذكرته لك تتقدّم عليه ذكرياتي، وما

دوّنته من أشياء حميميّة عن ذلك الماضي الذي لا أحسبه، إلاّ وردة قدّمتها بلادنا إلى الآخرين، ولم تكن اليونان يوماً لهم بلداً غازياً، أو محتلاًّ، بل كانت عوناً لهم. وبدت سافو شاردة، لتسألها الأمّ عن سبب شرودها؛ تسألها:

- هل يا ترى يعرف طعّان مثل هذه المعلومات؟

- ماذا تقصدين؟

- ليته هنا لأسأله.

- طعّان الآن -حسب ظنّي- لا يعنيه الآن أيّ شيء من هذا. كان يجيبني باقتضاب شديد عن الأسئلة التي تتعلّق بأيّ شيء يحمل رائحة الماضي. لابد أنّ لديه عقدة من ماضيه الشخصيّ!

- أنا جائعة. لا بدّ من العودة إلى أوراقي في وقت آخر.

خرجت الأمّ دون أن تعلّق بشيء، وأعدّت مائدة بسيطة، ودعتها لتناول الطعام. لم يكن مزاجها رائقاً، ولم يكن الطعام وفق رغبتها، واكتفت ببعض اللقيمات، التي تناولتها بامتعاض، دون أن تدع أمّها تنتبه لذلك.

أخذت غفوة قصيرة، بعد ذلك، فاستعادت حيويّتها، وعادت إلى أوراق رحلتها. توقفت عند زيارتها البتراء. أدهشتها آنذاك تلك المدينة بأوابدها. فردت أوراقها من جديد على تاريخ الأنباط. إذ ازدهرت مملكتهم، حسب ما هو مدوّن أمامها، في عهد الحارث الأوّل، عام 169ق.م بسبب عدم انخراطه في النزاع البطليمي السلوقي لبلاد الشام الجنوبيّة. رأت الأوراق المتعلّقة بهذه المملكة تحتاج إلى وقت تكون فيه بمزاج رائق، يسمح لها استيعاب المعلومات الواردة فيها،

والتي استقتها من أكثر من مرجع، وأكثر من باحث آثاريّ التقت به في رحلتها. تذكّرت أنها أعادت قراءة هذه الأوراق على عجل، وهي في طريق عودتها من بلاد الشام إلى اليونان، وتوقّفت عند مفاصل، ومحطّات تاريخيّة تتعلّق ببلدها اليونان، بعلاقتهم مع الأنباط، والدور الذي لعبه اليهود، والرومان، لزعزعة العلاقة بين اليونان، وبين ملوك، وقبائل بلاد الشام. قالت في سرّها: لا بدّ من العودة إلى هذه الأوراق لأشفي غليلي. لا أظنّ أن اليونان اعتدت، أو ستعتدي على أحد، وكلّ ما أعرفه أن محاولات أعدائها لا زالت حتى يومنا، لوضعها في الجانب المظلم من الحضارة، ولإفقارها حتى تظلّ رهينة التبعيّة للآخرين. أجل، سأكون متأهّبة للنزال مع التاريخ المكتوب بعداء لليونان، إذا أُتيح لي ذلك، ولملمت أوراقها، ووضعتها في مغلف كانت قد كتبت عليه (موضوعات الرحلة إلى بلاد الشام).

عادت أمّها، ودخلت غرفتها، لتجدها ما زالت في حيرتها. انتظرت ابنتها لتفتتح حديثاً ما يريحها. تمنّت أن تعود إلى سيرة طعّان لعلّها تكون دواء لما جعلها في حيرتها هذه. لم تنبس سافو بكلمة. أحبّت الأم أن تكسر هذا الجوّ المتلبّد بغيوم لا معنى لها، ولا تحمل إلاّ الأذى لنفس صبيّة في مقتبل العمر.

تنظر سافو إلى أمّها بنظرة أقرب إلى العتاب. تسألها:

- هناك شيء ما تخفينه عنّي يا سافو؟!

أكيد؛ لأنّي بعد أن أصبحت في سنّ تتيح لي أن أعرف كيف أرتّب أفكاري، والشوط الذي قطعته في العلم، والثقافة، وبعض الخبرات، أنتظر الفرصة المناسبة لأسألك. السؤال الأوّل الذي بات يؤرّقني: ماذا عن أبي؟ والسؤال الثاني: ماذا عنك أنتِ؟

- حدّدي السؤال، لأعرف كيف أجيب. قبل ذلك أريد أن أعرف الشكوك التي تراودك!؟

- أنتِ أمّي، ولا شكوك تعتريني تجاهك. إنّما هناك ما أودّ معرفته. أنتِ من قبل لم تذكري ولو مرّة واحدة، كيف مات أبي. كما لم تذكري ولو مرّة واحدة، ما الذي أغراكِ للعمل في الموقع الذي مات فيه أبي؛ في الوقت الذي توجد لكِ أعمال في أماكن أخرى، ومواقع أخرى؛ وهناك سؤال أخير هو: لماذا قبلت أن تستودعي مالاً كأمانة لديكِ، وهو مال تعرفين مصدره جيداً؟!

- لا بأس. سأجيب، لكن سأبدأ من الآخر. أوّلاً عليك ألاّ تنسي أنّ كلّ النقود التي أنفقتها عليكِ من المصدر ذاته. وأنا لم أكن أعمل في القرصنة كالرجال.

- لكنك كنتِ رفيقتهم في معظم رحلاتهم، وبهذا فأنتِ شريكة فعليّة لهم، ولنسلّم جدلاً أنّهم غرقوا، أو قتلوا، وأنتِ معهم؛ هل سيصلّى عليكِ كما يُصلّى على ضحايا تايتانيك؟ ماما. أرجو أن تكوني معي بمنتهى الصراحة. أكملي!؟

- بالنسبة لوالدك مات قتلاً، وأنت سمعت مثل هذه الأسطوانة أكثر من مرّة.

بدت أم سافو منفعلة، وهي تجيب على أسئلة ابنتها.

تتابع وقد احتقن الدم في عروق رقبتها، مع شيء من الارتباك، لأنّها لم تكن تتوقّع أنّ ابنتها، ستضعها يوماً ما، في مثل هذا الموضع الحرج. تتابع:

- كنت أحاول أن أبعد عنك، ما قد يسبّب لك عدم الاستقرار، ولا

يؤمّن لكِ المناخ الجيّد لتكملي تعليمك، وتنمّي هواياتك.

- لكن ذلك كان على حساب أشياء كثيرة، وضيعة، تضعني أمام نفسي كإنسانة ضعيفة، وأكثر من ذلك، إنسانة دون كرامة!

- ألهذا الحدّ، وصلت بكِ الوساوس، وأنا التي كنت أصل الليل بالنهار، وأنا أعمل من أجلك. (تصمت هنيهة) عليك بعد الآن أن تقفلي فمك، وتخرسي. أو....!؟

- أو ماذا؟ ماما كوني صريحة معي، وهذا يريحنا معاً، وسيكون أفضل لي ولك. على الأقلّ تعرفين أنّ لك ابنة تعرف ما لها، وما عليها؛ ولا تدعيني ألجأ إلى استنتاجات، أو تحليلات، ربما تكون بعيدة عن الواقع، فتجعل مني إنسانة ليست كما ترغبين لها أن تكون. (تتابع بعد لحظة صمت):

وانتبهي إليّ.. أنا لم أعد الطفلة التي كنتِ تهزّين لها المهد. العلم الذي تعلّمته، وأنت لكِ الفضل فيه، والخبرات التي اكتسبتها في حياتي، أضحى لها عندي قاعدة أستند عليها في تفسيراتي، لأيّ أمرٍ كان. ولن أتجاهل، أو أتناسى أنّني من سلالة جدود، تساءلوا قبل أكثر من ألفيّ عام، عن إمكانيّة أن يتحوّل الماء إلى سمكة، وكيف تلد الأرض من بذرة شجرة، وكيف يلد إنسان من رحم امرأة، وذهبوا إلى أبعد من ذلك، ووضعوا أقانيم الحق، والخير، والجمال، دستور حياتهم، واستطاعوا الإجابة على كلّ ما كان يقلقهم. أنا بعد كلّ ذاك الزمن، أستطيع أيضاً؛ لكنّني أريد أن أسمع منكِ، لأوفّر عليك الندم!

- الآن لن أجيب. فلندع ذلك إلى وقت آخر.

- لا بأس. فليكن!

- ليتنا الآن نقصد غرفة النوم. أنا بحاجة إلى الراحة، وأنتِ أيضاً. على الأقلّ نستلقي.

دخلتا غرفة النوم. ارتدت كلّ منهما منامتها، واستلقت على سريرها، دونما غطاء. وساد صمت لم تكسره حركة، أو كلمة، أو همسة. رأت الأم أن ابنتها شاردة. عيناها مستقرتان على نقطة في السقف، لا تحيدان عنها، وقدّرت أنها لا تزال على غضبها. انتظرت حتى تبادر سافو إلى البدء بحديث ما، ولكنها لم تفعل. بعد هنيهة من الزمن، تململت حتى تلفت نظر سافو، فتحقّق لها ما أرادت. قالت لها سافو

- أراك قلقة. أرجو ألاّ أكون أنا مصدر ذلك القلق.

- لا أبداً. أنتِ ترين الأمور من منظارك، ولهذا أسمع منكِ ما أسمعه.

- تعودين إلى المربّع الأوّل دون أن تدري. يتّسع الشرخ بيني وبينك يا أمّي. لا شكّ أنّ السنوات التي قضيتها بين أسماك القرش، جعلتكِ في دائرة نسيان، من الصعب الخروج منها، وأنتِ على هذه الحال.

- ماذا تقصدين؟

- أقصد أن من تثقين بهم سيجعلونك في يوم ما تتصاغرين أمام نفسك، وأرى الحلّ أن تحاولي الابتعاد عنهم، أو الاقتراب أكثر. ضعي في حسابك أن المال المودع لديك، مال حرام؛ لكن بابتعادك، تكونين أقرب إلى الآلهة.

- أحاول. أعدك أن أحاول!

تخرج الأمّ وقد تنفّست بملء رئتيها. لأوّل مرّة تشعر براحة

نفسيّة عالية، وتشعر أنها أمام حقيقة عارية، وضعتها ابنتها سافو معها وجهاً لوجه. قالت في سرّها:

"يجب أن ننقذ طعّان بأيّ ثمن. سافو على حقّ".

كانت سافو قد أخرجت من حقيبتها دفتراً تحتفظ به من المرحلة الثانويّة، وفيه بعض ما اختارته ممّا تعلّمته. تفتحه على ورقة تتوسّطه. تقرأ بصوت هامس:

"جاء في الإلياذة: كان زيوس يطلب من عبيده، ليس تقديم القرابين فحسب؛ بل السلوك القديم. أفراد جيش الإغريق في طروادة كان يُقال لهم إنّ زيوس لا يساعد الكذّابين، أو الذين يحنثون بوعودهم».

تقرأ في الصفحة التالية:

"آلهة الأولمب اثنا عشر يحكمون العالم هم:

- زيوس (جوبيتر) رئيس الآلهة.

- بوسيدون (نيبتون) شقيق زيوس.

- هاديس (بلوتو) شقيق زيوس.

- هيستيا (فيستا) شقيقة زيوس.

- هيرا (جونو) زوجة زيوس وشقيقته.

- آريس (مارس) ابن زيوس وآريس.

- أثينا (منيرفا) ابنة زيوس.

- أبولو (ابن زيوس).

- أفروديت (فينوس) ابنة زيوس.

- هيرميس (عطارد) ابن زيوس.

- أرتيميس (ديانا) ابنة زيوس.

- هيفاستوس (فولكان) في بعض الأقوال.

هؤلاء الآلهة هم المجلس الأعلى للآلهة. هم الذين خلقوا الآلهة القديمة، التيتان. قمة الأولمب هي موطنهم. هو مكان أعلى من قمم كلّ الجبال. وقعت عيناها على إلياذة هوميروس التي تتصدّر رفّ مكتبتها. قالت في سرّها: "لماذا لا أهديها للبلطجي طعّان لعلّه يستيقظ؟". ثم تقلب بشكل عشوائيّ عدداً من صفحات دفترها. تتوقف عند إحداها دون قصد. تقرأ:

"يعتبر أفلاطون الموسيقى أحد المحرّكات الرئيسيّة السامية للبشر، ومن خلالها عرف العالم النظام، وتحقّق له التوازن" في الصفحة ذاتها تعقيب على نظريّة أفلاطون يقول: "الموسيقى خدمت البشريّة في تحقيق التوحيد بين أحاسيس البشر، ومختلف عناصر الحياة في المجتمع الواحد». أيضاً سأغرق هذا المتوحّش بالموسيقى لعلّه يشفى...!

سأعود إليكِ يا أوراقي في وقت آخر. أشعر أنني بحاجة إلى النوم.

......

تدخل أمّها بعد قليل فتراها مستغرقة في النوم. تذهب هي الأخرى إلى سريرها. ترتدي ثياب نومها، ولا تلبث أن تستغرق في النوم هي الأخرى.

ما الكوابيس التي ستغزو سافو؛ أو ما الأحلام التي ستأخذها إلى عوالم تجد نفسها فيها ملاكاً يأمر فيُطاع، أو تتوقّف عند مرحلة

مراهقتها الأولى، وتشدّها التصرّفات البريئة التي كانت تصوّر لها أنّ كلّ السعادة تبدأ منها، وتنتهي عندها. أم تستعيد رحلتها إلى الشرق، وتقف عند أجمل محطّاتها. ملاك النوم يطوف في رأسها، بعد أن أطبق جفنيها، ويجعلها لأوّل مرّة تنام دون قلق، وقد أسلمت جسدها بكليّته له. لم يستطع أن يوقف نشاط دماغها، فتطير بأسرع من الضوء إلى أماكن لم تكن أكثر من أطلال، ولكنّها سحرتها، لا لأنها تمثّل الماضي؛ بل لرائحة الناس الذين عاشوا فيها.. أكثر ما كانت تدهشها هي ذاكرة الناس، التي لم يغب عنها الماضي الجميل الذي لم تندثر حكاياته من رؤوسهم؛ مع أنّه غدا أطلالاً. ظلاله لا تزال في معاشهم، وشموسه لا تزال تشرق في عقولهم. قال لها أحد الفلاّحين الجبليّين السوريّين الذين التقت بهم -مع أنّه لا يفكّ الحرف كما عرفت منه-: تعالي معي لأريكِ أعجوبة لا تزال ماثلة تؤكّد أنّ الناس كلّهم إخوة. نحن الآن في سيع بجبل حوران يا آنسة، وسيع هذه كانت مملكة نبطيّة. يقال إنّ الأنباط تبنّوا اللغة الآراميّة. -يتوقّفان أمام تمثال- انظري إلى هذا النقش. إنّه مكتوب بلغتين. يقال إنّهما، النبطيّة، واليونانيّة. يذكر أنّ (ماليكات بن معيرو بن ماليكات) هو الذي بنى المعبد هنا ليماثل المعابد اليونانيّة. عرفت سافو من الدليل فيما بعد أنّ البيرتا، المعبد، هو (الهيرون) باليونانيّة. قال لها الدليل: هذه الأحرف اليونانيّة هي: ق أ س ي و ز ا م ت / ي ه ه م ن ي ا ط ي.. وتعني (قصيّ بن متيو سلام).. رأت أن التداعيات ستطول فتوقّفت عن التذكّر الذي أحسّت أنّه أرهقها..

دخلت أمّها فجأة، والتوتّر يبدو عليها، وفي عينيها كلام تريد أن تبوح به:

- يا ابنتي. أما آن لك أن تفكّري في نفسك، ولو قليلاً؟

- ماذا تقصدين؟ سألتها وقد بدا عليها الاستغراب.

- أن تخرجي إلى النور. إلى الحياة. لا تنسي أنّ لروحك عليك حقّاً. ولغير روحك أيضاً!؟

- أعرف كلّ ذلك. ولكن؛ من قال لك إنّني لا أفكّر في نفسي؟ ماما كلّ ما أقوم به هو الطريق إلى ذلك. لكنّي أرجوك أن تهتمّي أنتِ بنفسك. لا أرى ما يشغلك غير ابنتك. صدّقي أن ابنتك تسير في طريقها الطويلة، خطوة، خطوة، وبثقة تامّة. ابنتك عاشقة يا أمّي. ابنتك تعشق طيفاً لا مثيل له.

- أنتِ خياليّة أكثر من اللازم يا سافو! لا تحلّقي كثيراً.

- اطمئني. الطيف الذي ألاحقه، ليس في السماء.

- أتمنى ذلك!

- ليس قبل أن أصل إلى الإجابات على الكثير من الأسئلة التي تؤرّقني.

تنسحب أمّها من المتابعة معها، تجنّباً لإحراجها من قبل سافو، بأسئلة لم تكن تتوقّعها، أو على الأقلّ استحضار الأسئلة التي سبق وأحرجتها بها.

ما تفكّر فيه سافو، أبعد مما تتوقّعه أمّها. هناك فجوات كثيرة في حياتها، تريد ترميمها. أمّها هي الوحيدة التي يمكنها أن تفعل ذلك. كما أنّ هناك الشخص الذي اسمه طعّان. يجب أن تعرف أكثر عنه، ولماذا اختار أمّها دون العالم كلّه ليودع لديها ماله!

***

"يمكن للعشق

أن يُعاش

كتهديد"

بول دوني

9

يتّصل نبيل بطعّان من تركيا، ويخبره أن الشخص الذي أرسله طعّان إليه، استقبله على الرحب والسعة، وبادر فأعطاه مبلغاً من المال، كي لا يحتاج أحداً. تمنّع نبيل للوهلة الأولى، فأوحى له أنّه سيقتطعه من أجرته حين يبدأ بالعمل معه. نبيل لم يستفسر عن طبيعة العمل الذي سيقوم به، والشخص لم يذكر له مثل ذلك أيضاً. عرف طعّان بإحساسه الذي لا يخيب، أن صديقه نبيل تناول الطعم، ووقع في الفخّ، وانتهى الأمر.

يجيبه طعّان أن يستمر، ولا خوف من أيّة عاقبة؛ بل على العكس، ستكون أموره على ما يرام، فيما لو قام بعمله بشكل جيّد، ودون مناقشة، أو توجّس!

كانت أمام طعّان رحلة إلى تونس أيضاً، وما يحمله في هذه الرحلة، هذه المرّة لم يخطر في باله أبداً. قيل له: إنّ ما ستحمله معك ليس سوى قرطاسيّة، وأقلام، وجوازات سفر، وصندوق فيه بعض الأموال، وأجهزة اتّصال.

تلقّى طعّان أمر هذه المهمّة صاغراً كعادته.

لن أدخل في التفاصيل، وكيف تمّ تنفيذه لهذه الرحلة، ورحلات سواها، إلى الساحل الليبي، والساحل المصري. حمولته المخدّرات، أو

السلاح، والعودة بمهاجرين فارّين من نار الجحيم التي امتدّت إلى ليبيا، وإلى مصر، وصار يسمع طعّان من الراديو، أخباراً، يقيس على وقع شدّتها، كم سيكون لديه من المال إذا ما استمرّت، وإذا ما امتدّت أكثر.

نبيل في هذه اللحظات، تلقّى أمراً هو الآخر من رجل لبنانيّ، أن يقصد مقهى في المدينة، يلجأ إليه الفارّون العرب، والأفارقة، من بلدانهم، وفيه يجد لنفسه مكاناً. هذا إذا لم يأتِ الشخص الذي سيتّصل به، من أجل تهريب الفارّين إلى الدول الأوروبيّة.

يتّصل نبيل بصديقه طعّان، ويخبره بذلك. لم يتردّد طعّان في الإجابة بأن قال له بالحرف الواحد:

- إنّها فرصتك يا غشيم! (ثم تابع طعّان يقول في سرّه: النعمة تهبط من السماء على نبيل، ويكون مجنوناً، إن تردّد، أو رفض. لا شكّ أنه سيجني المال الكثير، دون أدنى جهد، لو عرف كيف يصطاد فرائسه، وما أكثرها في هذه الأيّام. سيعود إلى البلد سالماً غانماً).

كانت النار قد اشتدّت، وامتدّت إلى ليبيا أكثر، وأطاحت برئيس الدولة، في نهاية، لا يشبهها بهذا العصر سوى نهاية الرئيس العراقيّ. يعقّب طعّان على هذه الأحداث كعادته عند سماع كارثة، بكلمات تنمّ عن فرحٍ طاغٍ ومعلن. يقول في سرّه: عليّ أن أزور أم سافو بعد هذه المهمّة، وأدع لديها ما ادّخرته من مال. يلوح طيف سافو في مخيّلته، ويفكّر فيها هذه المرّة، كأن تكون شريكته في مغامرته، التي هي لا أكثر من السعي الجنونيّ لكسب المال، وبأيّ وسيلة. يفكّر في ذلك جادّاً، ويتساءل عن مدى تجاوبها معه. يصل إلى نتيجة إيجابيّة -وفقاً حساباته- أنّ معظم النساء، يغريهنّ الثراء، والرفاه،

أكثر من أيّ شيء آخر، وهو عندهنّ فوق العاطفة، وفوق العقل، وفوق المبدأ، والمثاليّات!

يعود من رحلته إلى تونس، وعينه على رحلة قادمة تكون إلى ليبيا، بعد أن سمع من أحد البحّارة أنّه عاد من ليبيا، بعدد من المهاجرين، وكان رصيده منهم لا يقدّر، لأنّ الليبيّين لديهم المال، والذهب الكثير، الذي وفّرته لهم قيادة الحكم التي اندحرت، وهذه فرصة لكلّ من يقوم بعمليّات تخصّ هذا البلد، من تهريب الأشخاص، السلاح، المواد التموينيّة، ناهيك عن البترول، المخدّرات، المجاهدين، مجاهدات النكاح، وغير ذلك.

يطلب إجازة لمدة أسبوع. يُوافق له عليها. يحمل ما ادّخره من مال، ويقصد أم سافو. يصل مدينتها متأخّراً. يقضي ليلته في أحد النُزل، التي يرتادها العرب عادة. يتعرّف إلى شابّ تونسيّ يدعى هيثم، وخمّن طعّان ألاّ يكون هذا اسمه الحقيقي، وينسجم معه للوهلة الأولى من تعارفهما. يدور الحديث بينهما حول الأحداث التي عصفت بتونس، وليبيا. يبدو أن التونسيّ يهتمّ بالسياسة، ويفكّر دينيّاً بتشدّد ملحوظ، ويؤيّد المستقبل الذي ستؤول إليه هذه الفوضى التي حدثت، بأن السلطة ستكون للاتجاه الفكريّ الذي يؤمن به.

يحاول طعّان أن يثنيه عن مثل هذه الأفكار، ويفكّر فقط فيما هو ماديّ، بعد أن اكتشف من خلال حديثه معه، أن التونسيّ لا يملك سوى هوّيته الوطنيّة، عدا عن أنه مقطوع من شجرة، كما فهم منه. يستجيب الشابّ لطعّان، مع تحفّظه على ما يؤمن به. يتفّق معه على أن يلتقيا في أنقره، وهناك يعرّفه أيضاً على نبيل، وبعدها لكل حادث حديث.

البوصلة في يد طعّان ثابتة على اتّجاه محدّد. يعرف تماماً أين يسير. لم يحسب للزمن حساباً، وللزمن حساباته غير المتوقّعة، للذين على شاكلة طعّان، وما أكثرهم!

يغادر طعّان النُّزل صباح اليوم التالي، ويصل بعد الظهيرة إلى منزل أم سافو.

لم يكن في المنزل سوى سافو، التي استقبلته دون أن تتوقّع مثل هذه الزيارة المفاجئة. دُهشت سافو بهذه الشخصيّة، التي عركتها الأيّام، والأحداث، ولوّنها مناخ البحر، وأضاف إليها شيئاً من ملحه، وهوائه، ورأت بها رجل الأحلام، الذي يمكن أن يجعلها بمنتهى السعادة، لو اكتملت معه التناغمات الفكريّة. أعادت النظر خلسة إلى قامته، بدءاً من أعلاها. عينان عسليّتان بمنتهى الجرأة. شعر خشن متروك على سجيّته للشمس والريح. كتفان يشيلان قارباً. صدر بارز من تحت قميصه الرماديّ السميك. اكتفت بهذا القدر من النظر إليه، وتركت لخيالها أن يتخيّل ما يكمله!

طعّان في المقابل، شعر أيضاً أنّه أمام حوريّة البحر، التي يسمع عنها من أهل البحر، الذين تسيطر عليهم أساطيره، وتأخذهم إلى عوالمها الساحرة. رأى فيها غير ما رآه منها في زيارته الأولى، حين تلقّى منها تلك الصدمة، التي لا تزال تضرب في رأسه، كلما تذكّرها.

قالت له إنّ أمّها في زيارة لإحدى صديقاتها في المدينة ذاتها، وعلى الأرجح أنّها لن تعود حتى صبيحة اليوم التالي.

رأى أن يغادر لعدم وجود الأمّ، وطلب من سافو أن تبلّغها تحيّاته، لكن سافو أصرّت أن يبقى، ويمكث ريثما تعود أمّها. بعد إلحاح شديد وافق. دعته للدخول ممسكة بذراعه. أحسّ بحرارة

يدها. اجتاحت جسده كلّه قشعريرة لم يحسّ بها من قبل، رغم تعرّفه إلى العديد من النساء. جمد الكلام ما بينهما لفترة، حتّى ما بعد دخوله غرفة الاستقبال، التي أدهشته بترتيبها، على الرغم من صغرها. كلّ شيء فيها عادي. حتّى الستائر لم تكن مبهرجة، مشغولة بيد أمّ سافو ذاتها. تتألّق على الجدار المقابل صورة أسطوريّة لإله البحر بوسيدون. على الجدار المقابل صورة لهوميروس، وأصابعه تشدّ على ريشة طائر، يكتب بها ربّما إلياذته الشهيرة.

افتتحت سافو الحديث بأن سألته رأيه بهوميروس، حين رأته يلتفت نحو صورته، ويمعن النظر فيها. أجابها باقتضاب:

- رائعة! (لم يسترسل أكثر خوفاً من أن تكون معلوماته عن هوميروس فيها بعض الخطأ، أو أنّ رأيه فيما لو أبداه، لا يتوافق مع رأيها!).

فكّرت سافو بسؤال آخر، فرأت أن تسأله عن عمله.

- ما هي طبيعة عملك هذه الأيام؟ (أضافت) لتتأجّل الإجابة حتّى أغلي قهوة، وأعود. ما رأيك؟

- يكون أفضل.

يفكّر حين خرجت بما سيجيب. يتساءل بينه وبين نفسه، هل يجيبها بصراحة، أم بمواربة، أم يكذب، ويخبرها بحقيقة افتراضيّة تعجبها، وترضيها؟ (لأقل لها الحقيقة، وليحدث ما يحدث). هذا هو القرار الذي توقّف عنده.

عادت بركوة يتصاعد منها البخار، على صينيّة نحاسيّة فيها رائحة الشرق، وفنجانان عاديّان بلونهما الحليبيّ.

راحت تسكب القهوة، وهي تخالسه النظر. هو الآخر كان يمتلئ بها، وبحضورها. قدّمت له القهوة معتذرة أنّها لم تسأله كيف يرغبها. والحقيقة أنّها لم تفعل ذلك، لتعرف هل آراؤه ثابتة حيال ما يتعلّق بذوقه ورغباته.

أجابها بنظرة فيها شيء من التملّق:

- كما تحبّينها أحبّها.

- أعود إلى سؤالي عن عملك؟

لم يتلعثم في إجابته، قال لها بشيء من المداورة:

- ألم تقل لك الخالة أم سافو ماذا أعمل؟ لا شكّ أنّها قالت لك. إنّ عملي حتى الآن لم يتغيّر. قد يطرأ عليه بعض التغيير الطفيف، لكنّه لا يزال كما هو. أنا خُلقت للبحر يا آنسة سافو!

- هذا يعني أنّك سعيد بعملك هذا؟!

- طبعاً. والآن دوري بالسؤال. ما هو عملك هذه الأيّام، وهل أنت سعيدة به؟

- أنا لا أزال في طور الهواية؛ وما أقوم به من أعمال لا يتعدّى هذا الطور.

- وبالتحديد، هل أعرف ما هي هوايتك؟

- أنا مغرمة بالموسيقى، وأظنّك تعرف هذا من خلال ما أرسلته إليك، وأنا راغبة أن أعرف منك رأيك، حول ما أرسلت. هوايتي الأخرى، هي الرحلات التي تتعلّق بتاريخ بلادي. والبحث عن الحقيقة. فالتاريخ تكتبه دائماً يد المنتصر، أو المتملّق الانتهازي! وهناك آثار الماضي، التي تشكّل ذاكرة البشريّة.

سادت لحظات من صمت. بدا طعّان خلالها في صمته المطبق، وكأنّه لوح جليد. بينما كانت سافو في صمتها تبدو في حالة انتظار ما سيكون عليه ردّ فعله. ثم تبادره سافو بأن يسألها عمّا يتعلّق برحلاتها، والشرق بخاصّة. يجيبها بأنّ مثل هذا السؤال ليس وقته الآن، وهو بالتأكيد سيسألها عن ذلك فيما بعد. وفي قرارة نفسه، يستدرجها للبدء بكلام عاطفيّ ليبوح لها بما يتوهّج في صدره نحوها. تقول له:

- كنت أتمنى لو تسألني عمّا لفت نظري، أو أثارني في رحلاتي، لأنّي كنت أتوقّع أن تكون بلادك في رأس قائمة اهتمامك.

- هي بالتأكيد كذلك، لكنّها مثل أيّ بلاد، يمكن أن يجد المرء فيها ما ينقصه.

- ما أعرفه، أنّك تعمل في البحر مع قراصنة، ومهرّبين؛ أهذا ما ينقصك؟

- ينقصني المال الذي أجنيه من هذا العمل.

- لن أبتعد كثيراً. أيّة مدينة في بلدك، أعتقد أنّها توفّر لك مثلما توفّر لسواك من بنيها سبل العيش الكريم.

- لكنّي أسعى لأن أكون ثريّاً، وفي بلدي لا يمكن لي أن أثرى، إلاّ إذا كنت لصّاً!

- وهنا تريد أن تصبح ثريّاً بأسلوب آخر. إنّه باعتقادي أشدّ جنايةً من أن تكون لصّاً!

-لا يهمّ وأنا بعيد عن بلدي، وحين أعود لن يسألني أحد من أين أتيت بالمال!

- لكن سيأتي اليوم الذي توجّه لنفسك مثل هذا السؤال، وستجد نفسك محرجاً أمام ضميرك! بصراحة، أنا لا أحبّ لك أن تعمل مع قراصنة. أبي عمل معهم، وكانت نهايته! غصّت، ولم تستطع أن تكمل كلامها. اغرورقت عيناها بالدموع، ثم استسلمت لنوبة بكاء.

بعد لحظات هدأت ثورة انفعالها بتذكّر والدها. مسحت دموعها وهي تنظر نحو طعّان بأسى، كأنما تعاتبه أنّه كان السبب في تحريك الجمر الكامن في رماد أعماقها.

راح طعّان يفكّر كيف سيغيّر مجرى الحديث، في الوقت الذي كانت سافو تفكّر بهذا المنحى أيضاً، بعد أن تكهرب الجوّ ما بينهما. تكسر سافو الحاجز الذي تشكّل لأسباب عديدة، تختصر بأنّ أيّة فكرة يطرحها أحدهما، لا تكون لها أيّة مساحة، في عقل الآخر. كلّ منهما يغنّي على ليلاه، كما يُقال عندنا نحن العرب. سافو تريد مجدّداً أن تقنعه بآرائها، بعد أن لمست حسب تقديرها ما فيه من جوهر أصيل، تغطيه طبقة كتيمة من عُقد النقص، وأولها اليتم، وثانيها الفقر. يجب الكشف عن هذا الجوهر، ولا سبيل لذلك إلاّ بالصبر، وبجعله لا يفلت منها؛ ففي داخلها بدأ ضرامٌ ما، يؤجّجه دوام التفكير فيه.

هو الآخر يواجه الارتباك ذاته. كان آخر ما توصّل إليه، أن يترك ذلك للزمن؛ فهو بطبعه قدريّ. دائماً يحيل كلّ ما يلمّ به شخصيّاً على الأقدار، التي توجّه سفينة وجوده، في بحر الحياة الزاخر.

تكسر سافو الحاجز مرّة أخرى بطلب الإذن منه لإعداد طعام الغداء، وتركته وحيداً يستمع إلى مقطوعات موسيقيّة من ألحانها، قدّمتها له قاصدةً من ذلك ترويضه بالموسيقى؛ وفيما كان يستمع، سرقته التداعيات إلى عالم البحر، وكان للمقطوعة الأولى منها، الأثر

في ذلك. كانت تموّجات اللحن الصاخبة، أشبه بموجاتٍ يأخذها المدّ لتضرب الصخور، في جزيرة نائية. فكّر فيما سيفعله بعد تناول الطعام، وقرّر أن يودّعها، ويقصد أحد النّزل القريبة للمبيت فيه، على أمل أن يعود في اليوم التالي، لعلّه يحظى بأمّ سافو، ويسلّمها النقود التي ادّخرها. رأى أن تسليم النقود للأمّ، لا لابنتها بمثابة انعدام الثقة بسافو. تراجع عن الفكرة الأولى، وقرّر أخيراً تسليمها لسافو، ولام نفسه أنّه لم يفعل ذلك منذ البداية.

أحضرت سافو الطعام، الذي كان متواضعاً؛ فأمّها كانت قد أعدّته قبل مغادرتها، وكان عبارة عن أرزّ بالجزر، وسلطة خضار، ولبن زبادي، وفروج دجاج مشوي أعادت تسخينه. قالت له:

- أنا حتّى الآن أتّكل على الماما في مسألة الطعام. كلّ هذا ليس من صنعي. علينا أنا وأنت، أن نأكل، ونرضى.

- ليت لي أمّ تطبخ لي كما أمّك.

- أخبرتني أمّي قصّتها، ولكنّي لست مقتنعة بأحداثها!

مع تناولهما الطعام، استمرّ الحديث ما بينهما.

- ما الذي لم يقنعك بها؟

- كلّ مجرياتها.

- لكن هذا ما حدث.

- أنا تعلمت أنّ لا شيء يولد من لا شيء.

- أتقصدين أن أمّي السبب؟

- لماذا لا يكون أيّ شخص آخر؟ ربما الأب، أو سواه، أو حتى امرأة، وقد تكون الجدّة مثلاً، أو حتى جارتها.

- الحلّ برأيك؟

- أن تبدأ حياتك من جديد، مع أن يظلّ الماضي علامة على الطريق

- إذاً، ما أكثر العلامات التي سيتركها المرء على طريقه.

- لم أفهم ما الذي ترمي إليه؟

في سرّه، يرمي إلى فقدانها والدها، بظروف لا تزال غامضة:

- كلّنا في الهوى سواء!

فهمت سافو منه ما يقصده بشأن أبيها، فلاذت بالصمت، لتغيّر الحديث باتّجاه آخر:

- ماذا تنوي أن تفعل بعد أن تجمع المبلغ الذي يكفي لما تخطّط له. أقصد ماذا تخطّط أن تفعل؟

- في رأسي مشاريع كثيرة.

- أيّها له الأولويّة؟

- أن أعمل في التجارة؟

- إجابتك غامضة. التجارة عالم واسع، وخطير. ما المجال التجاريّ التي تطمح إليه؟

- واحد من اثنين، تجارة السلاح، أو...!؟

- ما بك سكتّ؟

- قد لا ترضيك الإجابة!

- مع أنّي عرفت، أتمنى لو أسمع منك!؟

- أفضّل ألاّ تسمعي!

(هو يقصد تجارة المخدّرات لأنّها الأكثر ربحاً، أو أيّة تجارة أخرى؛ وهي أيضاً عرفت ما يقصد).

كان في نيّة سافو أن تدعه يقضي ليلته في منزلها، الآن بدت متردّدة بعد أن عرفت منه أنه لم يتزحزح شعرة واحدة، عن موقفه الشرّير من الحياة. بدا لها أنه مجبول برعب لا حدود له، ومثله لا يتورّع عن أيّ سلوك عدوانيّ تجاه الآخرين مهما يكنّون له من ودّ. مثله لا قيمة للصداقة، أو الأخوّة عنده. بدأ الخوف منه يتسلّل إلى رأسها، مع أنّها لا تزال تصرّ على الاستمرار في ترويضه. هي لا تريد في المحصّلة أن تحبّ إنساناً على هذه الشاكلة.

بادرها طعّان بأنه يريد الذهاب إلى أحد النّزل، ويعود في اليوم التالي، كما رأى من قبل. أبدى لها رغبته بالمغادرة، فلم تتردّد بقبول ذلك. وضع يده على الحقيبة التي تلازمه. قال لسافو:

- في هذه الحقيبة مبلغ من المال. سأدعه لديك كأمانة. أرجو ألاّ تقولي لا! في العالم كلّه، ليس لي سوى هذا البيت أأتمنه حتّى على روحي

حاولت سافو التملّص من هذه الورطة -كما اعتبرتها- ولكنها وافقت بعد إلحاحه الشديد والتوسّل إليها أن ترضى، وتوافق على الاحتفاظ بالمبلغ.

أخرج المبلغ المحفوظ بكيس بلاستيكي سميك، ودون أن يفرده، أو يعدّه، ناولها إيّاه. لم تجرؤ أن تقول له إنّها تريد معرفة ما مقداره، بسبب الثقة التي أبداها بها، وبأمّها من قبل.

تناولت سافو منه المبلغ، ووضعته على طاولة قريبة منها.

وقف طعّان متأهّباً للمغادرة. مدّ يده مصافحاً. تباطأت سافو قليلاً في الاستجابة. علقت أكفّهما لبرهة لم تكن من زمن يعدّ حقائبه للسفر إلى المستقبل. عيونهما أكملت توليفة لقصّة طويلة، ربّما تنسج الأيام فصولها، وتتركها للتاريخ، أو ربّما العكس!

يبدو أنّ قلب طعّان قُدّ من جلمود الصخر. كلّ ما فكّر فيه بشأن سافو، لم يتعدّ حرارة يدها، ونظرتها الحالمة.

أمّا سافو، فكانت عاطفتها قد طغت عليها، لتجنّد عقلها في خدمة هذه العاطفة. استمرّت للحظات بعد وداعه، وهي تتخيّل صورته. كلامه الذي ينمّ عن صراحة مطلقة. عرفته شخصاً لا يداور. لا يراوغ. لا يكذب، وهي صفات حسنة في سلوك أيّ شخص، أيّاً كان هذا الشخص. منذ فارقها، تحوّل عقلها إلى عقلٍ تبريريّ، لكلّ ما يمتّ لطعّان بصلة. فما الذي ستفعله حتّى يكون طعّان موافقاً لها؛ هو ما راحت تفكّر فيه. يجب أن تغسله من كلّ أدرانه، حتّى يكون ندّاً لها.

قضت ليلتها قلقة، وهي ترسم طريقاً تسير عليها، لتصل إلى هدفها. كانت أيّة مرحلة منه وعرة، أو مليئة بالألغام، أو تفضي إلى هاوية. مع كلّ ذلك لم تيأس، لطالما اعتبرت أنّ كلّ الخيوط بيدها. المرأة بيدها القوّة في كلّ زمان ومكان -قالت- وبالنسبة إليها لن تتراجع، ولن تفرّط بها. وضعت في حسابها الكثير من الاحتمالات. الكثير من منصّات الانطلاق. الكثير من الوسائل التي تجعل أشدّ الرجال شراسةً، يركع للمرأة التي تحبّ. المهمّ أنّها وضعت قدمها على الطريق التي ستسير عليها، ولا بدّ للخطوة الأولى أن تبدأ، وتتبعها الخطوات مهما طالت الطريق.

***

10

لم يتوقع نبيل أن يرى كلّ ذلك العدد من الشباب العرب وغيرهم، في النّزل الذي كان فيه. معظمهم من تونس، وليبيا، وشاب سوري، وآخر لبناني. يكتشف أن أكثرهم قدم إلى تركيا (تهريباً)، بواسطة سفن صغيرة، معدّة لهذا الغرض. عرف منهم أن المئات ستأتي. أكثرهم لم يأتِ للإقامة الدائمة في هذا البلد، بل يعتبرونه منصّة للانطلاق منه، إلى أيّ بلد أوروبّي. الكلّ متفّقون أن العنف، والفقر في بلدانهم، هو سبب هجرتهم غير الشرعيّة، والأصحّ هربهم.

يلفت نظر نبيل أن هناك من يأتي ليقابل هؤلاء، ويغريهم بالعودة إلى بلدانهم. تمكّن من معرفة الغاية من ذلك: لمرافقة مهرّبات في سفن، أو زوارق. أو للانخراط مع مليشيات لم يسمع بها من قبل. كلّها تحمل أسماء لقادة في التاريخ كان لهم مجدهم قديماً.

أغراه أن يكون من هؤلاء، لولا أنّه التزم مع سواهم. تغيّرت مهمّته الأولى، ليحمل هذه المرّة رسائل شفهيّة، إلى أشخاص من بلده لا يُشكّ بأمرهم. هؤلاء ليسوا أكثر من أنّهم في الحسابات (خلايا نائمة) ستكون مهمتّها، تهيئة الأجواء للقيام بمظاهرات، وذلك بالاعتماد على صغار السنّ، من أطفال المدارس، حتى لا تقع عليهم المسؤوليّة التي تقع على الكبار، والاستفادة من الحدود المفتوحة مع الجوار، بأن

يحمل معه، ثلاثة أجهزة اتّصال صغيرة الحجم، تخدع -فيما لو حدث تفتيشه- أنّها أجهزة خلويّة. رأى أنّها فرصة مناسبة لزيارة ذويه.

ليلاً كان عليه -بسبب كثرة زبائن النّزل- أن يقضي ليلته مع شابّين من بلاد الجوار لبلده. دار حديث بينهم استمرّ حتى الفجر، كان فحواه ما يجري يجرّ خلفه كلّ ما علق من شوائب الحروب الأهليّة. انتهى الحديث عند هذا الحدّ، واستسلم الكلّ للنوم.

كان اليوم التالي أشدّ سخونة على نبيل، إذ جاءه الأمر بالمغادرة إلى مدينة غازي عنتاب التركية. وفيها استقبله رجل لا يعرفه من قبل، كان بانتظاره. معمّم. قامة فارعة. لحية كثّة. لغته العربيّة ثقيلة. يبشّره بما لم يتوقّعه، أنّه في القادم من الأيام، سيكون نزيل فنادق الخمس نجوم، ويكون له شأن غير عادي، فيدهشه ما يسمع، ويعتقد أنّ الكلام ليس موجّهاً إليه، فينظر حوله مرتاباً، لظنّه أن الكلام لسواه. يسكت، ويعتبر الأمر مزاحاً ليس إلاّ. بينما يتابع الرجل، ويطمئنه ألاّ يستغرب ذلك، فالبشارة يحملها له من رأس الهرم في جماعته. تأكّد لنبيل أنّه علق في فخّ، لا سبيل له كي يتملّص منه لو أراد ذلك بالسهولة الممكنة. يتابع الرجل قائلاً، وهو يمدّ يده إلى حقيبة جلديّة تتدلّى حتى وسطه، ويفتحها، ويخرج منها دستة من الأوراق النقديّة السوريّة:

- إليك هذا المبلغ ليساعدك في التنقّل.

يتناول المبلغ منه محاذراً، وعلى خوف، بيد أصابتها القشعريرة، وهو يلامسه. يقول في سرّه:

- لا مناص! لا مفرّ!

يودّعه الرجل مبتسماً، واثقاً من أنّه أمام صيد ثمين، وأحسّ نبيل أنّه كمن تلقّى ضربة تحت الحزام، وسيطول الألم ريثما يصحو.

يبدو أنّ اللعبة بدأت الآن بالنسبة لنبيل، وكان كلّ ما مضى لا شيء، أمام ما سيأتي. قابله شخص آخر، وكأنّما هذا الشخص يعرفه من قبل. بدأ الحديث معه، من دون مقدمّات، طالباً منه قبل أن يعبر الحدود، ويدخل الأراضي السوريّة، أن يذهب إلى منطقة تحاذي حدود بلاده، وعليها تُنصب خيام كثيرة لأهداف ليست معروفة، إلاّ لذوي الشأن. كثيرون كانوا يسألون عن سبب نصبها في هذا المكان، حتى من المقيمين في تلك المنطقة، وكانت الإجابات لا تتشابه بشيء، إلاّ عند ذوي الفطنة، الذين كان اعتقادهم جازماً بأن السلطة الحاكمة في تركيا، تضمر الشرّ لجارتها التي فتحت لها الباب على مصراعيه، وضمّتها إلى صدرها كأمّ حنون. الشرّ الذي تضمره له علاقة وطيدة مع ما يجري في غيرها من البلدان.

ولمّا كان المكتوب يُعرف من عنوانه، كما يقول المثل، فالخيام كانت تُعدّ لأبناء القرى السوريّة، التي ستفرغ من سكّانها.

كان على نبيل أن يذهب، ويشاهد الانهماك بنصب الخيام، وتجهيزها. لم يستطع أن يسأل أحداً لمَ هو في هذا المكان. دنا منه شاب ملتحٍ في مقتبل العمر. أبلغه أنّه حضر في الوقت المناسب، وعليه أن يغادر فوراً إلى قريته القريبة من الجبل الوسطاني في سوريا، وهناك سيلتقي بشيخها، الذي سيمدّه بمعلومات شفهيّة، وعليه أن يحملها، ويعود فوراً إلى الفندق الذي جاء منه، وهناك يجد من ينتظره.

لا يدري نبيل ما الذي يحصل في الخفاء. خبراته، وثقافته، وقدرته على تحليل التحليل، لا تتعدّى الدرجة صفر. لو كانت لديه مثل تلك الخبرات، لربط ما تفعله الأحداث هنا وهناك مع ما يمكن أن يجري في بلده، وربما غيّر اتّجاه البوصلة، لكنّه استمرّ بالمسار الخطأ. لا يدري أنّ المهمّات التي يُكلّف بها، متعدّدة الوجوه كإدخال عملات أجنبيّة

مزوّرة، وبطاقات شخصيّة، وجوازات سفر مزوّرة أيضاً، وأدوية، وتكبر أكثر ليساهم بتهريب السلاح، والأشخاص، ويهرّب الأعضاء البشريّة، والآثار. كلّ ذلك لم يضعه هذا الغبيّ في حسابه. وهذا ما حدث فيما بعد. الأنكى من كلّ ذلك، والأشدّ مرارة بالنسبة إليه، أنّهم - بعد أن اشتعلت النار بسوريّة، في الجحيم المعدّ له سلفاً، زوّجوا هذا الشاب إحدى مجاهدات النكاح، وهي عربيّة الأصل من المغرب، وتحمل الجنسيّة الفرنسيّة، ليجعلوه قوّاداً للمجاهدات القادمات من هنا وهناك، بالإضافة إلى بعض المهامّ التي ذُكرت آنفاً. كما أُضيفت إليه -بعد أن تطوّرت خبراته- مهام أصعب، هي السفر إلى البلدان الأجنبيّة، والاتّصال بالأشخاص السلفيين المتشدّدين. ساعدته على ذلك اللغة الإنكليزية التي يجيدها، وجوازات السفر الأجنبيّة العديدة الخاصّة به، التي يحملها، وقد أُعدّت له بعناية. الغريب أنّه أجاد النظر أمامه، ولم يُجد النظر إلى البعيد، ويرى ما وراء الأكمة! كان كلّ مرّة يدخل بها إلى سوريّة، يرى المزيد من الدمار، ويسمع الكثير من الأخبار المأساويّة عن التفجيرات، وعن الأبرياء الذين يذهبون ضحاياها

كان يتّصل به صديقه طعّان، ولم يردّ عليه. لم يكن يتوقّع طعّان من نبيل أن تصل به الأمور إلى أن يتنكّر له.

طعّان أيضاً لم يكن أوفر حظّاً، نتيجة تعاميه عما يجري، وما كان يسمع، وما كان يحدث معه شخصيّاً، إذ كانت المهام التي يُكلف بها أكثر خطورة، وأشدّ إيلاماً على من لديه أدنى ذرّة من إحساس، أو ضمير.

يعبر نبيل الحدود، ويقصد قريته التي لم تكن كما يعرفها، قبل أقلّ من عام. وصل أمام المدرسة الابتدائيّة التي تعلّم فيها. تذكر زملاء الدراسة، وشغبهم، ومرحهم، تذكرّ كيف كان المعلّمون جميعاً، يبدون

له، ولسواه بقلب واحد، رغم تعدّد مشاربهم. عند نافذة إحدى قاعات الصفوف، توقّف حين سمع المعلّم يقول لتلاميذه:

- أنتم رجال المستقبل. الإنسان دون أرض يقف عليها، كشجرة اقتلعتها الرياح، لتلعب بها في العراء.

تابع نبيل سيره، وكأنّه منوّم والكوابيس تكسر أحلام يقظته التي لم تكن على ما يرام.

استقبلته أمّه، وزوجة أخيه. قالت له الأم:

- الحمد لله على السلامة. (عانقته بحرارة) نرجو ألاّ تكون زيارتك خاطفة، وتقول: سأعود. الله يعلم ما سيحدث، وسلامتك بالدنيا. يكفينا أخوك.

تقاطعها زوجة الأخ:

- (بيكفّي جوزي صار يلعب بالمصرات لعب. ليش هال...؟).

تقاطعها الأم:

- (أنا للآن بعد ما تنفّست - توجّه الكلام لابنها نبيل- مصرات أخوك حرام بحرام. ضحكوا عليه، ما هدّوا لنا بال من قبل، ليهدّولنا يّاه اليوم!).

نبيل عرف حين تواجده هناك، أن أمراً ما سيحدث. وتعالق لديه، ما رأى، وما كان يقوله المعلّم للتلاميذ، ويبدو أن كلام الأمّ لم يؤثّر فيه، وهو الغريق حتى أذنيه بورطة، استساغ الدخول فيها، بسبب الوعود التي انهالت عليه، ممّن تكلّف من قبلهم، بتنفيذ ما يُطلب منه. نبيل بات يشعر أنّ مهمّته، طريق واضحة المعالم، تقود إلى خيانة قناعات الأم. ظهرت عليه علامات التردّد، ولاذ بصمت مريب، وهو الغارق حتى أذنيه في الخطيئة.

لم يطل المقام لنبيل، ودون وداع للأمّ، أو لسواها - سوى زوجة أخيه هي الوحيدة التي عرفت بأنه سيغادر، غادر القرية خلسة، وحين افتقدته الأمّ، رفعت يديها نحو السماء بالدعاء ليهدي الله ولديها بسواء السبيل، حتّى حين تذهب إلى بارئها تكون راضية عليهما.

كان عليه أن يلتقي ببعض المتديّنين في ثلاث قرى. لم يجد الشخص الأوّل في القرية التي قصدها أوّلاً، وقيل له إنّه غادر إلى تركيا. التقى في القرية التالية بالشخص المحدّد. تميّز هذا الشخص لحيته الكثّة، ولباسه الأسود الفضفاض، والسبحة الطويلة التي لا تفارق يده، والكلام الذي يوحي للآخرين، بأن هذا الشخص منزّل من السماء، ومرسل كملاكٍ إلى الأرض، وفاجأه ذاك الشخص، بأنّ التعليمات قد وصلته. حاول نبيل أن يتأكّد من صحّتها. قال له الشخص حتّى لا يدخل في التفاصيل: اطمئن سأقلب الدنيا عليهم، ولن أترك حجراً على حجر، إذا قدّرني الله! حتى الأطفال، والنساء سأجعل منهم عوناً لي في كلّ ما سأقوم به. لن أخذلهم بعونه تعالى! يقصد مموّليه بعد أن وصلته الأموال المخصّصة لشراء النفوس، والضمائر مستغلاً حاجة الناس، وعوزهم.

التقى بالشخص الثالث، عند مفرق قريته، ليتذكّر ما لم يتوقّعه؛ ففي مكان قريب من ذلك المفرق، شجرة جوز معمّرة، وظليلة، لكنّ ورثتها، بعد أن شحّ عطاؤها، أهملوها، فبدأ اليباس يتسلّل إلى نهايات أغصانها العليا. هذه الشجرة غدت إحدى أهم رموز المنطقة، ومحيطها. يعرفها القاصي والداني بلقب (شجرة هنانو)؛ أمّا كيف حملت هذا اللقب، فلذلك مرويّة، يحفظها الجميع (كانت ملاذاً من الحرّ، ونقطة تجمّع، وازدلاف، وكلمة سرّ للمجاهد إبراهيم هنانو، ورفاقه المجاهدين إبّان الثورة السوريّة الكبرى، كانوا في ظلّها يقيلون

من تعب. كانوا ينظّفون سلاحهم، وقلوبهم، ونفوسهم، قبل كلّ مواجهة وشعارهم (الدين لله والوطن للجميع). بعد تذكّر نبيل، لما تقوله شجرة هنانو عن الحريّة.

حين مواجهته الشخص الثالث، ابتلع لسانه لفترة، ثم صحا، على أنّه غارق في الخطيئة، وأحبّ أن يذكّره بالشجرة. سأله:

- شجرة قريتكم هذه، لماذا يلحقها اليباس؟

- من أهلها!

- أهكذا إذاً!؟

- لكنها ليست ملكاً لأصحابها وحدهم حسب ظنّي!؟

يسقط نبيل في بحر من الحيرة، وأسئلة حادّة يوجّهها إلى نفسه، لعلّه يحظى بإجابة شافية: (أأبقى هنا، وأخرج عن طاعتهم؟ أم أعود إليهم، وأحاربهم؟ أم ماذا؟! الأفضل أن أعود إليهم، وهناك سأتصرّف بما ينبغي، وحسب الظروف).

كانت الأمور في البلاد تتفاقم يوماً بعد يوم. سمع من أحدهم أن متظاهرين أحرقوا العلم السوريّ، ورفعوا علم الانتداب الفرنسي، وهم يهتفون بالعداء للدولة. وسمع من آخر أن موتورين اشتروا كميّات كبيرة من الخبز، وألقوها في الصرف الصحيّ، لإلحاق الأذى على وجهين: هدر حاجة الناس من الخبز، وإرباك الدولة في إصلاح جانب من البنية التحتيّة. أصبح متيقّناً من أن خلف ما يجري أيدٍ غريبة، تحرّض، وتموّل، لغاية في نفس يعقوب. فيما بعد صار يسمع من إذاعات محدّدة، بثّاً لأخبار لم يكن لها أي حقيقة في الواقع، من مراسلين، بأسماء مستعارة. عرف أحدهم من صوته، ونبرة صوته. شاهد أكثر من مرّة في محطات تلفزيونيّة نبرة واضحة بمطالبات غير مقبولة، وغير معقولة.

لم يكن يحسب حساباً لزوجته الجهاديّة، التي لا يعرف -في هذه اللحظات- أين مكانها. داهمه الخوف، حين فكّر بكيفية التخلّص منها. أوّلاً الخوف منها، وثانياً الخوف من تبعاتها، وما يمكن أن يفعله التنظيم الذي انتمت إليه، ومعه تمارس جهادها (هي في هذه اللحظات، كانت ضمن قائمة من سبع نساء بعضهن عربيّات، وبعضهنّ من جنسيّات مختلفة. القائمة شديدة الدقّة بالأوقات التي يجب على كلّ منهن الاستسلام لمواعيد جنسيّة مخجلة؛ إذ يُفرض على كلّ واحدة ثلاث ممارسات في اليوم، ضمن ظروف غير صحيحة، لمثل هذا الممارسات، سواءً أكانت من الناحية الصحيّة، أو من الناحية الاستمتاعية).

هي زوجته حكماً حسب أعراف من زوّجوه هذه الفتاة، وذلك بعد أن أجبروه على التكبير، لتكون زوجته شرعاً. هي أيضاً رضيت بهذه الازدواجيّة، كي تحمي نفسها من السين والجيم، إذا ما عادت إلى بلدها، وأهلها، وتدخل بجهادها الجنّة التي وعدتها بها المرأة التي أقنعتها بمثل هذا الجهاد. تلك المرأة لم تكن الوحيدة التي تعمل -لقاء المال- من أجل تجنيد الفتيات للجهاد في سورية والعراق بخاصة.

كم من التداعيات ستحصل لو استمر هذا الزواج؛ كما أنّ التملّص منه قد يلحق أذى لا يكون بالحسبان. فالذين تخضع لهم هذه الزوجة، ليس من السهل تحدّيهم، بعد انتشارهم في أكثر من مكان، وبعد الممارسات العنيفة التي اتّخذت بحقّ مناوئيهم.

القرار الأخير لنبيل أن يعود إلى تركيا، وهناك سيتصرّف، وفق المستجدّات التي تطرأ عليه.

***

11

المهمّة الأخيرة التي كُلّف بها طعّان، كانت أقسى مهمّة ينفّذها حتى الآن. كان قد أقلع من الساحل المصري، والبحر في حالة هياج، بسفينة قديمة، ومنسّقة، وعليها 98 مهاجراً بطريقة التهريب، إلى مكان محدّد قبل الوصول إلى السواحل اليونانيّة، وحين يصل إلى ذاك المكان، يجد بانتظاره قارب إنقاذ.

الخطّة هي كما يلي:

عليه أن يُغرق هذه السفينة بركّابها، حين يلمح قارب الإنقاذ، الذي سيقلّه وحده. الأسباب، هي عدم رغبة الأوروبيين باستقبال مهاجرين من بلدان عربيّة تدبّ فيها الفوضى جرّاء الحرب. وإغراق السفينة قبالة السواحل اليونانيّة، كانت لغايةٍ لم تكن بريئة. ربما لتحميل اليونان مسؤولية عدم إنقاذها، واليونان مغرق بمشكلات اقتصاديّة، وضغوط كبيرة، لابتزازه بأمور كثيرة، يريد أن يكون بمنأى عنها.

كان على ظهر السفينة حين انطلقت، نصف ركّابها تقريباً من الشباب الفارّين، من العنف، والبطالة للبحث عن مجالات عمل، في البلدان الأوروبيّة المستقرّة؛ والباقون أطفال ونساء.

بين النساء امرأة تقرّبت من طعّان، وفهم منها أنّ زوجها، وولديها الصغيرين، ماتوا جميعاً بتفجير سيّارة مفخّخة، وهي آثرت الهروب من هذه المأساة، وممّا طال بلدها من دمار. فهم أيضاً لا أهل، ولا أيّ معيل، ولا تملك من الدنيا شيئاً، سوى المبلغ الذي كان يدّخره زوجها، وهو بالكاد يسدّ حاجاتها لأكثر من شهر. عرف أنّها بالأصل من تونس، ومتزوّجة من ليبيّ. لم تستطع السفر من ليبيا بسبب إغلاق كل المنافذ الساحليّة، واضطرّت للسفر إلى مصر، للمغادرة منها إلى أوروبا. كانت المرأة في مقتبل العمر. تغلب على بشرتها السمرة. لفّت رأسها بشال أسود، يحضن كامل شعرها الذي لم يبن منه شيء. مع مرور الوقت أحسّت أنّها لا تستطيع الابتعاد عنه طويلاً. ذهبت إلى حيث تركن حقيبتها، وحاجياتها، وأخرجت من الطعام الذي تحمله شيء من الحلوى، وعادت لتقدّمه لطعّان. يسألها عن اسمها، لم تجبه عن اسمها الحقيقي، والمذكور في لائحة الأسماء، التي هي بحوزته. ذكرت له اسماً آخر:

- اسمي راوية.

(يحاول تذكّر الأسماء التي في اللائحة).

- لم يمرّ معي هذا الاسم!

- قلت لك اسمي الحقيقيّ. أمّا ما هو مدوّن في اللائحة، فهو المطابق لبطاقتي الشخصية.

- لا يهمّ! المهمّ أن تنتبهي لما سأقوله لك؛ البحر من الصعب السيطرة عليه إذا غضب. قد نتعرّض لمخاطر، ولا نجد من ينقذنا. سنضع في حسابنا دائماً، أنّنا خارجون عن القانون. أوروبا لن تستقبل

الفارّين إليها بصورة غير شرعيّة. عدا عن أنّها لم تستقبل سوى أعداد قليلة جداً من القادمين إليها بشكل قانوني.

- ما الذي تريد قوله؟

- إذا حدث مثل هذا الخطر الذي قد يحدث في أيّة لحظة، عليك أن تسارعي إليّ، لعلّنا نجد الوسيلة التي يمكن أن تنقذنا.

(في سرّها تساءلت عن فحوى اهتمامه الذي جاء سريعاً، وقبل أن يعرف عنها شيئاً، ولم تصل إلى أيّ تفسيرات لذلك).

(وهو في سرّه يأمل منها، أن تكون شاهدة على تنفيذه المهمّة بحذافيرها. وبالترغيب والترهيب، تقول -إذا ما طُلب منها معرفة الحقيقة- ما يلقّنه لها).

كانت راوية بدافع الخوف من المجهول، تتقرّب منه شيئاً فشيئاً، حتى أصبح بالنسبة إليها السند الذي لا تستطيع الابتعاد عنه.

راح طعّان يحدثّها عما يمكن أن يحدث في البحر، وعن مغامرات افتراضية قام بها، وهي تصغي إليه، شغوفة بكلّ كلمة تسمعها منه، حتى لو كانت أكثر من بذيئة، أو تحمل في كنهها الشرّ، أو العنف. كم كان ترويضها سريعاً. لم تلاحظ عليه نيّته بالنظر إليها غريزيّاً. كانت نظراته إليها حياديّة تماماً، حتى حين كانت تلمّح بغواية، أو فتنة، من عين، أو بحركة. هذا هو أسلوبه دائماً مع النساء.

حين ينشر الليل أجنحته على البحر، تكون الوحيدة التي تساهره حتّى الفجر. أنِست له. وظلّ على موقفه منها. كانت تتمنّى في داخلها، لو يستجيب لمشاعرها التي لم تكن لتخفى عليه.

كانت آخر حكاية لها عن سفينة لاجئين سوريين، وأفغان، غير قانونيّين، غرقت قبالة سواحل (جشمة) السياحيّة التابعة لمحافظة إزمير غربي تركيا، وكان على السفينة 37 مهجّراً.

حدّثها أنّه كان قريباً من هذه السفينة حين غرقت، ولكنّه لم يستطع أن يفعل شيئاً، لأن تواجده في المنطقة كان غير قانونيّ، الأمر الذي أجبره على التواري بعيداً عن الحادثة.

(راح يحدّثها عن تلك الحادثة تمهيداً للمهمّة المكلّف بها، وربما تكفيراً عن ذنب سيرتكبه، وحدّثها عن حالة غرق أخرى).

سألته عن سبب غرقها، وأين غرقت، وعمّا فعلته الجهات المعنيّة لإنقاذ تلك السفينة. أجابها:

- انقلبت أثناء عمليّة دوران، قرب ساحل (فارماكونيسي) اليوناني، و12 امرأة وطفل من سورية وأفغانستان لقوا حتفهم من بين من قضوا.

- ماذا كان شعورك حيال ذلك؟

- أتسألين عن شيء تحجّر فيّ منذ زمن بعيد. إنّ مثل هذه الأمور تحدث دائماً. البحر كما البرّ. كلّ شيء سيّئ متوقّع كلّ لحظة فيهما. من كان يتوقّع أن يصيبك ما أصابك وأنتِ في البرّ؟

كان القدر الذي يمسك عنانه طعّان قد انتهى من إعداد السيناريو، الذي سيتمّ تنفيذه بأوامر من جهات أعلى، بعد أن (أُشبعت أوروبا من استقبال المهجّرين).

(اليونان كانت في الوقت الذي يتمّ فيه الغرق، أو الإغراق المقصود غالباً، تحت نير حكومة لامبالية بحاضر ومستقبل اليونان.

كانت تتراكم الديون على اليونان من أجل الإمعان بإخضاعها وإذلالها، حتى لا يكون لها أيّ دور يمكن أن تلعبه في مجمل القضايا، باعتبارها كمركز رئيسيّ بين الشرق والغرب، والشمال والجنوب، وباعتبارها تمثّل الفكر الفلسفي، الذي كان الأساس في بناء الإنسان، الذي يحبّ الحق والخير والجمال).

رأى نوراً قادماً من بعيد، ثم ما لبث هذا النور، وأن أعطى كلمة السرّ التي هي عبارة عن إطفاء النور لعدّة ثوانٍ، ثم إشعاله وإطفائه بالتناوب لمرّات عدّة. تنبّهه راوية لقدوم زورق مبحر نحو سفينته. يقول لها:

- استعدّي لتلتحقي بي! (لم يصغِ إليها، وهي تسأله الأسئلة التي ستستوضّح الإجابة عليها، أو ما عليها أن تفعله، أو ما الذي سيحدث. يدور بسرعة بالغة وغير متوازنة، فتنقلب السفينة بكليّتها. يكون القارب قد ألقى إليه طوق النجاة، ويفرّ بروحه من الكارثة، حاملاً معه راوية. وانتهى كلّ شيء دون أيّ تصرّف لإنقاذ السفينة). كان البحر وحده يعرف ما جرى لهؤلاء المساكين الغلابة، وطعّان وحده يعرف السرّ، الذي قضى على أناس فرّوا من الجحيم في بلادهم، إلى بلادٍ رغيدة كانت حلمهم قبل المحنة التي ألمّت بهم.

كان الشابّ الذي حملهم في قارب النجاة، قد ابتعد بهم شوطاً عن موقع الغرق، وطلع الصباح عليهم. لم يكن يبدو على طعّان أيّ شعور بذنب، أو بإثم جرّاء فعلته المخطّط لها سلفاً؛ حتّى إنّه لم يسأل نفسه عن سبب ذلك. كان الثلاثة في صمت مطبق. لا أحد يفتح فمه للكلام. بدا الاستياء على وجه راوية التي لم تتجرّأ، وتبادر الكلام مع أيّ منهما. بينما في داخلها تضجّ الأسئلة، التي تدور عن مصيرها. يسألها

طعّان عمّا يدور في خلدها، فتجيبه متصنّعة اللامبالاة بأن لا شيء يستحق أن تفكّر فيه، بعد مأساتها بمقتل زوجها وولديها، ثم يخطر ببالها أن تسأله عن وجهة سفرهم. يتظاهر أنّه لم يسمع السؤال. تكرّر سؤالها عليه بصوتٍ جليّ، فيجيبها أنّ المكان الذي يقصدونه بات قريباً جدّاً. تسأله عن اسم الشابّ الذي يقود القارب. اسمه (عزيز) يقول لها، ويضيف: إنه تركي، وصديق وفيّ، وبحّار عريق.

- لكنّه لم يتكلّم بشيء منذ أقلّنا!؟

- ليست مهمّته الكلام!

- أنا جائعة، ومعدتي تعلك نفسها؟

يسمعها عزيز، فيفتح صندوقاً مركوناً تحت يده، ويُخرج منه شطيرتين، ويقدمهما إلى طعّان.

طعّان بدوره، يتناولهما منه، ويعطي واحدة لراوية، ويلتهم الأخرى بنهم. تبدأ راوية بمضغ شطيرتها، وعينها على صندوق عزيز. ينتبه عزيز إليها، فيفتح صندوقه، ويخرج شطيرتين أيضاً، ويقدمهما لراوية، التي بدورها تقدّم إحداهما لطعّان، فيأبى أخذها منها. يومي لها أن تأكلها، فتعيدها إلى عزيز.

.....

يودّعان قائد القارب في الميناء، ويتّجها إلى النّزل الذي يقيم فيه. يتّصل من النّزل بمعلّمه، ويبلغه بإنجاز المهمّة بحذافيرها، وبأنه يصطحب إحدى الناجيات من الغرق. يأمره المعلم أن يحضر والناجية إليه فوراً.

يمتثلان أمام المعلم، ويقدّم إليه راوية، ويشرح طعّان له ما حدث تماماً. يطلب من طعّان أن يخرج، على أن تبقى راوية التي تُواجه بأسئلة لم تتوقّعها: كم عمرك؟ هل لديك استعداد لتتعاوني معنا، ويكون لك ما تشائين؟

أذهلتها هذه الأسئلة التي لم تكن تتوقعها. كان في ظنّها أن يتقدّم لها أحدهم، من أجل زواج، وليس من أجل عمل لا تعرف كنهه.

بدا على راوية الارتباك. طلب منها أن تجلس، وفتح الأنترفون ليطلب لها كوب عصير ليمون. يسألها عمّا تفكّر فيه، فتجيبه أنّها تريد أن تستقرّ. يقول لها:

حياتك الجديدة ستختلف كليّاً عن الماضي. ضعي هذا في حسبانك. هنا أنت لا تشبهين راوية التي تعرفينها، والتي كنتها. أنت هنا سيكون لك اسماً آخر، هذا أوّل ما أقوله لك. يجب ألاّ يُذكر اسمك الأوّل أمام أيّ شخص آخر أبداً، لأنّ ذلك سيكلّفك حياتك. (بدأت لهجة الوعيد تتصاعد) حذار من أن تقولي لا أبداً.

لا شكّ أنّك تعرّفتِ على طعّان. نريدك قويّة مثله (كانت تتساءل في سرّها عن المهامّ التي ستكلّف بها، وتمنّت ألاّ تكون بتقديم جسدها للآخرين). تتجرّأ وتسأله متردّدة:

- ما الذي يمكن أن أقوم به من أعمال مثلاً؟ (ترتشف آخر ما تبقّى في كوب الليمون، وتحسّ به مرّاً كالعلقم).

- يُقال في حينه؛ الآن اخرجي ليصطحبك طعّان إلى المكان الذي تأوين إليه.

(لم تجرؤ أن تسأل أحداً عمّا يمكن أن تقوم به من أعمال، كما أنّها شعرت أنه خاطبها بجلف).

قادها طعّان إلى نُزل ليس فيه سوى نسوة، وعرفت منذ اليوم الأوّل لإقامتها بينهنّ، أنّهن ينتظرنَ جميعهنّ أوامر الشخص الذي أرسلها إلى هذا المكان. كانت كلّ واحدة منهن تخاف أن تسأل أيّ سؤال لأخرى، قد يثير شبهة. كنّ يكتفين بالأحاديث التي تخصّ أموراً شخصيّة جداً، كنوع الطعام المرغوب، أو الحيض وتبعاته. لم يكن حتى للذكريات موقع للبوح به، من امرأة لأخرى؛ فالخوف المسيطر عليهنّ، كان مثل كابوس دائم، لا يمكن الخلاص منه بأيّ شكل.

ليلاً حاولت إحداهنّ التقرّب من راوية (التي حملت اسماً سريّاً آخر هو لولو)، وعرفت راوية منها اسمها السريّ (أمينة)، ولم تفصح لها عن اسمها الحقيقي، وعرفت من لهجتها أنّها مغربيّة. اتفقت لولو، وأمينة سرّاً، أن تبوح كلّ منهما للأخرى بأسرارها دون خوف، أو حذر

صباحاً، جاءت الأوامر إلى لولو (راوية)، أن تغادر مع طعّان في اليوم التالي دون أن تعرف إلى أين، وطُلب منها أن تستحمّ، لأنّها قد مرّ عليها وقت طويل، لم يعرف جسمها الماء.

وظهراً، جاءت الأوامر لأمينة، ولفتاتين أخريين، أن يودّعنّ زميلاتهنّ في النزل، لأنهنّ سيذهبن بمهمّة لم يعلمن عنها شيئاً، قالت أمينة: المهمّ أن نتخلّص من هذا المكان الأصعب من سجن.

الزمن يمرّ سريعاً في حالة الفرح، وهكذا مرّ على أمينة، وزميلتيها، أما راوية (لولو) فكان الزمن يسيل كما لو كان من رصاصٍ مذوّب. لقد كانت مع طعّان في رحلة، وكان مثل جلمود صخرة. لم يعرها أيّ

اهتمام. لم يحفل بأنوثتها التي تذوّقت طعم الرجال، في رحلة زواجها القصيرة، التي كانت مفرخة فيها ليس إلاّ.

.....

تبدأ مهمّة طعّان على قارب بحريّ سريع، سيتركه في سواحل المغرب العربيّ، ويعود بمركب من هناك، وبضاعته هذه المرّة، فتيات تطوّعن كمجاهدات، وهو أمر لم يستغربه طعّان، وتقبّلته راوية صاغرة. كانت قد أَلِفت البحر في رحلتها الأولى، التي لم ينجُ سواها في تلك الرحلة، وأسِفت كلّ الأسف على ما حدث، ولكنها لا تستطيع أن تعبّر عن مشاعرها، وإلاّ ستلاقي ربّما موتاً أشدّ قسوة من الموت غرقاً.

بدا طعّان في رحلة الذهاب أكثر ليناً من المرّة الأولى؛ فهو وراوية وحيدان في الرحلة. ولم يكن من الصعب عليها أن تبثّ رسائل الإغراء، ولديها أحاسيس المرأة التي حُرمت على نحو مفاجئ لذّة تعوّدت عليها، وانقطع موردها عنها، ثم امتثل أمامها شباب بكامل زهوه، وعنفوانه، متمنّعٌ، لا تعلمُ ما يضمره لجسده المشدود إلى دوائر العنف، والشرّ، ولا تعتقد أنّه لا يلين لأنثى ترسل إليه إشارات خفيّة، لينجذب إليها.

خلسة كان ينظر إليها، وهي تراه، وتتجاهله، لتتمكّن من أنّه سيبدأ الخطوة الأولى، ولكنه ظلّ على قسوته معها.

لابدّ مع هذه الحال، أن تقطف تفّاحة من براريها الشاسعة، وتقدّمها إليه. كشفت عن ساقيها، وتظاهرت بغسلهما بماء البحر. وأطالت زمن اغتسالهما إلى أن تأكّدت من أنّه ابتلع الطعم، وتوقّف هنيهة عن قيادة قاربه الذي لا يتحمّل أيّة خطيئة فنيّة، انحرفت

وجهته قليلاً. ذهبت إلى أبعد من هذا، فتظاهرت أنّ دوخة أصابتها جرّاء دوار البحر. وألقت نفسها قريبة منه، دون أيّ حراك.

ترك القيادة بعد أن ثبّت وجهتها، واندفع نحوها يعالجها بإجراء التنفّس الاصطناعي، حتى تظاهرت أنّها عادت إلى وضعها الطبيعيّ، وتماثلت للصحو. جاءها بكوب ماء عذب، وأسند رأسها على ذراعه، وسقاها بيده. علقت عيناها بعينيه في نظرة طويلة، تحمل مطلباً واحداً، ترجمه الاثنان بلغة واحدة، هي اللغة التي تتبادلها الأرواح والأجساد منذ الخليقة، ولا تفهمها إلاّ الرغبة، والإرادة، والانجذاب الحميم إلى الآخر، فعانقها، وانهال عليها بقبلات محمومة من إنسان شرس، يعطي المرأة أكثر مما تعطيه. راح القارب يتمايل، ثم اهتزّ، وأرضيته تشهدُ المغامرة الأولى، التي تكرّرت مرّات ومرّات، في رحلة الذهاب إلى الساحل الآخر، الذي سيحمل منه البراءة المجنونة، التي ستنتهكها الخطيئة الإيمانيّة، وما يجرّه الفهم الملتاث، والمنحرف، للتديّن؛ أو قل سيحمل تاريخاً من الكبت، والحرمان، والوصاية، والسعي إلى الانعتاق تحت أيّة ذريعة، ولو كان الحصاد مرّاً، والنتيجة بالغة السوء، بل بالغة الخطورة، لأنّ كلّ من جاهدن ليدخلن الجنّة، عُدْنَ إلى جهنّم الحياة منكسرات شرّ انكسار، بأبشع أمراضٍ جسديّة، ونفسيّة؛ كما أنّ المجتمع نبذهنّ، حتّى الأهل، ولا شكّ بأنّ الربّ لا يقبل في جنّاته منحرفاً، أو مريضاً، أو ملوّثاً، أو مجاهداً باسمه، أفلت نفسه لتنهشه الذئاب، وجعل من جسده قطعة حلوى، لا يهدأ عليها سوى الذباب.

(لا أدري لماذا انفعلت، واستبقت الأمور التي تغلي في رأسي، وقدّمتها قبل نضجها). قال طعّان في سرّه.

هناك ما هو أهمّ؛ لقد تم الاتّصال معه، أن يسرع بأقصى ما يمكن.

عاد بالمركب المعدّ له برفقة راوية (لولو)، وبسبع فتيات، قصدهن سورية عن طريق تركيا، التي تسهل لهنّ العبور. راحت راوية تنفرد بكلّ واحدة على حدة، وقد حملت كل منهن اسماً سرياً

الأولى: (آسيّة).

الثانية: (قمر).

واسمها السريّ هذا. قالت لها إنّ امرأة أقنعتها أنّها بجهادها، ستدخل الجنّة، ولهذا فلن ترى أيّ مشكلة بتقديم المتعة للمجاهدين، الذين يقتلون الكفّار. قالت لها أيضاً إنّ ابن عمّها، الذي تخلّى عنها، وسبقها للجهاد، لن تدعه يدخل الجنّة قبلها.

الثالثة: (خميسة)

كذلك هذا اسمها السريّ، والأسطوانة ذاتها، حول اندفاعها للجهاد، كي تدخل الجنّة، لأن رجال الجنّة، حسب تصوّرها، يختلفون كلّ الاختلاف عن الرجال الذين تعرفهم في الدنيا. رجال الجنّة ملائكة تسعد المرأة معهم، ومن أجل ذلك، عليها أن تجاهد بما تستطيع في الدنيا، وهل تستطيع غير تقديم المتعة للرجال المقاتلين.

الرابعة: (روعة)

قصّتها مختلفة. قالت لراوية إنّ أمّها متوفّاة، ولها خمس أخوات، ربّتهنّ زوجة أبيها التي أقنعت ثلاثاً منهن على الالتحاق بالمجاهدين، والمجاهدات. لأنّ الجنّة، حسب قول زوجة أبيها، لا تحتمل سوى عدد محدود من النساء، ولذلك عليها أن تسابق الزمن، وتسرع، بالسفر إلى سورية. قبل أن يفوتها القطار، فهجرت الدراسة كي لا تفوت فرصتها، وسألت راوية بسذاجة: أتُرى سأجد لي مكاناً في الجنّة برأيك، أم إنّ جهادي سيذهب هباءً؟!

الخامسة: (نهاوند)

تتكلّم العربيّة بلهجة مكسّرة، بالكاد فهمت راوية منها أنها فتاة فرنسيّة، وأحبّت كلّ ما قالته لها الشيخة ليلى التي تواصلت معها عبر الفيسبوك، وأقنعتها أنّها بالجهاد تُفتح لها أبواب الجنّة، وتتزوّج من مجاهد يغمرها بالمال، وتعيش سيّدة زمانها. فهمت منها أيضاً، أنّها سافرت رغماً عن ذويها إلى تونس، رغم المخاطر التي كان يمكن أن تواجهها.

السادسة: (ليزا)

لا تجيد اللغة العربية بتاتاً، وربما -حسبما قالت راوية- تتكلّم العربية، وتنكر ذلك، لغاية في نفسها. (تعتقد راوية أنها تخفي سرّاً بسلوكها هذا، وأن سرّها لا بدّ أن ينكشف).

كان طعّان يصغي إلى أحاديثهنّ، وحواراتهنّ، التي تصبّ كلّها في مستنقع واحد، هو جهاد النكاح، ودخول الجنّة، عدا نهاوند، وروعة؛ ففي المرحلة الأخيرة من الرحلة تقاربتا بأمور لم يدركها طعّان في البداية، ثم علم من خلال همسهما أن نهاوند لديها معرفة أكثر بما ستؤول إليه الأمور، فهم من حديث نهاوند لها، أنّ بإمكانهما تغيير دفّة الجهاد في سوريّة، حسبما هو مقرّر لهما، والذهاب باتّجاه آخر، حتى طعّان الذي باتت لديه خبرة بكثير من الأمور، لم يكن لديه أيّ علم، أو أيّ معلومات عمّا قالته نهاوند لروعة.

ما قالته هذه الفتاة شيء لم يصدّقه طعّان، إلاّ فيما بعد. كانت قد قالت لروعة إنّ المرأة التي تواصلت معها، وأقنعتها بأن تجاهد بجسدها، لتدخل الجنّة، أمامها أكثر من طريق تسلكه لبلوغ هذا

الهدف، وربّما أفضلها هو الانتساب إلى مدرسة الباليه، والرقص الشرقي.

حين سمع طعّان كلمة (باليه ورقص) شنّف أذنيه جيداً، ليعرف بعض التفاصيل عن هذه المدرسة. ممّا قالته نهاوند لزميلتها روعة عن هذه المدرسة: إنّها تقع في إحدى الجزر الصغيرة في البح، ومغلقة إلاّ على المدرّبين، والمتدرّبين فيها. اسمها هذا للتمويه لا أكثر؛ فهي مدرسة لتعليم التعذيب، تديرها إحدى التنظيمات، لصالح التنظيمات المتشدّدة، والمتحالفة معها، سرّاً، أو علناً، لممارسة ما تتعلّمه على الأسرى، والمختطفين، من (الأعداء الافتراضيّين!)، بالطبع سيكون ذلك للحصول على معلومات معينة، ومطلوبة لجهات أعلى، أو لتنفيذ سيناريو معيّن لأجندة معيّنة، والهدف الأساس، بث الرعب بسواهم ليستسلموا، أو يخضعوا، لهذه التنظيمات، عدا عن أنّ الرواتب فيها مغرية، والمتعة متاحة متى تشاء الفتاة المنضمّة إليها، أو الشابّ.

يكتشف طعّان أن رغبة الفتيات كانت متفاوتة.

خلاصة الأمر أنّ تلك الفتيات المغرّر بهنّ، يذهبن من تونس إلى (أرض الجهاد) التي هي بلاد أخرى.

يعرف طعّان أيضاً أن الشرطة التونسيّة، ضبطت الكثير من خلايا الجهاديّين، ويعرف أنّ عدداً كبيراً من الجهاديّين انخرطوا في القتال مع الجماعات المتشدّدة التي تقاتل العراقيّين، والسوريّين، وتدمّر، وتفجّر، هنا وهناك، ولا تميّز بين طائفة، وأخرى.

مع ذلك فإنّه (أي طعّان) سادر في غيّه، هدفه الثراء السريع، كالكثيرين الذين انخرطوا في صفوف مقاتلين جهلة.

***

12

كان نبيل قد عاد إلى موقعه الأساسي في تركيا، والتقى هذه المرّة برجل يتخفّى تحت اسم (طوران)، وهذا له علاقة وثيقة مع (الطير) اللبناني. كان قد زار (نبيل) في النّزل الذي اعتاد أن يقيم نبيل فيه. ادّعى طوران أنّه رآه صدفة في النزل، فيما كان قصده زيارة صديق له. لكن هذا الصديق، غادر النزل، دون أن يخبره.

قال طوران لنبيل إنّه سيواجه الكثير من المتاعب في زيارته هذه، لأنّ الأمور تغيّرت كثيراً في تركيا، بعد اندلاع نار الحرب في أكثر من مكان، وما عليه في هذه الحال، إلاّ أن يكون له سند قويّ، يستطيع مساعدته إذا وقع في مأزق ما، لا سمح الله، ونصحه أن يتعرّف إلى (الطير)، فهو الوحيد، الذي سينشله عند ضيق، حتّى لو كان الضيق ماديّاً.

لا يدري نبيل كيف استمع إلى هذه النصيحة، وشنّف أذنيه جيّداً، حين سمع أنّه يمكن إنقاذه ماديّاً عند ضيق. لم يجد صعوبة في البحث عن مكان إقامة الطير، فمعظم العرب المتواجدين عل الأرض التركيّة، يعرفون أين يقيم هذا الرجل الأشبه بكنز يمشي على الأرض، وبعض السوريّين هناك يشبّهونه بكنز، أو بنك، يسير على

قدمين، والكلّ يشمّ رائحة المال، الذي يحمله ليوزّعه على كلّ من يرغب بالتعاون معه.

قبل أن يلتقي به نبيل شخصيّاً، ويقابله وجهاً لوجه، رأى في الفندق الذي يقيم فيه الطير، رجلاً سوريّاً، هو الآخر يريد لقاءه.

كان انتظارهما له معاً، قد تخلّله شيء من التوجّس أحدهما بالآخر. أحبّ نبيل أن يحرف البوصلة قليلاً، فسأله بعد أن تعرّف إليه، وعن سبب تواجده في تركيا:

- أمعقول أن تسمح حكومة للطير، أن يكون حرّاً على أراضيها إلى هذه الدرجة؟

أجابه الرجل الذي يدعى أبو العزّ:

- أنا هنا تاجر لا أكثر، ولي أعمال لم تنجز، وعلقت هنا، ولم أستطع المجازفة، والعودة، لأنّ الأمور في بلدنا تسوء يوماً عن يوم. وبالنسبة إلى سؤالك، فالحكومات -ليست كلّها طبعاً- ذات وجهين: وجه يدين بالإسلام ظاهراً، ووجه يخدم عدوّهم سرّاً. كنّا نعتقد أن عبد الحميد الثاني هو حامي الحمى، وحامي حمى المسلمين، وكنّا نتغنّى باسمه حتى في أفراحنا. كنت ذات يوم مدعوّاً إلى عرس صديق لي، في إحدى قرى الشمال السوري، وكانت كلمات إحدى أغاني العرس تقول:

"ما بين البلّ وصوران. طالع كِما (كمأة) يا طيبو

عبد الحميد موصّي. كل مين يا خذ حبيبو".

هذا العبد الحميد يا أخي كنّا مغشوشين به.

.....

غادر نبيل تركيا دون أن يخبر أحداً، والتقى بطعّان في المقهى البحريّ الذي اعتادا اللقاء فيه. يطلب منه طعّان أن يكون مساعداً له في رحلاته عبر البحر، لأنّ ضغط العمل يشتدّ عليه بعد الأحداث التي تشهدها البلدان العربية، وكثافة أعداد الفارّين من ويلاتها، أو المهجّرين عنوة. يخبره أنّهم لا سبيل أمامهم إلاّ الهجرة غير الشرعيّة، إلى البلدان الأوروبيّة، أو سواها؛ والفرصة في هذه مثل هذه الظروف مواتية ليتحقّق حلم كلّ منهما بالثراء. وهؤلاء الفارّون يدفعون بسخاء مقابل تهريبهم، إذ ليس لديهم الأوراق القانونيّة التي تضمن لهم السفر إلى الخارج، وطمأنه بأنّ معظم هؤلاء هم من سوريا.

يخفي طعّان عليه أنّ أحد زعماء المافيا طلبه قبل يومين، وتردّد كثيراً في أن يقابله، ولكنّه -خوفاً- ذهب إليه صاغراً والتقى به. كان هذا الزعيم -ربما- قد سمع بطعّان، وبأهليّته لتنفيذ أعمال خطرة، فطلبه، وخمّن طعّان ذلك أيضاً، وخمّن أيضاً أنّ المعلّم الذي يعمل لديه، دفع الزعيم -لعلاقة أكيدة وتعاون لا شكّ فيه- ليتّصل به؛ وذلك إمّا من باب اختباره، أو للتعاون الفعليّ معه، ولم يكن يصعب على طعّان أن يحسم الأمر بذكاء، إذ قال له: "لديّ بعض الأعمال. حين أنجزها، أعود إليك". يعتقد طعّان أنّه سيعرف الحقيقة في هذا الوقت المتاح، ورأى بعد طول تفكير أن المسألة تتعقّد، فاضطرّ لطلب نبيل، بقصد المشورة، والتعاون الذي يبقيه في المسافة الحيّة لعمله، ودخله، كما رأى أنّه تأخّر كثيراً في زيارة أم سافو، وإرسال ما جمعه من مال؛ فنبيل يمكن أن يؤمّن معه ما سيرسله.

حذّره الزعيم في البداية، من إفشاء أيّة كلمة مما دار بينهما، وإلاّ..؟

.....

يحمل نبيل حقيبته التي تحتوي المبلغ (الأمانة) المرسلة إلى أمّ سافو، ويغادر إلى أثينا. لم تكن تلك السيّدة في المنزل، فاستقبلته سافو، وسلّمها المبلغ. أصرّت أن ينتظر أمّها، فاستجاب لرغبتها. استضافته قي غياب أمّها. طلب ماء وشرب. خرجت وعادت بركوة قهوة. سألته عن طعّان. أجابها:

- إنّه بخير. عمله لا يزال كالمعتاد، في البحر.

سألته بعض التفاصيل عن عمله، فأجابها أنّه لا يعرف شيئاً، إلاّ أنّه منهمك بالعمل، ولولا ذلك لأتى بشخصه. مع رشفة القهوة الأخيرة، طلب منها أن يغادر. رجته التريّث -وفي سرّها- لعلّها تعرف أكثر عن طعّان. سألته عمّا إذا كان طعّان يريد المجيء في وقت قريب إلى أثينا. أجابها أنّه لا يعتقد ذلك، ولا يستطيع أن يتوقع شيئاً حول ذلك.

مع هذا لم تفقد الأمل بأن تعرف شيئاً عن طعّان، ولا تعرف السرّ الذي يدفعها للاستفسار عن أحوال طعّان، والاهتمام به، على الرغم من أنّه في لحظة ما، شعرت أنّه ليس مدار اهتمامها.

تعود أم سافو، ونبيل لا يزال في منزلها، فتفرح بوجوده. تخبرها سافو عن المبلغ الذي أرسله طعّان، وتخبرها سافو أنّ طعّان لا يزال في عمله المعتاد، ولم تنتظر أن يخبرها نبيل بذلك. نظرت إلى ابنتها باستغراب كيف تجيب على ما تودّ أن يجيب عليه نبيل. سألت، وهي توجّه السؤال لنبيل بحدّة:

- ما الذي سيفعله طعّان بما يستودعه لدينا من مال؟ الاتصال الهاتفيّ لا يحلّ مشكلة. نحن نفضّل أن يأتي، ويستلم ما لدينا. قل له أن يأتي بأقرب فرصة كي نحلّ هذه المعضلة، إنّها فعلاً كذلك بالنسبة إلينا.

استأذن نبيل أم سافو بأن سيغادر، وتركها وابنتها لأسئلة لا تتقاطع، في أيّ منها. يبدو أن سافو تلحّ عليها أسئلة مغايرة تماماً لأسئلة أمّها! ويبدو أن سافو قد علقت بحبّ صامت، لغائب قد لا يعود، لغائب ليس فيه من الإنسانيّة بشيء. لا تعرف كيف ستروّضه -فيما لو عاد- كي يصبح إنساناً، وهل ستفلح بذلك؟ هذا هو السؤال المغاير. هذا هو السؤال العقيم في وقته الحاضر. هذا هو السؤال الذي لا إجابة عليه!

.....

يعود نبيل إلى الموقع الذي يتواجد طعّان فيه حين يعود من مهامّه. يتّصل به بواسطة هاتفه الجوّال، على أمل اللقاء به، ليخبره ما جرى بينه وبين أمّ سافو، فلا يجده. يتّصل ثانية ويظهر أنّ الجوّال خارج التغطية، فيقصد المقهى البحريّ بقصد السؤال عنه. يخبره أحد البحّارة الذين يعرفونه جيّداً، أنّه لن يراه قبل أقلّ من أسبوع.

لم يقتنع بهذه الإجابة. عاد إلى النزل مقرّه الأساسي. يسأل مدير النزل عنه. يتجاهل في البداية، أنّه يعرف شيئاً عنه. يخبره نبيل عن حقيقة علاقته بطعّان، فيطلب منه الانتظار حتى المساء، لعلّه يعود، وعلى الأرجح أنّه سيعود، حسبما يتوقّع.

مساء يحضر طعّان، ويلتقي نبيل به، ويخبره عن تفاصيل زيارته لأمّ سافو. يمتعض طعّان من طلب هذه المرأة استرداد ما أودعه لديها من نقود. يتردّد طعّان في سؤاله عن سافو، ثم تغلبه مشاعره الكامنة نحوها. لا يدري كيف يبدأ. بدا متردّداً، وعدل عن السؤال، الذي صار يؤرّقه فيما بعد.

....

بعد مغادرة نبيل أثينا، تستضيف أمّ سافو في منزلها أسرة سوريّة: امرأة وطفلتها التي لا تتجاوز الخمس سنوات، وطفلاً آخر بذات السنّ تقريباً، ولا يمتّ لها بصلة، إنّما عطفت عليه، بعد فقدان والدته، إثر غرق القارب الذي كانوا عليه خلال رحلتهما غير الشرعيّة إلى أوروبا. كان غرق القارب قبالة إحدى الجزر اليونانية، فرصة لإنقاذ معظم ركّاب ذاك القارب القادم من الساحل الليبيّ تهريباً، لم تكن مع المرأة أيّ أوراق تثبت من هي، ومن أين؛ فكلّ ما معها من أوراق، بالإضافة إلى بطاقتها الشخصيّة، سحبها منها المهرّب الذي يقود القارب، وبالتالي ضاعت في البحر إثر الغرق.

تتّصل أمّ سافو هاتفيّاً بطعّان، وتخبره بشأن ضيوفها، الذين لا تستطيع أن تتواصل معهم، لأنهم لا يتكلّمون بغير العربيّة، وتستشيره بما تفعله، وكيف يمكن أن يساعدها.

يجيبها طعّان أنّه لا يستطيع الحضور إلى أثينا بسبب انشغاله.

أخيراً يعود نبيل إلى أثينا مستجيباً لطلب أمّ سافو. يتعرف إلى ضيوفها. تقول له المرأة إنّها سوريّة. لا تعرف عن زوجها شيئاً. شاب متديّن. متعصّب. على الأرجح أنّه قُتل. قالت إنّها ليست آسفة عليه، لأنّها حاولت كثيراً إقناعه بالعدول عن هذا السلوك، والالتفات إلى عمله، وإلى أسرته، لكنه دفع ثمن عناده، وهي باتت دون معيل، ودون مأوى، فالبيت الذي كانوا يستأجرونه، أصابه صاروخ، اخترق جدرانه، واحترق أثاثه، وكانت نجاتي، وطفلتي من القدر، إذ كنت في زيارة للجيران. وانتهينا إلى مأوى في مدرسة، هي الأخرى دُمّرت، وكنّا من الناجين أيضاً. بعدها تمّ إيواؤنا في مدرسة أخرى. وإليها كان يتردّد رجل، عرفت أنّه يساعد المهجّرين على مغادرة البلد، إلى أيّ مكان يريدونه من العالم. التقيت به. سألني إلى أين أريد الهجرة، وطمأنني

أنّه -لوجه الله- يريد مساعدتي، وكنت غبيّة، فصدّقت. حضر في اليوم التالي، ليقول لي إنّهم -يقصد شركاءه في النصب، والاحتيال- يريد مبلغاً من المال، مهما كان زهيداً، ليرضيهم -كرشوة- وافقت، بعد أن جمعت وطرحت إمكاناتي. معي مصاغ عرسي، أعطيه شيئاً منه. عاد في اليوم التالي، وأعطيته فعلاً مبلغ ألفي ليرة س. تظاهر أنّها تكفي. عاد في اليوم التالي، ليقول إن الطاقم الذي سيهرّبنا إلى خارج البلد تغيّر، وأنّ أجور النقل ارتفعت كثيراً، والكلّ يحسبونها بالدولار. سألته كم المطلوب؟ أجابني: لا أقلّ من مائتي ألف ليرة س. متوسّلة قلت: كلّ ما معي من مصاغ لا يصرف بأكثر من سبعين ألفاً. زمّ شفتيه امتعاضاً، وقال هذا محال، ومع ذلك سأحاول معهم، لعلّهم يوافقون. عاد في يوم آخر، وأبلغني أنّهم وافقوا بصعوبة، وعليّ أن أسرع بتأمين المبلغ، لأنّ العدد المطلوب للتهريب اكتمل. بلعت الطعم.

في يوم آخر، كنت قد بعت مصاغي. أعطيته كلّ ثمن المصاغ، لأبدأ فصلاً جديداً لا أتمنّاه لامرأة، أيّة امرأة من هذا العالم. اصطحبني هذا الرجل وطفلتي، وهو يوصيني: عند أيّ حاجز سواء أكان للموالاة، أو للمعارضة، قولي لهم إن سألوكِ عمّن تكوني، أو إذا طلبوا هوية، أو دفتر عائلة، أنّك زوجتي. أنا معي دفتر عائلة حقيقي، قولي إن اسمكِ (فتحيّة). حذارِ أن تخطئي. واسم ابنتك (زهرة). علّمي ابنتك اسمها الجديد. وحذّريها أن تقول اسمها الحقيقيّ. المأساة أنه يعلّمنا الكذب أيضاً!

تصمت قليلاً، ويعتريها الذهول، كأنّما تريد البوح بشيء، وبدت متردّدة. ثم تقول:

تذكرت حادثة رواها أحد الذين كانوا معنا في السفينة. شيء لا يُصدّق. عن امرأة أُطعمت لحم ابنها الذي كان مُختطفاً لديهم في

مدينة الموصل، من دون علمها. كيف؟ تلك المرأة الكرديّة ذهبت إلى الموصل لتسأل عن ابنها الذي كان قد اختطفته عصابة. تعرّفت إلى مقرّها، وقصدته، وطلبت رؤية ابنها. طلبوا منها أن ترتاح، وتأكل لعلّها تكون جائعة. بعد فترة قدّموا لها الطعام الذي هو عبارة عن أرزّ ولحم وحساء وشاي، ظناً منها أنّهم يرأفون بها، كانوا ينظرون إليها والسرور على وجوههم. حين انتهت راحوا يضحكون بشماتة. أخبروها أنها أكلت لحم ابنها.

تسكت المرأة بعد أن روت تلك الحادثة. تتابع:

أخيراً صرت رهينة بيد هذا الوغد دون أن أدري. قال لي:

- يا فتحية (تذكّرت على الفور أنّه ناداني باسمي الجديد). انتبهت إليه. فطلب منّي أن أتبعه. تبعته. وصلنا أمام مدخل لنفق تحت الأرض، وطلب منّي الدخول، وحين اطمأن إلى أنّني نزلت الدرجة الأولى ظلّ واقفاً، وتركني أتابع وحدي، وهو يقول لي: لا تخافي تابعي

كان صوت مولّدة كهربائية يهدر، وكان النفق مُناراً تماماً. حين قطعت عدّة خطوات في الداخل، انطفأ النور، واختفى صوت المولّدة. تلبّسني خوف شديد. ارتعدت مفاصلي. جمدت في مكاني. سمعت دبيب خطوات ناعمة قادمة نحوي. أحسست بيد ناعمة. أنثويّة بالتأكيد تلامس كفّي، ثم ترتفع إلى مرفقي، وتهمس: لا تخافي. هيّا معي. اطمأنّ قلبي أنّني برفقة امرأة. كانت أرضيّة النفق ممهّدة تماماً، فلم أتعثّر بشيء. ودلفنا بعد أكثر من خمسين خطوة، إلى منعطف يؤدّي إلى نفق فرعيّ -حسبما توقّعت- تركتني المرأة لتمسك يدي كفّ خشنة، فجفلت خوفاً. تأبّط الرجل ذراعي. وبعد عدة خطوات

تعثّرت قدماي بشيء مفروش أرضاً. توقّعت أن يكون حصيراً، أو ما شابه ذلك. يتصاعد الخوف بي، ويستأثر بكلّ حواسي. يتأكّد لي أنّني أسير إلى احتفال لا رأي لي فيه. إلى دنسٍ. إلى جحيمٍ لم تقدني إليه ذنوب. يحملني هذا الذي أسميه شبحاً لأنّني لم أره، ولم أر وجهه على الأقل. يحملني الشبح، ويضعني على فراش من إسفنج رقيق جداً. ويرفع ثوبي، وتكتمل أوّل محنةٍ أتعرّض لها في حياتي، على يد هذا الشبح (الشيخ)، أو الأصح زعيم المجموعة المقاتلة. كانت رائحته مثل رائحة خنزير تماماً. عبقت أكثر حين قال: (الله أكبر) وافترسني مثل وحش كاسر. تشوّهت في نفسي أجمل صورة كنت أحملها في كياني لشيوخ الدين، للملتحين بخاصة. بعد هذه المحنة التي لم تكن بعمر الزمن أكثر من دقائق، تقودني - يد المرأة ذاتها التي قادتني إلي- إلى نفق آخر، لتتكرّر المحنة مع شبح آخر -لم أر وجهه أيضاً- وكاد يُغمى عليّ بسبب الوحشيّة التي افترسني بها. حاولت أن أطفئ شعلة الحياة في داخلي بأن أقطع تنفّسي لأموت، أو ألفّ أي شيء حول عنقي لأختنق، وأودّع هذه الدنيا التي لا تستحق أن أعيشها مع هكذا بهائم، ووحوش. وتراجعت في اللحظة الأخيرة. قلت في سرّي: يجب أن أجاهد بفضح هؤلاء. هؤلاء ليسوا بشراً بالمطلق. هؤلاء أعداء الحياة. أبناء الأنفاق، وأعداء الهواء الطلق.

تتوقّف فجأة عن الكلام. غصّة في حلقها تمنعها من الكلام. ثم تنساب دموع حارقة على خدّيها. يلفّ الصمت المكان.

كان مذيع تلفاز القناة اليونانيّة الرسميّة يتأهب لقراءة نشرة الأخبار، وبدأها بالموجز، ثم تلا النشرة كاملة، وفيها كان أبرز خبر عن تهريب الآثار السوريّة والعراقيّة إلى أوروبا، وعن المهجّرين.

يقول المذيع: "وصل صباح أمس نحو 1300 مهاجر من أصل 6000 أنقذوا في نهاية الأسبوع إلى سواحل إيطاليا، بينما كان يتوقع وصول 1500آخرين خلال نفس اليوم على ما أعلنت البحرية الإيطالية، لتعلن ليبيا أن خمسة إلى سبعة آلاف مهاجر غير شرعي موقوفون لديها.

يتابع المذيع: ووصلت مجموعة أولى من 873 مهاجراً من بينهم 103 نساء و52 طفلاً إلى ميناء بولوتزو قرب راغوسا في أقصى جنوب صقلية، وبعد تسليم الهويات سيتم نقل المهاجرين الصوماليين والإرتيريين بأغلبيّتهم إلى مراكز استقبال بعضها في روما وميلانو ونابولي". (وبقية الخبر أرجأه إلى نهاية النشرة): يقول:

"كما وصلت مجموعة ثانية من 400 شخص على متن سفينة لخفر السواحل الإيطاليّين إلى مسينا شمال صقلية، وأغلبيّة هؤلاء كذلك من الصومال وإرتيريا، إضافة إلى سوريّين".

تعلّق فتحيّة على الخبر بعد أن تُرجم لها:

"أراهن أن نصف هؤلاء المساكين لم يصلوا بسلام".

بحثت أم سافو عن محطّة أخرى: كانت المذيعة، تتحدّث عن موضوع المهاجرين المُهرّبين عبر البحر، واهتمام الدول الأوروبيّة بهم بحسب الوكالات التي ذكرتها المذيعة، ومما قالته:

"بلغ عدد المهاجرين غير الشرعيّين الذين أوقفوا في ليبيا على خلفيّة الإبحار نحو أوروبا بين خمسة وسبعة آلاف شخص. تابع يقول

"ونقلاً عن صحيفة تايمز البريطانية: إنّ مياه البحر الأبيض المتوسط ما بين أفريقيا وإيطاليا أصبحت مقابر بلا شواهد؛ فالمهاجرون تدفعهم الحروب، كما الجوع والرغبة في معيشة أفضل،

إلى المغامرة بحياتهم، وركوب قوارب غير آمنة يوفّرها المهربون مقابل مبالغ باهظة".

يتابع المذيع، ويقول: "وقالت صحيفة إندبندنت البريطانيّة إن المحقّقين الإيطاليّين سجّلوا مكالمات بين مهرّبين من إثيوبيا وإرتيريا، يعتقد أنّهم مسؤولون عن عشرات الآلاف من المهاجرين إلى أوروبا عبر البحر الأبيض المتوسط".

وذكرت الصحيفة أنّ شخصاً من إثيوبيا (إرمياس غيرماي) مسؤول عن هلاك آلاف المهاجرين خلال السنوات القليلة الماضية. ويعيش إرمياس في العاصمة الليبيّة طرابلس، وهو مطلوب لدى الشرطة الإيطاليّة لصلته بغرق 336 مهاجراً قرب جزيرة لا مبيدوسا في عام 2013 ميلاديّة. وذكرت الصحيفة أيضاً أنّ مهرّباً آخر من إرتيريا يدعى (ميريد ميضاني) ويبلغ من العمر 34 سنة، ويشتهر بلقب "الجنرال»، ويعتقد أنّ ميضاني جمع نحو 100 مليون يورو خلال السنتين الماضيتين، ويحظى بحماية مسؤولين ليبيّين، وقد استقبل ضاحكاً نبأ غرق المهاجرين، ويبرّر نقل أعداد كبيرة من المهاجرين في القوارب، بأنّهم هم يريدون الهجرة، مع تحذيرات خبراء -يومها- من أنّ نحو 30 ألف مهاجر قد يلقون حتفهم غرقاً في البحر الأبيض المتوسط بحلول نهاية ذلك العام.

تغلق أم سافو جهاز التلفاز عند نهاية هذا الخبر. تنظر فتحيّة إليها لتستفسر منها ما كان المذيع يقول، والتعبير القلق على وجه أم سافو.

يترجم نبيل لفتحية موجز ما قالت، تلوح برأسها:

"يا أخي، كلّ ذلك ليس إلاّ شيئاً يسيراً من المأساة. إن من يرى ليس كمن يسمع؛ وأنت في البحر، على ظهر قارب متآكل، دائماً يدك

على قلبك خوفاً من الغرق. تمنّي نفسك بالوصول، وهو أقصى ما تتمنّى. ما بيدك أن تحذر، ما بيدك طوق النجاة. ما بيدك إلاّ أن تستسلم كلُياً لقدرك. يصبح حتى البحر عدوّك. والقبطان، الذي ستكتشف بعد أن تصبح في عرض البحر، أنّه قرصان، لا تعني له شيئاً، إلاّ أنّك سلعة، وسيّان عنده، وصلت هذه السلعة سالمة، أم لم تصل. المهم أنّه حصل على حصّته من الثلاثة آلاف دولار التي دفعتها لعصابة تهريبك. يسرح تفكيرك في أكثر من اتّجاه. تفكّر بنفسك، وبسواك، وبهذا الشيطان الذي يسير بالقارب، وهو يغنّي، ويظلّ يغنّي، ويضحك حتى في لحظات الخطر".

تسأل أمّ سافو عما تقوله فتحيّة. تدخل سافو، برفقة صديقتها تيريز التي لم ترها منذ فترة.

وبعد تعارف الجميع على بعضهم بعضاً، يقول:

كنت سأشرح لأمّ سافو ما كانت قالته السيّدة فتحيّة، والسيّدة فتحية -بالمناسبة- هي إحدى ضحايا الهرب من الموت المجانيّ في بلدنا. كانت قد تحدّثت عن البحر الذي تحوّل إلى مقبرة للمهاجرين غير الشرعيين، الذين يسلّمون أمورهم لعصابات التهريب المتمركزة بكثرة في ليبيا. تنظر تيريز نحو سافو، وتهمس لها. "ذات الموضوع الذي كان الحديث عنه في النادي".

تهزّ سافو رأسها، بمعنى نعم.

"وفي النادي كان أحد الشباب العرب الناشطين قد دخل إلى النادي -وهو يعرف مسبقاً أنّ شعار النادي هو السلام والحريّة- دخل هذا الشابّ، ووزّع مقالاً مترجماً من العربيّة إلى اليونانيّة ، حول ظاهرة الهجرة غير الشرعيّة ، واستطاعت تيريز أن تحصل على نسخة منه، على الرغم من أن الكميّة التي كان يوزّعها محدودة جداً".

تابع نبيل يترجم باختصار ما قالت فتحيّة، والكلّ كأنّما الطير على رؤوسهنّ. الصمت، والغضب المكتوم في الصدور سيّد الموقف.

فتحت تيريز سحّاب حقيبتها، وسحبت المقال، وأعطته لسافو التي بدورها قدّمته لنبيل موحية له أن يطّلع عليه. راح نبيل يحدّق به. ثم بدأ يقرأ بصوت مسموع، وكأنّما يقرأ لنفسه:

"هناك ميليشيات من منظمة (فجر ليبيا) تقف وراء موجات الهجرة غير الشرعيّة التي تتمّ من الجنوب الليبيّ باتّجاه دول الاتحاد الأوروبيّ. وأغلبيّة هؤلاء المهاجرين الحالمين بالوصول إلى أوروبا تبدأ رحلتهم من مطار معيتيقة في العاصمة طرابلس الذي تسيطر عليه ميليشيات فجر ليبيا، حيث وصلت أعداد كبيرة من السوريّين والفلسطينيّين إلى هذا المطار، ومن ثم ينقلهم أشخاص تابعون لفجر ليبيا، إلى المدن المجاورة كزوارة، وصرمان، وصيراته، ومصراته. تجارة الموت هذه التي تكلّف المهاجر ما بين ألفين إلى ثلاثة آلاف دولار، لصالح جماعات متطرّفة عن طريق عصاباتها، تستغلّ هذه الأموال، في تمويل تنظيمها، وشراء أسلحة، وتمويل عمليّاتها، وهناك مصادر إعلاميّة ليبيّة تقول: إنّ التنظيمات المتشدّدة في صرمان، وزوارة، تستغلّ هذه التجارة لدعم المسلّحين".

بعد لحظات من الصمت بدت سافو، وكأنّما تريد أن تبوح بشيء ما. حوّلت نظرها نحو نبيل قائلة له باليونانيّة:

"بلدكم في حرب يا نبيل، وفي الحرب يحدث كلّ شيء. ليس هذا ما أريد قوله؛ فأنا أعجب كيف يعيد التاريخ وجهه الآخر أحياناً. لقد كتبت دراسة ذات يوم لم أنشرها لأنّها لم تكن بالمستوى المطلوب، لكنّي الآن أرى أنّ لها الأهميّة التي كنت أراها سابقاً. أعود فيها إلى الماضي البعيد. إلى الحروب البونيّة، وإلى ملحمة الإنيادة

التي كتبها الشاعر فرجيل، لغاية في نفسه. تذكر هذه الملحمة أنّ الرومان المدحورين من طروادة، بعد سيطرة اليونانيين عليها، هربوا باتّجاه الشرق، واحتضنتهم بلادكم، احتضاناً أخلاقيّاً، ولم يتاجر بهم أحد؛ ووجدوا الحنان كلّه، والمساعدة، والألفة. سأحاول أن أعطيك نسخة منها لتقرأها على مهل. العبرة أنّ حكومات أوروبا الآن تتاجر بالمهجّرين من بلادكم، والواقع يقول، أنّهم ساعدوا بإشعال نار هذه الحرب، لغايات غير أخلاقيّة بالمطلق!".

تنهض سافو، وتغادر الغرفة، ثم تعود بعد فترة قصيرة. تقول لنبيل: لم أعثر على الدراسة، في المكان الذي كنت أعتقد أني احتفظت بها فيه. ثم فجأة تذكّرت أين احتفظت بها، فخرجت لتعود بعد قليل، وهي تحملها:

هذه نسخة إضافيّة منها خذها لك يا نبيل لك. كانت مكتوبة باليونانية. قرأ العنوان: "فرجيل والنبوءات القاتلة!".

فتحيّة تنظر نحو نبيل متسائلة عما يدور من حكي. يشرح لها باختصار قائلاً: الحكاية وما فيها. تقول الآنسة سافو إنّ بلادنا احتضنت مهجّري أوروبا الذين فرّوا من الحروب، وقدمت لهم كلّ الرعاية ّ، والآن أوروبا لا تبالي بمهجّري بلادنا الفاريّن من الحروب. هذا فحوى كلامها.

اكتفت فتحيّة بأن هزّت رأسها ممتعضة مما سمعته ثم قالت: ليت الغرب يقف معنا لا ضدّنا! يقف نبيل ويستأذن الجميع للمغادرة.

***

13

رحلة طعّان هذه المرّة مشوبة بالخطر. كُلّف بحمل رسالة شفهيّة من الزعيم إلى الجنرال، بالإضافة إلى البضاعة التي لا يعرف كنهها. كان من قبل يسمع بالجنرال، ولا يعرف تماماً أنّه المهرّب الإرتيري العريق (ميريد ميضاني). كم من الرحلات التي كلّف طعّان بها، وكانت لصالح هذا المهرّب، ولكنّه في كلّ مرّة كان يواجه أحد رجاله.

موجز الرسالة الشفهيّة يقول:

"الحلقة تضيق. علينا أن نكون يداً واحدة".

ومع هذه العبارة المقتضبة، بعض التفاصيل التي يمكن تناولها، إذا اضطرّه الأمر لبحثها مع الجنرال.

فشل طعّان في مهمّته هذه لأنّه لم يستطع مقابلة الجنرال المذكور، ولكنه التقى بعميل يدّعي أنّه لا يعمل، إلاّ في مجال النفايات السامّة. يقوده هذا العميل بعد أن لمس قدرته العالية في استشعار الخطر، والنفاذ من خرم الإبرة عند تعرّضه لمأزق شديد الحرج. وعدا عن كلّ ذلك، أدرك العميل أنّه لا يتمتّع بأيّ حسّ إنساني، وهو لا أكثر من وحش على شكل إنسان، كما عرف طعّان فيما بعد أنّ العميل صوماليّ، كان جدّه تاجراً عريقاً للعبيد، وكان له شركاء إيطاليّون،

وإسبان في نشاطه التجاريّ ذاك. أيضاً لا يعنيه سوى الحصول على المال، أيّاً كانت الوسيلة.

يخبره العميل أن تاجر السلع (ترافيجورا) يبغي استئجار سفينة من أجل تفريغ شحنة من النفايات السامّة وما عليه إلاّ أن يطلب من الزعيم المتواجد في إيطاليا تأمين هذا الطلب، وسيتقاسمان العمولة، فيما لو نجحت هذه الصفقة.

لم يستطع طعّان الاتصال بالزعيم حينذاك، ولم تتمّ الصفقة على يده، وإنّما على يد قرصان آخر. ولمّا كانت العمولة مجزية، تابع طعّان أخبار ذلك التاجر، وعلم فيما بعد أنّ التاجر نفسه كان قد استأجر سفينة (بروبوكوالا) قبل أعوام عدّة، وحدثت نتائج وخيمة سبّبتها هذه النفايات لساحل العاج، فقد توفي إثر ذلك 15 شخصاً، وتمّت معالجة أكثر من مائة ألف إنسان، من اضطرابات تتعلّق بالتعرّض للنفايات، وعلم أيضاً أن بعد ستّ سنوات من المحاكمات والطعون دانت محكمة هولندية ترافيجورا، لكنّ حكومة ساحل العاج منحت ترافيجورا الحصانة من الملاحقة القضائية، مقابل تسوية ماليّة. لم يكترث طعّان بهذه النتيجة، واعتبرها أكثر من عاديّة، وتمنّى لو تتاح له فرصة أشدّ منها خطورة، حتى يجزى مالاً بحجمها. يأسف أن ذلك حتى الآن لم يحصل.

لأوّل مرّة يُشاهد وهو يمدّ يده إلى جيبه الداخلي، وينسل منها مادّة مخدّرة، ويتناول جرعة منها. يروح في حالة انتشاء، لم يعد بعدها يحسب حساباً لأيّ شيء، حتى للموت.

يلتقي بشابّ سوريّ في ليبيا كان يتحدّث مع أحد البحّارة، يشير إليه البحّار بسبابته نحو طعّان، فيدنو الشاب منه:

- مرحباً يا أخي....

- أهلاً بك (يجيبه طعّان)

- أحبّ أن أتعرّف إليك أوّلاً.

- من أنت، وماذا تريد منّي؟

- أنا رشدي من شمال سورية. ما أريده أنّني أبغي السفر إلى إيطاليا، أو أيّ دولة أوروبيّة.

أجابه بجلف:

- ومن قال لك إنّي أستطيع أن أسفّرك؟

- الشاب الذي كنت أقف معه.

- كم تستطيع أن تدفع؟

أجاب مرتبكاً:

- أنا لا أملك المال. أنت تعلم كيف الحرب جعلتنا نهرب بجلودنا

- ومنكم من هرب بأموال لا تأكلها النيران. أنا يعنيني هؤلاء. أفهمت ما أعني!؟

هزّ رشدي رأسه آسفاً، ثم بدا في حالة يأس، وهمّ بمغادرة المكان متردّداً، وهو ينظر نحو طعّان بتوسّل:

- أليس من حلّ يا أخي؟

راح طعّان يتأمّل بنيته، وربّما رأى فيه الشخص القويّ الذي يعتمد عليه.

- بلى. هناك حلّ واحد. أن تعمل معي، ويكون لك فم يأكل، لا فم يتكلّم، ولك أذن مقفلة بطين، وأذن مقفلة بعجين! أتفهم ما أعني؟

- أجل فهمت! (قالها بعد لحظة صمت).

- من أوّلها. هات هويتك الشخصيّة، وجواز سفرك لأحتفظ بهما معي.

أجابه متلعثماً:

ليس معي أيّ أوراق من هذا القبيل، فكلّ ما معي من أوراق وثياب كان في حقيبة سُرقت، ونحن في الحافلة التي أقلّتنا إلى ليبيا. والله لولا ما في ليبيا من فوضى، لما رأيتني هنا.

- كيف تريدني أن أتحمّل مسؤوليتك، وأنت على هذه الحال؟

أرجوك أن ترأف بوضعي كما أنا. أجل. كما أنا، وتقبلني أعمل معك كما أنا، وإذا تعرّضت بسببي لأيّ حرج، خبّئني كيف تشاء، وأين تشاء، حتى لو بط.....!، أو ألقني للسمك.

كان طعّان ينظر إليه بإعجاب، وهو يخاطبه بكلّ هذا الخضوع

- سأجرّبك!

- جرّبني كما تريد، وافعل بي ما تشاء.

تناول من جيبه الداخلي شيئاً ما، وقدّمه لرشدي، قائلاً له:

- هل جرّبت هذا؟ (سأله طعّان)

كان يتفرّس بقبضته المغلقة على ما أراد أن يقدّمه له (وهو بالتأكيد شيء من المخدّر الذي كان قد تناوله منه قبل قليل).

-ما هو هذا الشيء؟

- ألهذا الحدّ أنت غبيّ؟ خذ ولا تناقش. هو شيء يجعلك تطير بين السماء والأرض. خذ!

مدّ يده، وهو خائف ممّا سيرتكبه. فهو كان يسمع بهذا الشيء، ولا يعرف نتائج تعاطيه من هلوسات، وإدمان في الآتي من الأيام.

- امضغها، أقول لك. (قالها بلهجة لا تخلو من التهديد)!

دسّها في فمه، وانتهى الأمر. يسأله:

- ماذا تعتقد سيحدث لي؟

- بعد قليل ستعرف.

- ألم يكن من الأفضل لو لم تدفعني لمثل هذه التجربة؟

- ألم يكن من الأفضل لك أن تخرس؟ (قالها بلهجة حادّة).

أقفل فمه براحة يده بسرعة، قائلاً له:

- هه. كما تريد!

راح طعّان يخاطبه بلطف:

- لم تقل لي يا رشدي من أين أنت بالضبط؟

- أنا من قرية صغيرة قرب عين العرب (كوباني).

يتقدّم منهما شخص كان قد رآه طعّان من قبل.

يقول طعّان لرشدي:

- انتبه لهذا القادم. إيّاك أن تجيب على أسئلته. دعني أجيبه أنا على أيّ شيء يسأله، أو يسأل عنه.

هزّ رشدي رأسه بالإيجاب، وبدا في حالة استغراب، وتخوّف.

***

14

بعد عودته من اليونان، يسأل نبيل عن طعّان لدى وصوله المقهى الذي اعتادا أن يلتقيا به، فيخبره النادل بأنّه غادر إلى ليبيا. يجلس إلى طاولة تحاذي النافذة الوحيدة فيه. يطلب فنجان قهوة، ويخرج الدراسة التي أعطته إيّاها سافو من محفظته الصغيرة، وبعينيه يتروّى بقراءتها. تقول:

"بدأ فرجيل ملحمته الإنيادة، بالعبارة التالية: للسلاح أغنّي وللرجل الذي كان أوّل من جاء به القدر شريداً من سواحل طروادة إلى إيطاليا، وشواطئ لا فينيوم، يضرب على غير هدى، بقوّة من السماء، في آفاق البرّ والبحر، بسبب غضب جونو الذي لا يعرف الصفح، وقاسى كثيراً في الحرب أيضاً كي يستطيع أن يؤسّس مدينة، ويأتي بآلهته إلى لاتيوم حيث أتى الجنس اللاتيني، وسادة ألبا، وأسوار روما الشاهقة إلى الوجود. ورد فيها أيضاً:

"انسحبوا أيّها الكتّاب الرومان، انسحبوا، أيّها الإغريق، فشيء أعظم من الإلياذة سيولد".

لم يكن فرجيل بريئاً بما كتب، والإنيادة لم تكن مماثلة للإلياذة كملحمة، لأنّها ذات غاية خسيسة، لا بطوليّة، وليست براءتها إلاّ في

مظهرها، أو إذا اعتبرنا أنّ له الحقّ كشاعر اللعب بالتاريخ، والأحداث وفق رؤيته؛ وقد اتّكأ على الإلياذة ليثبت جدارته الإبداعيّة، في تقديم نفسه كندّ لهوميروس الإغريقيّ، وتكون الإنيادة المقابل الفنّيّ والتاريخيّ للإلياذة عند الشعب الروماني، فيركّز على أسطورة آينياس الواردة في الإلياذة، والأوديسة، ويعدّل، ويضيف، ويحذف متجنّباً أن يقتفي الأثر بدقّة، أو يقلّد تقليداً دون هوّية، كما يقول المفكّر غريفن وسواه؛ لا شكّ أنّ فرجيل كان مدركاً صعوبة ما يفعل".

تبدأ أسطورة آينياس في الإنيادة بخروجه من طروادة بعد هزيمته، وسقوطها بيد الإغريق، واشتعال النيران فيها، فيفرّ آينياس، ومعه أبوه أنخيسيس، وابنه أسكانيوس، والآلهة الحامية بينتيس، وبرفقتهم مجموعة من الأبطال الطرواديين، متّجهين جميعاً من الشرق إلى الغرب، من طروادة عبر البحر المتوسط إلى إيطاليا؛ وكي لا يبدو آينياس هارباً، فقد قضت الأقدار بأن يذهب إلى إيطاليا، ليؤسّس وطناً قوميّاً، وهو ما سيعرف فيما بعد، باسم روما المدينة التي ستحكم العالم. أي أنّ انتقال الطرواديّين إلى إيطاليا حدث مهمّ لنشأة روما ووصولها إلى أن تكون قوّة عظمى في العالم، وحدث مهمّ للشعب الرومانيّ.

يختم آينياس قصّته لملكة قرطاجة، وللحشد المتلهّف قصّة المصير الذي رسمته له الآلهة، وهو يشرح تفاصيل تجواله، ويتوقّف أخيراً عن الكلام، ويركن إلى الراحة، بعد أن أفرغ ما لديه عن رحلة العذاب هذه، بقوله:

"كانت تلك آخر متاعبي.

كان ذلك نهاية تجوالي الطويل

فبعدما رحلت من هناك

دفعتني الآلهة إلى شواطئكم".

يتوقّف نبيل عن القراءة، وهو يفكّر في حال المهاجرين العرب والأفارقة الذين تدفعهم الحروب، أو الجوع، أو الأحلام بالعيش الرغيد، أو الطموحات التي ليس بالمستطاع أن يحقّقها المرء في بلاد حياتها على فوهة بركان، وغير مستقرّة، إلى ركوب البحر هرباً بسفن، أو زوارق، أو مراكب متهالكة، تعود لتجّار الأزمات الذين لا همّ لديهم سوى الثراء، على حساب أرواح بشريّة بريئة.

ثم يحاول أن يتابع القراءة، وقد بدا متردّداً، بعد إحساسه بضيق شديد نتيجة الأفكار السوداء التي استأثرت به. ينتقل إلى حديث فرجيل عن حبّ آينياس للملكة ديدو. يقرّر أخيراً أن يؤجّل القراءة إلى وقت آخر، فالحديث عن الحبّ تلزمه حالة نفسيّة لم تعكّرها الكوارث.

***

15

جلست سافو قبالة النافذة، وعيناها تحدّقان في المدى البعيد. لم يفصلها عن رؤية البحر شيء. طافت بها التداعيات في عوالم رأتها، أو عاشتها، أو سمعت بها، أو قرأت عنها. تدخل أمّها الغرفة، فلا تنتبه إليها. كانت في عزّ شرودها. توقفّت تداعياتها في محطّتين: الأولى، طعّان، والثانية نبيل.

المحطّة الأولى:

مع صمت بليغ، وصور متلاحقة لحالة طعّان، بدأت من اللحظة الأولى التي عرفت من أمّها شيئاً عنه. وانتهت عند المناكفة التي حدثت بينهما.

سرح خيالها مع ما يمكن أن يحدث، أو تتكهّن حدوثه، فيما لو أصرّت على بناء علاقة مع طعّان، تصل بها درجة العشق، وما سيكون عليه التجاوب من الطرف الآخر، الذي هو ذلك الشقيّ الذي استساغ لعبة، لم تكن تتوقّع أن يلعبها مع القدر، والعالم يمرّ بفوضى شاءها القطب الواحد، الذي تقوده دولة، لا همّ لها من العالم إلاّ مصالحها، ومن بعدها الطوفان. سافو تتابع الأخبار، وأخبار سوريا بخاصّة. تمتثل على الفور صورة طعّان أمامها. لامبالاته بما يجري. عنفه غير المبرّر إلاّ في اللهاث خلف المال، بأيّة وسيلة كانت.

تنتصر عاطفة سافو، فترى أنّه من المناسب المتابعة معه، وتكرار المحاولة، ولو بلغت درجة اليأس.

المحطة الثانية:

يحملها قطار التداعيات إلى نبيل، محطّتها الثانية. يغريها أنّه هادئ، وبعيد كلّ البعد عن العنف، والغموض، وتصل إلى نتيجة، ليست نهائيّة بالطبع، أن نبيل يمكن الوثوق إليه، والاقتراب منه، يمكن أن يكون له طعم مغاير، بأسوأ حالاته، الأخوة، أو الصداقة.

هنا يشتغل عقلها، وهي تفكّر في نبيل. يرنّ هاتفها الجوّال، تقول في سرّها: ربما كان طعّان!

للأسف لم يكن هو، بل كانت زميلتها. تتفّقان على الذهاب إلى السوق، لشراء ملابس صيفيّة.

في السوق كانت تستعرض معروضات الفاترينات من الألبسة، وذهنها في شرود. عادت دون أن تتسوّق شيئاً، ليس لأنّه لم يعجبها شيء، بل لانشغال فكرها، بما هو أهمّ من الملابس، أو سواها.

لم تستطع أن تسمّر تفكيرها عند نقطة محدّدة، وتقف عندها، لتحاول الإجابة على أسئلة صوتها الداخليّ الذي يعذّبها.

تساءلت في سرّها، وهي تبدّل ثيابها بعد عودتها من السوق، عن هذا التمركز الذهنيّ، العاطفيّ، حيال هذين الشخصين، طعّان، ونبيل، وآلاف الشبّان من أبناء جلدتها، أجمل، وأكثر تميّزاً، بكلّ شيء. أجل. بكلّ شيء. قالت ذلك هذه المرّة بثقة، ودون أدنى تردّد.

ربما قالت سافو ذلك بمثل هذه الحدّة، لتريح أعصابها التي لم يخفّ توتّرها، والضجيج الداخليّ، الذي لم يهدأ البتّة. مذ تعرّفت على

هذين الشيطانين، حسب نعتها لهما، بعد أن ضاقت ذرعاً، وهي تبحث عمّا يريحها، لعلّها على الأقل تستطيع النوم الذي جفاها، بعد أن لازمها الأرق بسببهما.

دخلت غرفة نومها، وارتدت ثياب نوم خفيفة، ولم تكد تتمدّد في سريرها، حتى انتابتها رغبة في قراءة أيّ شيء، لعلّ القراءة تساعدها على النوم.

فجأة يقطع عليها هذا التمهيد، لما يعزّز قدرتها على النوم، رنين هاتفها الجوّال.

كان نبيل على الطرف الآخر، ودار بينهما بعد السلام، والتحية، والمجاملة ما يلي:

- منذ فارقتكم يا آنسة سافو، وأنا أفكّر كيف أتلعثم بحضورك، وأبدّد ذلك بالحديث حول أمور عامة، وعاديّة.

- (تحاول استدراجه بخبث محبّب) لم أفهم منك طبيعة ما قلت!؟

- (بعد لحظة صمت) أنا يا آنسة سافو، أتوقّف عند الكثير ممّا لمسته منكِ.

- (تقاطعه).. مثل؟

- لا تستعجلي عليّ.

- (تبتسم، وتهزّ رأسها دهشة) قل ما تشاء قوله. أنا أسمعك!؟

- أنتِ لستِ غامضة، لألفّ وأدور، بما أريد قوله. (يسكت هنيهة).

- لماذا سكتّ. أكمل!؟

- سأكمل. لكن ما أريد قوله، لن يكون جميلاً، إلاّ إذا كنّا وجهاً لوجه.

- (تفكّر قليلاً، وتبدو علامات الحيرة والتوجّس عليها). لا بأس. اتّصل غداً. الآن لست في وضع أستطيع أن أقرّر!

- كما تشائين!

شعرت سافو أنّه قالها بمرارة، وانتهت المكالمة عند هذا الحدّ. لتنشغل سافو بوساوس جديدة، لم تحسب لها ذلك الحساب اليقينيّ من قبل. ربّما يكون الأمر غير ما كنت أفكّر فيه. ربما. غداً يتّضح فيما لو اتّصل فعلاً.

تدخل أمّها. لم تنتبه سافو لها. كانت شاردة. فاجأتها الأم:

- هيّا يا بنتي. أعددت الطعام.

(تقاطعها)

- كأنّني لست جائعة! (تقول لها).

- ما الذي يشغل تفكيرك؟ أنت منذ يومين لستِ على ما يرام!؟

(تحاول سافو أن تبدّد شكوكها)

- لا. لا أبداً. لا شيء.

(تستعجلها الأم)

- إذاً هيّا. (وفيما هي تغادر) أنا دونكِ لن أتناول الطعام.

تنهض سافو متثاقلة، لإرضاء أمّها، والتملّص من أسئلتها التي يمكن أن تطرحها عليها، والدخول في دوّامة لا سبيل للخروج منها

طوال فترة تناول الطعام، لم تبادر أيّ منهما لافتتاح أيّ حديث، وعادت سافو إلى غرفتها. وعادت إلى الأسطوانة ذاتها. يشغلها التفكير بكلّ كلمة قالها نبيل في الاتّصال الهاتفي، الذي انتهى عند حاجز؛ ولكن بالمستطاع القفز فوقه. فمن يقفز أوّلاً، هي، أم هو؟!

ثمة من سيؤثّر على تلك القفزة التي قد لا تكون لصالح نبيل - الذي يشعر في قرارة نفسه أنّ صديقه طعّان يكنّ الحبّ لسافو، وسيكون لذلك أثر، بل وجرح بليغ لن يندمل مع الزمن، فيما لو علم طعّان بذلك؛ مع تيقّنه من أن سافو، لن تبوح بمثل هذا الآمر الخطير لطعّان

تعود سافو إلى دفتر من دفاترها التي دوّنت عليها ملاحظات من رحلاتها، أو زياراتها خارج بلدها اليونان. تستوقفها بعض الصفحات التي اصفرّت مع الزمن. كانت قد دوّنت عليها رسائل من أيّام مراهقتها الأولى، كان قد أرسلها إليها فتى من مدينتها أثينا، وكان مغرماً بها، وبريئاً في مخاطبتها.

أمعنت فيها وقلّبت الصفحات جميعها، والتي تزيد عن ثلاثين صفحة، ثم عادت إلى الصفحة الأولى. راحت تقرأ بعينيها ما جاء فيها

سافو.. أغنيتي الخالدة.

ينعقد لساني، حين أصمّم أن أقول لكِ أحبّك. إلى متى سأستمرّ جباناً لا أدري.

كم تزدحم كلمات الحبّ التي أشاء أن أقولها لكِ، بخاصة حين أنتهي من دراستي، ووظائفي ليلاً. فجأة تتبخّر، ربّما لأنّ غيرها يتهيّأ ليكون بديلاً عنها. اعذريني. أنا مشوّش. وأعصابي لم تعد تحتمل.

- المخلص سيفيراس -

تتذكّر سافو، كيف تلقّت هذه الرسالة، كأوّل رسالة حبّ ترسل إليها. تتذكّر كيف استلمتها، وكيف كان وقعها على نفسها. (تتنهّد) وكيف راحت تنتظر منه، أو من سواه ما سيليها. استغرقت في التفكير بحالة الحبّ. أقنعت ذاتها، أنّ الحبّ الحقيقيّ من الصعب البحث عنه؛ فهو يخلع باب القلب، ويدخل، دون دعوة. دون اللهاث خلفه. هو ليس نزوة عابرة، يدفع الرجل ثمنها، أو تقدّم المرأة المقابل، وتتأجّج فيما بعد جذوة هذه العلاقة العابرة، وتؤول إلى حبّ. يمكن أن تختزنه الذاكرة، ولا تمحى آثاره من القلب.

تنهض وتتمشّى في أرضيّة الغرفة، بما أتاح لها أن تبدّد تساؤلات الحبّ، الذي بدأت مع الإنسان الأوّل على الأرض، ولم تنتهِ إلى يومنا. قالت في سرّها:

ربما أكون المتسائلة الأخيرة من بين بني البشر، في هذه الثواني من الزمن، عن ذلك!

عادت صورة طعّان تتراقص أمام مخيّلتها تارة، وتارة صورة نبيل. وتارة تختلط الصورتان، أو تندغمان، أو تشتبكان، أو تتلاشيان، ثم تعودان إلى سطح المخيّلة من جديد، بصورة فانتازيّة، أو غائمة.

تعود صورة سيفيراس وتتشبّث بذاكرتها من جديد. تتذكّر المآل الذي آل إليه: آخر ما وصلني من معلومات عنه، أنّه سافر إلى الولايات المتّحدة. تزوّج، وغاب خياله معه. تبدو متردّدة. تنظر إلى مكتبتها. تسير نحوها. تفتح الدرج السفليّ. تبدو متردّدة، وهي تمدّ يدها إلى محتوياته من أوراق. تخرج رزمة من أوراق، لم تكن إلاّ رسائل سيفيراس إليها. تفردها، وتقرأ بعينيها أولاها:

"عزيزتي سافو.

أمس ذهبت مع بعض أصدقائي إلى حديقة الحيوانات، وكم كنت أتمنّى لو كنتِ معنا. أكثر ما أعجبني ثعلب صغير، ونسناس!

ثم توقّف عند نهايتها التي تقول. أنت مدهشة. ليتك وافقتِ على الذهاب معي إلى المنزل حين اتّصلتُ بك، وكان لا يوجد أحد فيه من أهلي. حظي قليل! (المخلص سيفيراس).

قالت في داخلها: (كنت أعرف ما ينويه في هذه الدعوة الخبيثة!)

قلبت ورقة الرسالة الأولى لتظهر الثانية. عيناها تلتهم الكلمات التي تقول: (أحببتُ التنّورة القصيرة التي كنتِ ترتدينها صباح هذا اليوم، وأنتِ مع أمّك في الحديقة العامّة. كنتِ عذبة، وشهيّة. لماذا أكون جباناً حين نكون وحدنا يا سافو؟ (سيفيراس).

الرسالة الثالثة. تقول كلماتها في السطر الثالث، وهذا ما توقّفت عنده سافو: متى تتكرّر قبلتنا الأولى يا سافو دون أن تكون عن خوف، ودون أن أكون معك كلصّ يسرق القبل؟

تتابع: صديقتك ماري، استدرجتني لأقول لها ما بيني وبينك، وبقيت على عهدي لكِ ألاّ أبوح لأحد بعلاقتنا. (سيفيراس).

تعلّق على ذلك بصوت هامس: كان مراهقاً خجولاً، وعفيفاً. كان أقصى طموحه بالنسبة إلي، الحصول على قبلة. للأسف لم تترك أيّ أثر.

سيفيراس، كقطعة سكّر، يذوب في بلاد بعيدة. مسكين يعيش هناك غريباً، وسيكون هنا غريباً فيما لو عاد. لكنّ مثله لن يعود!

لم تكمل قراءة الرسائل. اكتفت عند هذا الحدّ.

من الجميل بذكريات المراهقة، أنّها تشبه فقاعات المطر فوق

مياه عذبة، تحت أضواء ليليّة بألوان متعدّدة، سرعان ما تنطفئ لتظهر سواها، وتنطفئ، وهكذا. إلى أن تنتهي لعبة الهطول.

تذكّرت أنّ عدد تلك الرسائل، ينوف عن العشرين. هي كلّ مرّة تعود إليها قبل هذه المرّة، لم تكن تعني لها أكثر من تذكّر ولد مراهق يبحث عن متعة مؤقّتة، ولو كانت لقاءً صامتاً مع فتاة، أو حتى سماع صوتها قريباً من أذنه.

أمّا الآن فالأمر مختلف. إنّها تعني لها الشيء الكثير، بعد نضجها، وظهور شابّين في حياتها: طعّان، ونبيل. وبروز حاجتها إلى عاطفة الجنس الآخر، والتي تشكّلت كما يتشكّل الماس في باطن منجم؛ فمن يكتشفه؟ من يصقله؟ من يحدّد درجة جودته؟ كلّها أمور كانت قد تركتها من قبل للزمن؛ أمّا الآن، فثمّة قلق حول ذلك، قد لا يجعلها تسلك الوجهة الصحيحة التي يجب أن تكون؛ وهي تعرف أن التشوّش لا يقود إلى نقطة الهدف، والمشوّش لا بوصلة في يده، تحدّد له الجهة التي يبتغيها. والطريق السليم الذي يجب أن يسير عليه.

توقّفت قليلاً تفكّر. قادتها قدماها إلى طاولة قريبة، كانت قد وضعت عليها هاتفها المحمول. تردّدت وهي تدقّ الرقم الذي فتحت عليه الضوء، ثم كانت برأس سبابتها تفتح ذلك الخطّ الذي صمت فيه الصوت مدّة من زمن مرّ بطيئاً.

تضمّنت المكالمة بينهما درجات من التصاعد في الأفكار، فهي كانت تودّ أن يكون أكثر ميلاً لأفكارها التي تتأمّل منه أن يلين قلبه، وأن يعيش كما سواه من الشباب الذين يبحثون عن مستقبل فيه رغد العيش، والسلام، وهو على العكس، طلب منها أن ترافقه في الرحلة

البحريّة الثانية، وعليها أن تعتاد على تحمّل المخاطر.

هي استدرجته ليبوح لها بما كانت مهمّته في رحلته هذه، التي قصد بها الساحل الليبيّ، وكان يهمّ بالعودة إلى بحر إيجة. عرفت منه أنّه لا يعرف إلى أين ستكون مهمته التالية، وهو فعلاً لا يعرف، لأنّ مهمّته تتمّ وفقاً لظروف مشغّليه.

أمّا عن الحبّ الذي تتمنّاه سافو، والذي يضجّ في داخلها، كانت الحواجز التي وضعتها الظروف التي تكبّل طعّان، عائقاً حقيقيّاً أمامه

وبالنسبة إليه، لقد طغى حبّ المال عليه، مثلما العنف الذي يجري في دمه، كما لو كان قد خُلق من طينة الشيطان. تلاشت الرحمة فيه، حتى غدا كتلة متحجّرة، على مضادات للحنان، والرأفة.

كان الطريق أمام سافو هذه المرّة مغلقاً تماماً، ومع ذلك فهي لا تملّ في محاولاتها من أن تعيد لطعّان الصفاء، والعذوبة التي تتوخّاها من إنسان مال إليه قلبها، ويكون لها سنداً قويّاً في رحلة حياتها الطويلة؛ حتى وإن لم يكن كذلك، تكون قد أنقذت إنساناً، وأخرجته من حلبة الشرّ، إلى حلبة الحياة الخيّرة، وجعلته يحبّ للناس جميعاً ما يحبّ لنفسه.

سافو لم تقطع الأمل من كلّ ذلك، حسبما تكشّف لأمّها، في الحديث الذي دار بينهما، مساء ذلك اليوم، والأمّ كانت تثنيها عن هذه المغامرة، التي تعتبرها فاشلة، ويائسة، ولن تحصد منها سوى اللاشيء، وربما وجع الرأس، والمشاكل التي ستنجم عنها.

**

16

تمرّ أيّام عديدة على نبيل، وهو ينتظر ما سيؤمر به.

يُفاجأُ بأمرٍ لم يكن في الحسبان أبداً.

يأتيه رجلٌ، فيما كان في المقهى البحريّ مع الشابّ (كريم) المهاجر حديثاً، وقد وصل إلى اليونان بأعجوبة. كان قد تعرّف إليه قبل يومين. هذا الشابّ سوريّ من الجبل الوسطاني، الذي كانت قد دخلت إليه مجموعات مسلّحة، وحاصرت الكثير من قراه، واستطاع هذه الشابّ الهرب من قريته المحاصرة، مع أناس من مختلف الأعمار، وبينهم نساء وأطفال.

يقول الرجل لنبيل، عليك أن تذهب إلى (إكّي)، وتقابل (الطير) شخصيّاً، وما على الرسول إلاّ البلاغ! (إكّي، والطير) كلام بالرمز يعرفه نبيل.

حاول نبيل أن يفهم منه شيئاً، حول هذا الطلب غير المتوقّع، وغير المُستحبّ، بالنسبة إليه، وهو يحاول الخلاص من الأزمات التي تعرّض لها. جال فكره كثيراً حول ما يريده (الطير) منه، فلم يتوصّل إلى أيّة نتيجة؛ سوى أنّ هذا الرجل الثعلب، الذي يلعب على حبال الأمراض الاجتماعيّة، من طائفيّة، ومذهبيّة، وغيرها، كما يسمع عنه.

يتساءل نبيل أيضاً: ما الذي أوصله إليّ، فهو لا يعرفني، لا من قريب، ولا من بعيد.

يتساءل متخوّفاً:

ماذا لو رفضت هذا الطلب؟ ما الذي يمكن أن يحدث؟

توصّل إلى نتيجة حاسمة هي: "يستطيع الطير أن يطولني، حتى ولو كنت تحت سابع أرض!".

يلجمه الخوف، وينصاع للطير أخيراً. ويقرّر أن يسافر صبيحة اليوم التالي ليقابله.

مساءً، التقى بصديقه الجديد (كرمو)، في النزل الذي يقيم فيه. كان لقاء غريبين على أرض غريبة. يسترسل كريم بالبوح الحميم لنبيل

"لم أكن أتوقّع في يوم من الأيّام، أن تطأ قدماي هذه الأرض، أو أيّة أرض خارج بلادنا، أو حتى خارج منطقتي. لم يكن لديّ من الوقت لأفكّر في السفر إلى أيّة جهة كانت، للسياحة، أو للعمل. بالكاد كنّا ننجز ما هو مطلوب منّا للعمل بالأرض. لا أخفيك أنّي تركت الدراسة في الجامعة بسبب ضغط العمل في الزراعة، على الرغم من أنّ ملكيتنا للأرض، لم تكن كملكيّة غيرنا".

يتوقّف عن الكلام. يسأله نبيل:

- أخبرني ماذا حدث، قبل أن تغادر القرية، وهل ما حدث، كان دافعاً قويّاً لذلك؟

- من يسمع، ليس كمن رأى يا صديقي؛ أنت بالتأكيد سمعت الكثير عما يحدث، في مختلف مناطق البلاد؟!

- طبعاً.

- ما سمعته أنت، أنا شاهدته بعيني، عدا عما تعرّضتُ له. دخل مسلّحون ملثّمون القرية بعد منتصف الليل، وكانت القرية نائمة، واستفاقت على أصوات الرصاص. كانت قد مضت على القرية عدّة أيّام، بسبب تفجير المحطّة الأم، التي تغذّي المنطقة كلّها. تلك الليلة المشؤومة، كانت صعبة، إذ كانت مياه الشرب قد انقطعت نهائيّاً، بسبب تفجير خطّ المياه أيضاً. الخلاصة يا صاحبي، أنّ المسلّحين، ومعظمهم، لم نفهم اللغة التي يخاطبوننا بها. لن أطيل الشرح؛ سأخبرك ماذا فعلوا في بيتنا. اسمع. حضر رجل مقنّع الوجه، وطلب من أبي أن يدلّه على بعض الشباب من موظّفين ومعلّمين. أبي يا صاحبي من الناس المسالمين جدّاً، ولا يترك فرضاً دينيّا، إلاّ ويؤدّيه. وحجّ إلى بيت الله الحرام مرّتين، ويعزّ عليه أن يكون واشياً، وأعرف أنّ كلّ الناس في القرية يحبّونه. كان بمقدوره أن يقول له: لا أعرف شيئاً عما تطلبه منّي، ولكن لأنّه لا يكذب، دفع الثمن غالياً أمامنا. كنت أنا وإخوتي، وأمّي، وزوجة أخي، ننظر إلى مشهد مصرعه. وضع فوهة البندقيّة عند صدغه، وأطلق النار. حاول أخي الأكبر أن ينقذ أبي، فذاق المصير ذاته. ماذا عسانا أن نفعل، في مثل هذا الموقف؟ لا شيء، وإلاّ ستذهب أرواحنا هباءً؛ ومع كلّ ذلك الأمر يهون. (اغرورقت عينا كريم بالدموع، وغصّة في الحلق خنقت صوته للحظات). ثم يتابع:

"الحقيقة مرّة يا صاحبي. أشار الرجل المقنّع لاثنين مقنّعين من رجاله، نحو أختي زينة. انقضّا عليها، بكلّ وحشيّة، واقتاداها، بينما ثالث كانت بندقيته مصوّبة نحونا".

- يسأله نبيل بحدّة: وماذا فعلتم؟

- من يشاهد موته بعينيه، ماذا سيفعل، وهو أساساً أعزل؟ الكلاب اختطفوا زينة، وحتى الآن لا نعرف عنها شيئاً.

أمّي قالت: كلّ ذلك هيّن. المهمّ أنّهم لم يفترسوها أمام أعيننا، كما حدث لبنت فلان، أو فلان. لن أطيل عليك؛ في اليوم التالي، خرج المسلّحون من القرية، وطوّقوها من الخارج، بعد أن أخذوا رجالها، وحتى الفتيان اليافعين، إلى أعمال السخرة، بحفر السواتر الترابيّة، أو الأنفاق، وكنت واحداً من بين هؤلاء. البنادق مصوّبة نحونا، والويل لمن يتلكّا، أو لمن يحاول الهرب. المسلّحون المشرفون علينا، لم يتكلّموا العربيّة. لم نسمع منهم بلغتنا، سوى عبارة "الله أكبر" التي تُقال في كلّ تصرّفاتهم. أكثر هذه التصرفّات، ما كان إلحاق الأذى بالناس. عند اقتحام منزل. اختطاف شخص. تفجير لغم، أو عبوة ناسفة. أو إطلاق قذيفة مدفع، أو رشّاش، أو أيّ شيء من هذا القبيل. أو قطع رأس إنسان، أو ذبح شخص، أو نعجة، أو حتى دجاجة. كلّ ما يفعلونه مرعب. مع ذلك، فهناك من حاول مواجهتهم، ولكن تمّ إلقاء القبض عليه، إذ لا مفرّ، وتلقى من التعذيب، ما لا تتحمّله الجبال.

كلّ المسلّحين لديهم خبرة غير عاديّة في التعذيب. شاهدت بعينيّ كيف يعذّبون رجلاً، وابنه. كانوا يجمعون الناس، ليتفرّجوا على حفلة التعذيب، بغية دبّ الرعب في قلوبهم، كي لا يخالفوا لهم أمراً. كانت أكثر العقوبات بحق الناس (شرعيّة) حسب ما أُطلق عليها من قبل الناس. جعلوا شيخاً، وللأسف من قرية مجاورة لنا، ولا ندري إن كان ذلك برضاه، أو، لا، جعلوه قيّماً كحاكم يحكم بفتاوى لم يمرّ علينا مثلها، لا في سنّة، أو كتاب. يحلّل ويحرّم حسب إرادة الوالي الذي عيّنوه في مركز المنطقة، التي أطبقوا عليها، واستسلمت لهم، بعد محاصرتها. يا صاحبي، لماذا كلّ هذا الحقد علينا؟ لماذا؟ صدّقني حتى درفات النوافذ سُرقت.

يصمت قليلاً، ويتابع على وجه آخر:

"لو ترى ماذا فعلوا في حلب؛ كلّ معاملها تم تفكيكها، وصارت في تركيّا؛ فما يحدث يطيّر العقل، أو على الأقل يضع العقل قي الكفّ"

طلب نبيل منه أن يتوقّف عن الكلام. بعد أن ناله التعب من تذكّر الأحداث التي عاشها، أو شاهدها، أو سمع بها.

يسكت كرمو بناء على رغبة نبيل فعلاً. لكنّه لم يستطع أن يلجم ذاكرته، عن العمل؛ لقد استمرّت بعيداً عن المحطّة التي توقف لسانه فيها عن الكلام. شطحت به الذاكرة عائدة به، إلى طفولته التي عاشها في بيت هادئ، لا يعكّر صفوه معكّر، وهو على أيّ حال بيت فلاّح يفتح عينيه قبل الشروق، ثم يبدأ بإطعام دوابّه، قبل أن يأكل، ويسقيهم قبل أن يتوضّأ لأداء صلاة الفجر. يذهب إلى البريّة للعمل، وكأنّه ذاهب إلى جنّة النعيم.

عندما كان كرمو في طور الطفولة، لم يكن له قرين يلعب معه في البريّة، سوى طفلة، من بنات جيرانه في قطعة أرض بور مشتركة بينهما. اتفّق أبوه، وجاره الشريك، على غرسها بالزيتون، والكرز.

كرمو، والطفلة زلفة، يكبران معاً، وتتّسع أمامهما دائرة الحيلة، ويمتدّ الأفق أكثر. كانا على مقعد واحد في المدرسة الابتدائيّة، وحتّى الصف الثالث الابتدائي، كانت حياتهما، وكأنّهما يسبحان في فضاء خاصّ بهما، على بساط ريح. لا ينفصلان عن بعضهما، إلاّ في المساء، ليأتي يوم آخر، حاملاً لهما هذا البساط، ليبدآ الرحلة من جديد.

هنا يبدأ كرمو بالحديث في داخله لنفسه، وفي حديثه خصوصيّة، لم يكن في أيّ يوم مستعدّاً لوضع النقاط على الحروف، وتسمية الأشياء

بمسمّياتها كما هو في هذا اليوم، وقد شارفت شمسه على الغروب، ومع حلول الظلام، وقبل أن تزحف كوابيس ما بعد منتصف الليل، تتأهّب الذكريات الجميلة للخروج إلى سطح الذاكرة، مفعمة بالحنين للماضي، الذي لن يعود، ولكنّه يظلّ محتفظاً بالتفاصيل الأجمل، أو الأردأ، فيما لو كانت قد تركت ندوباً لجراح، لم تبرأ بسهولة

حكاية كرمو مع زلفة التي بدأت تظهر عليها علامات الأنوثة. هنا كانت المحطّة التي انطلق منها كشخص آخر. يتذكّر:

.... كانت الخلافات قد بدأت تستعر بين أبي وشريكه في الأرض، ووالد زلفة، عزّو، وهو فعلاً فيه من الطباع ما يميّزه عن كلّ أهالي قريتنا.

فوجئنا جميعاً بحكاية غريبة، على لسان العمّ عزّو، كما كنت أناديه دائماً. تقول، إنّ جنيّاً طلع له في البستان الذي بدأت ترفل شجيراته بالاخضرار، فيما كان يقلّمها، وفرّ هارباً منه، وقد أصابه رابوط بلسانه، ولم يعد يستطيع الكلام إلاّ بصعوبة، وكانت هذه إشاعة من العمّ عزّو. لعلّ بها يجعل أبي يخاف من الجنّ، ويتنازل له عنها، بمقايضة، أو ببيعها له بسعر زهيد.

أبي لم يكن متسرّعاً بتقبّل هذه الحكاية الملفّقة، فذهب إلى البستان سرّاً، تارة ليلاً، وتارةً نهاراً، لأكثر من عدّة مرّات. لم يظهر له شيء، ممّا كان يروّج له العمّ عزّو؛ فما كان من أبي إلاّ أن يواجهه، وكنت يومها بصحبة أبي، وسمعت ما دار بينهما. بدأ أبي الكلام:

- يا أخي عزّو. لنسلّم أنّني تنازلت لك عن البستان، فما ثمن حصّتي؟

- (بدا عزّو مراوغاً) أنا لست بحاجة إلى حصّتك. أنا أتنازل لك عن حصّتي.

- وأنا ليس لي مطمع بحصّتك، حصّتي بالكاد أستطيع أن أخدمها. أولادي بالمدارس، ولا أستطيع وحدي أن أقوم بواجبها.

- (كان عزّو كمن يفكّر ولم يجب بسرعة) إذاً، ما الحلّ برأيك؟

- الحلّ أن نقسم البستان فيما بيننا؟

- ولكن، لن نخضع لقرعة، أو ما شابه. ما رأيك؟

- القرعة حلال. لا أحد يعتبر نفسه مغبوناً. قال أبي.

- لا بأس. في هذه الحال، أعطيك الحصّة التي طلع الجنّي لي بها

- كما تريد. أنا موافق.

(عاد عزّو إلى المراوغة من جديد) لكن تلك الحصّة، وكما تعلم أغزر إنتاجاً، تربتها أعمق. والآن شجيراتها أورف.

- ماذا تقصد؟

- ما أقصده واضح. آريد الفرق. أريد نفلاً.

- طيب خذها أنت، ولا أريد منك أيّ شيْ. لا نفل، ولا من يحزنون

- إنّك تعسّر الأمور. كأنّك تقول لي، أنت عدوّي.

- أنا لم أقل شيئاً.

- (يقاطعه محتدّاً، وقد نسي سنوات العمل معاً، وتناول الطعام على طبق واحد. نسي الخبز، والملح.) اسمع ما سأقوله لك (قال لأبي) طول ما أنا حيّ، لن أسمح لمخلوق أن يدخل البستان. وأعذر من أنذر

- هدئ أعصابك يا عزّو. مساءً، سنسهر عندكم أنا، والعائلة.

- (يقاطعه والشرّ بين عينيه) لا أهلاً، ولا سهلاً. ما بيننا انتهى.

مع تهديد العمّ عزّو، ووعيده، لم يبالِ أبي. مساءً، اصطحب أفراد أسرتنا جميعاً، وقصدنا بيت العمّ عزّو لنقضي السهرة في منزله، مع أسرته. استقبلنا العم عزّو، بما لم يتوقّعه أبي. خرج يزمجر، رافضاً حتى السلام علينا، وفعله هذا ليس من شيم الناس في بلادنا، والمعروف أنّه لو جاءك قاتل أبيك إلى بيتك، يكون ذلك فدية. ما بال العمّ عزّو، يتنكّر لعلاقة عمر بيننا، وبينه؟!

كان ما حدث نصف المأساة بالنسبة إلي؛ أمّا النصف الآخر، والأهمّ عندي، أنّ فتاتي زلفة، ربّما خرجت وسمعت صوت أبي، ووقفت خلف أبيها، الذي كان أشبه بذئب يريد أن ينقضّ على فريسة.

رأيت زلفة تبكي، وكانت بدموعها تشقّ طريقاً آخر نحو قلبي، الذي كاد يذوب احتراقاً بنار الموقف الذي تعرّضنا له، وعدنا خائبين، وكان من نتائجه، أن أمّي انتصرت على أبي، وكانت قد حاولت منعه من زيارتهم، ولم يذعن لها، بل استمر مكابراً، وخسر أمامها، كما كان يخسر كلّ مرّة، بسبب استجابته السريعة، لأوامر قلبه، وعاطفته، لا لأوامر عقله!

بالنسبة إلي لم أنم، ولم تغمض عيناي تلك الليلة، أصابني أرق، لم يصبني من قبل، وتفكير دائم بزلفة، يأخذني كلّ مرّة إلى طريق مسدود. استعدت شريط الطفولة، وعلاقتي بها منذ بدايتها. لم تسلم لحظة، قضيناها معاً، في اللعب، وفي المشاوير، وفي الذهاب إلى البستان، وفي، وفي.. لم تفلت من ذاكرتي، بل على العكس، كانت ذاكرتي تضيف شيئاً جديداً. تصوّرتها وهي تبكي، ثم وهي تكبر أكثر، وأنا بعيد عنها. أتصوّر كيف سيصبح شكلها. من ستتزوّج، وهنا، يطير عقلي معها. ماذا سأتصرّف. ماذا سأفعل. ماذا.. دون أيّة بارقة أمل. ولم أكن أدري، أو أحسب أيّ حساب للأيّام التي ستأتي دونها، ستكون

أشدّ مرارة عليّ. صرت إذا وقف اسمها لساني، أُصابُ بغصّة. ينشف ريقي. أتلعثم بالكلام.

أمّا بالنسبة إلى زلفة؛ فكيف كانت تفكّر تلك الليلة، أم إنّها نسيت حكاية أبيها معنا، واستسلمت لنوم عميق، وانتهى كلّ شيء في وقته؟

لا أدري ما الذي تخبئه الأيّام لي، ولها.

تكرّ الأيّام، لتتكشّف لي حقائق عن ذلك العمّ المزيّف عزّو.

بعد أن تسرّبت صدمتنا بزيارته، لأهل القرية، وقفت القرية كلّها في صفّ أبي، وفتح كلّ واحد فيها جرابه، عما يعرفه عن العمّ عزّو، وبعضهم راح ينتف ريشه أكثر، لما يكنّه له ربّما من كراهية لسبب أو لآخر. حتّى في المسجد، بعضهم صار يتبرّم منه؛ والطامّة، أنّ أحداً لم يواجهه، ليثنيه عن عدائه لنا، لأتوصّل إلى نتيجة مغايرة. هي، لو أنّ الناس يحبّون أبي، لكانوا سعوا إلى المصالحة ما بينهما.

لم يخطر ببالي لقب (الخزري) الكامن في دواخل الناس للعمّ عزّو. فيما بعد عرفت من رجل مسنّ صاحب دكّان بسيطة كلّ ما فيها من حاجيات، تستطيع أسرة أن تستهلكه في يوم واحد. كان يتحدّث لرجل، فيما كنت أشتري من دكّانه، عن خلاف والدي مع العمّ عزّو، ولم يكن يبالي بتواجده في الدكّان، ممّا قاله له:

"أنا أعرف البير وغطاه!»، يقصد أنّه يعرف سرّ الخلاف. "عزّو يا أخانا ما بينسى أصلو. جدّو أجا من استنبول قبل السفربرلك، وسكن ضيعتن. أمّا ليش سكن هون، الله يعلم. ناس قالوا إجا بيّاع عالحمار، وخطف بنت، وبعدين صالح أهلها وإجا سكن، وناس قالوا إجا داسوس للعصملّي. وناس قالوا قتل قتيل بالأناضول، وهرب لهون؛

المهمّ سكن هون، وتجوّز بنت المريوح. هادا اللي منعرفو. مع الإيّام تجوّز جدّ الولد هادا (مستدركاً يوجّه السؤال إليّ) شو اسمك جدّو، قلت له: كرمو (يتابع) جدّو لكرمو تجوّز من عيلة الخزري. يعني هادا كرمو ستّو من عيلة الخزري. وكبرت العلاقة بيناتهم. احتاج جدّو لكرمو مصرات، فاستقرض منهم، ولمّا ما قدر يردّ القرضة، أعطاهم حصّة بالأرض، وصاروا يشتغلوا سوا، وكإنّهم بيت واحد. بس ليك؛ العود بيحنّ لقشرو. الخزري بعدها عينو على بلادو. وبظنّ ناوي يرجع، ما في قدّامو غير يحرّك فتنة بينو وبين أبوه لها لولد -وأشار بيده إليّ- هادي هيّي كل القصّة. لهيك الناس ما تدخّلوا بينهم. سيدي. بطّيخ يكسر بعضو "أشار بيده نحوي قائلاً: هيك روح قول لأبوك. لا دخان بلا نار جدّو!».

عدت إلى المنزل، وأنا حائر، بين أن أقول لأبي، أو لا. خوفاً من أكون أصبّ الزيت على النار، وأخسر نهائيّا زلفة. لكن ما الذي تفكر فيه زلفة لا أدري!

استمرّت الأمور على حالها بين أسرتينا لفترة تزيد عن العام. خلالها شاهدت زلفة عند أحد أقاربي، وكانت في زيارة لرفيقتها ابنتهم. أحسست حين التقت عيناي بعينيها، أنّ شيئاً ما كما النار شبّت فيّ. تمالكت نفسي. ابتسمت، وجمّدت ابتسامتي، حتى نظرت زلفة إليّ. ابتسمت هي الأخرى، ولكن، ابتسامة صفراوية. جعلتني أكره حياتي، لأنّي اعتقدت أنّها أنهت علاقتها بي. كان العكس تماماً، قالت لرفيقتها على مسمعي:

"لا يمكن لما يحدث بين أهلي وأهله أن يمنعني أن أراه. هو كلّ شيء عندي!".

ازددت ولوعاً بزلفة، وصرت أتحيّن الفرص لأراها، وفي القرية من السهل أن تلتقي بفتاتك، في البساتين الوارفة الظلّ، أو في الأماكن المهجورة، وما أكثرها.

في أحد لقاءاتنا، وكان ذلك في شهر نيسان العام 2010 م الساعة العاشرة صباحاً، تجرّأتُ وذهبت إلى دار ذويها، بعد اتفاق جرى من قبل، لأنّ ذويها جميعاً قد ذهبوا إلى حلب، ما عداها، لتبقى ناطورة الدار، في غيابهم. تجاوزنا يومها حدود الأخوّة، وربّما كانت هي السبب. ادّعت أنّها ستريني ثياباً جديدة لديها، وسترتديها لكي أراها، وأقول لها رأيي فيها.

هذه المرّة، لم تعطِ حوّاء تفاّحة لآدم اقتطفتها من شجرة في الجنّة، بل تفّاحة من الخدّ، ومن شجرة وارفة في الأرض. ولم يمرّ وقت طويل، في ذلك اللقاء اليتيم، حتّى أعطته أكثر من تفّاحة. بعدها أعطته التفّاح كلّه!

منذ ذلك اليوم لم أشاهد زلفة إلاّ في الحلم، بل في كلّ أحلامي، والتي تحوّلت فيما بعد، وتحديداً بعد أن هاجر أبوها، أو قل شيئاً غير كلمة (هاجر)، قل: عاد إلى بلاد أجداده، أو قل: اصطحب عائلته، وسافر لغايات لم يكن يعلم بها إلاّ الله. ثم مع الأيّام التي لم تطل كثيراً حتّى دخلنا في العام 2011م، وتعقّدت الأمور أكثر، وصرنا نسمع حكايات عن العمّ عزّو، تشيب شعر الرأس، وكم كنت لا أصدّق، حين كنت أسمعها.

والذي قيل بعد أن أصابت الكارثة أسرتي، أشبه بصور متلاحقة لشريط، فيه من المفاجآت، ما لا يعدّ من الأحداث الدنيئة، والتي تسبّب الغثيان، والحقد. لكن صورة زلفة لم تغب من ذاكرتي لحظة

واحدة، ورحت أفكّر بالوصول إليها مهما كانت النتائج، حتى ولو كلّفني ذلك حياتي.

تبيّن لي أن العمّ الرخيص عزّو باع الأرض المشتركة، والتي غدت بستاناً يسبي عيون الناظرين، وأودع أبي في ترابه، تعبه، وعرقه، لشخص مجهول، وطوّبه، باسم رجل شبه أهبل من القرية.

وتكشّف فيما بعد أن رجلاً يُلقّب بـ (الطير)، دفع ثمنه، عن طريق وكلاء، للعم عزّو.

كنّا نلاحظ أنّ البستان قد أُهمل، لا حراثة، لا سقاية، لا تعشيب. نما فيه العشب، وأكثره نباتات شوكيّة، ونحن لا حول لنا، ولا قوّة. لم نستطع أن نطالب بحقّنا منه. كانت تردنا تهديدات، لا سبيل لردّها.

استسلمنا للخوف، لأنّ أشدّ هذه التهديدات، كانت تردنا عن لسان الطير، الذي نجهله، ولكنّنا صرنا نحسب ألف حساب لسطوته. بعد أن سمعنا الأخبار الكثيرة عنه، والتي كلّها تؤكّد، أنّه رجل خطير، وبأنّه يقيم في مكان غير معروف خلال تلك الفترة، وتمويله دون حدود، من أشخاص لا نعرف عنهم شيئاً.

السؤال الذي لم يجب عليه أحد يومها: لماذا يحدث مثل هذا الشيء؟ لماذا لم ينتبه له الصفّ الأوّل من الناس؟!

وتمرّ الأيام، وتتلاشى سيرة العمّ عزّو، والجميع لا يعرف أين مستقرّه تماماً في تركيا. مدنها كثيرة، كان الكلّ يتكهّنون. تارة يقال إنّه في أنقرة، وتارة يقال، إنّه لم يتجاوز غازي عينتاب الحدوديّة، وبعضهم يرجّح أنّه عاد إلى بلده الأساس استنبول.

وفيما بعد سرت إشاعة، أنّه ورث قصراً كان لأجداده في استنبول،

وأنّه غدا من الموسرين، الذين يُشار لهم بالبنان، وأنا لا يعنيني من كلّ ذلك، إلاّ زلفة، التي لا تبارح ذاكرتي، ولا أرى إلاّ صورتها، حتى في كوب الماء الذي أشربه.

(يطلع ضوء الفجر، ولا يزال كرمو بكامل صحوه، بعد أن جفاه النوم، طوال الليل، ليستمرّ مرور الوقت بطيئاً، حتى التقى نبيل).

(يخبره كرمو، كيف ظل حتى الصباح صاحياً، ولم يجد ملاك النوم إليه سبيلاً).

(يسأله نبيل عن السبب، فيعيد إليه كلّ الذي اجتاحه من تداعيات، وذكريات، وتصوّرات).

يوضّح نبيل لكرمو، ما التبس عليه حول ما يعرفه عن الطير، ويخبره بما يعلم عن حقيقة شراء الأرض في قريته:

- تمّ شراء هذه الأرض، وإلى جانبها أكثر من قطعة أرض، وغدت الآن مركزاً لتدريب مقاتلين فيها. أنت يا كرمو، لا تعرف ما يجري تماماً في البلد. أنصحك أن تظلّ هادئاً، ولا تغضب من شيء، حتى لا تضيع عليك الجهات. عليك أن ترسم طريقاً جديداً لتسلكه، حتى لا تقع في مطبّات، أنت في غنى عنها.

أنا كنت مثلما أنت عليه الآن. كنت دون دليل، دون بوصلة، واعذرني إذا لم أبح لك بشيء عمّا أنا فيه من مآزق. أنت حرّ في أن تصغي إلي، أو لا تصغي. أنت الآن في.....

- (يقاطعه كرمو) أنا الآن أفكرّ بشيء لم يخطر ببالك. لقد بلغ بي حبّ فتاة من قريتنا، حدّ الهوس. والفتاة هي ابنة شريكنا في البستان المُباع على غفلة منّا، وما بين أسرتينا عداء، لا يعلم إلاّ الله، كيف

ستنتهي هذه العداوة ما بيننا. وما أفكّر فيه الآن كيف سأصل إليها، وأين هي؟ لا أريد من الدنيا شيئاً سواها.

- أنت، ونحن جميعاً الآن في وضع يجب أن نفكّر فيه، على نحو آخر. أمامنا دروب عديدة. لكن أيّها نسلكه. هذا ما يجب أن نحصر تفكيرنا فيه، وليس في أيّ شيء آخر. البنات بعدد النجوم. حين تستقرّ تجد من تسعى إليك منهنّ. الحبّ لا تذهب إليه. هو يأتيك. هو يخلع باب قلبك ويدخل. تروّ يا كرمو. وقبل أن أسمع منك أيّة إجابة على ما أقول، استمع إلى نداء عقلك هذه الأيّام، وليس إلى نداء قلبك، فقد يقودك قلبك إلى الهاوية، أو إلى الجحيم.

- سأفكّر!

.....

ليلاً عادت زلفة، واحتلّت ذاكرة كرمو، وكانت كما الليلة السابقة هاجسه، متناسياً ما هو فيه من وضع مأساوي.

وضع نصب عينيه فكرة السفر إلى تركيا، لعلّه يحظى بزلفة، وعلم نبيل منه في اليوم التالي قراره هذا.

ولمّا كان نبيل على أهبة السفر، إلى تركيا لمقابلة (الطير)، طلب من كرمو أن يستعدّ لمرافقته في طريق السفر، ويساعده في العبور إليها، لعدم وجود أوراق، أو شيء يثبت هوّيته، لما لديه من خبرة في مثل هذه الأمور، التي لا تحلّ إلاّ بالرشوة.

***

17

يفترق كرمو عن نبيل في أنقرة، ويذهب كلّ منهما في حال سبيله.

يقصد نبيل الفندق الذي كان يقيم فيه الطير. يطلب منه مدير الفندق أن ينتظر، ريثما يحضر الطير إلى الفندق، وقد كان خارجه، ربّما في زيارة صباحيّة لأحد أعيان المدينة.

عاد الطير عند الظهيرة. كان متعباً، فلم يستطع نبيل مقابلته حتى المساء. دخل عليه في الجناح المخصّص له. يبتسم الطير له ابتسامة خفيفة، كمكافأة على تلبية طلبه، وسأله عن أحواله. لم يقل له إلاّ أنّه بخير، ولا ينقصه أيّ شيء، تعفّفاً. و(نبيل) فعلاً يتحلى بهذه الصفة.

كان نبيل في حالة خوف من طبيعة المهمّة التي سيكلّفه بها. قال له الطير:

- ستذهب إلى سوريا فوراً. وبالطبع ستنقلك سيّارة خاصة، وتعبر بك الحدود، ثم أنت ستتدبّر أمورك في التنقّل حتى تصل إلى الجبل الوسطاني. انتبه إلى ما أوصيك به. احذر من أن تقع بيد السلطات السوريّة، أو بيد ميليشيات، غير التي تخصّنا. عليك أن تكون في منتهى الاحتراس، والحذر، واليقظة، لأنّ وقوعك في أيّ خطأ يسبّب كارثة.

ما ستحمله معك شيكّات، ولوائح بأسماء مهمّة، وبعض البطاقات الشخصيّة، وجوازات السفر، يجب أن تصل إلى المرسلة إليهم حتماً.

(يتابع بلهجة أخرى أكثر حدّة، وتتضمّن شيئاً من وعيد).

انتبه إلي يا نبيل. انتبه إلى ما سأقوله لك: مهمّتك هذه يجب أن تنفّذ حتماً. ولك مكافأة ترضيك بعد عودتك بالسلامة؛ لكن إذا لا سمح الله، لم تنفّذها بحذافيرها، ستكون العاقبة وخيمة. اختر بين أن يتمّ ذلك، وبين أن تخسر.. عرفت ماذا ستخسر؟... حياتك!

.....

أمّا كرمو، فذهب نحو المجهول، ليبحث عن المكان الذي قد تكون فيه أسرة العمّ عزّو. تناهبته أفكار عدّة، حول الأسباب التي سيدخل فيها مسكنهم، فيما لو اهتدى إلى المكان. استقر رأيه عند سؤال عزّو عن مصير حصّته بالبستان المباع دون علم من كرمو، وذويه. ومطالبته بهذا الحقّ، فيما لو نفض يده من فتاته زلفة.

رؤيته لزلفه فقط، دون أيّ هدف آخر يحلّ المشكلة بالنسبة إليه.

هنا لا بدّ معرفة السبيل للوصول إلى هدفه. رأى أن يبحث عن أيّ مهاجر، أو مهجّر، من منطقة الجبل الوسطاني، ليكون رأس الخيط الذي يبدأ منه مشوار البحث. كان يعرف أنّ الكثيرين من المهجّرين، يقيمون في نُزل متواضعة، أو في الضواحي، أو في خيام، كانت معدّة سلفاً للمهجّرين السوريين.

عزّو، وقد غدا يملك المال الذي يتيح له أن يسكن أيّ مكان يريد، لا بدّ وأن يكون في غير هذه الأمكنة، لكنّه منها، يبدأ السؤال.

قال له نادل سوريّ يعمل في مقهى، وكان أوّل من واجهه، بأنّ المهجّرين السوريين، في مكان كذا، وكذا.

يقصد كرمو مكاناً من هذه الأمكنة، في الضواحي. يرى أطفالاً يلعبون بكرة القدم، وكالعادة رآهم قد توزّعوا بين فريقين. كان البديل عن خشب حارس المرمى، حجرين يقف بينهما طفل متأهّب لالتقاط الكرة. ابتعدت الكرة عن المرمى. ركض الطفل، وِشاطها من خارج الملعب الافتراضيّ. وعاد يحرس مرماه. اتّجه كرمو نحوه. بادره بالسؤال فوراً. أتعرف شيئاً عن المهجّرين من الجبل الوسطاني، وأين يسكنون؟

- (أجابه الطفل): أنا من هذا الجبل.

- هل تعرف أحداً من قريتنا (...)؟

- إنّ معظمهم يسكنون هنا في ضاحيتنا هذه.

كانت قد اقتربت الكرة من مرمى الطفل، فترك كرمو، واستعدّ للتصدّي لها.

رأى أنّ الطفل لم يبالِ به. تابع سيره نحو مساكن تلك الضاحية.

كان أوّل من التقى به امرأة عجوز، خرجت للتوّ من باب منزل بسيط. حيّاها، وبادرها بالسؤال عن أهل قريته. وتابع يسأل هن عمّه عزّو.

قالت له العجوز:

- من تسأل عنه، يعرفه معظمنا هنا، فهو مكلّف بتوزيع ما يرد من مساعدات إغاثة. ربّما سيأتي غداً لهذا الغرض. كلّنا ننتظره بفارغ الصبر.

- ألديك علم أين يقيم وعائلته؟

- يقولون إنّه ورث قصراً عن جدّةٍ له في مدينة استنبول. لا أدري فيما كان يسكنه، أو أنّه أجّره، أو باعه، وسكن في مكان آخر.

لكن لطالما يوزّع المعونات هنا، لا بدّ، وأن يكون مسكنه هنا في أنقرة، بعد أن زوّج ابنته!

وقع الخبر العفوي هذا (زوّج ابنته) على كرمو كالصاعقة. تمالك أعصابه، التي توتّرت فجأةً. اغتصب ابتسامة. سأل العجوز:

- أتعرفين ابنته يا خالة؟

- لأ. لكن كلّ الناس هنا يعرفون أنّه قدّمها لمجاهد كبير كزوجة، على أمل أن تجاهد معه!

- هكذا إذاً! (قال في داخله. ثم سألها): أتعرفين أين يقيم زوجها؟

- لماذا تسأل عنها؟ حتى لو كنت أعرف، يصعب عليّ أن أبوح بذلك. يُقال إنّ زوجها لا يرحم حتى أمّه، إذا خالفته برأي!

- (أجاب متلعثماً) هي مثل أختي. ربينا معاً. والعمّ عزّو (أبوها) مثل والدي.

- (أجابت بسخرية): لك الشرف به!؟ (تابعت ما تريد أن تقول بعد لحظة صمت، وهي تنظر نحو كرمو، متوجّسة منه هذه المرّة)!

.. عمّك عزّو هذا. شخص بلا كرامة. يأخذ بناتنا ليجاهدن. أيّ جهاد هذا الذي تفعله بنت مثل نور القمر، وغضّة مثل وردة!؟ (استدركت تقول له):

..(أنا من وجع قلبي أقول ما أقول. يلعن الحياة اللي أوصلتنا إلى هنا! أرجوك يا ابني لا تقل شيئاً عن لساني!).

- (بعد أن سمع منها ما سمع تجرّأ أن يفصح لها عمّا في داخله). قال لها:

أنا موجوع أكثر منك، أنا أحبّ بنت العمّ عزّو زلفة منذ الصغر. ولهذا أسأل عنها، وعن..

- (تقاطعه وهي تنظر إليه بحنوّ):

لا تقل بعد الآن العمّ عزّو. من يبيع ابنته، حرام التقرّب به، يُقال إنّه باعها بالفلوس. هذا شخص بلا ناموس. حتى معوناتنا يسرق منها. يسرق أغذية. يسرق بطانيّات. يسرق حتى صابونة الغسيل. ربّنا يطيل الحبل لهذا الشخص، وأمثاله -أستغفر الله- إلى متى؟!

(كلّ ما تعرفه هذه العجوز عن عزّو، انفكّت عقدة لسانها عنه. قالت عنه أشياء، كان من الصعب عليّ تصديقها، ولكن سمعت أكثر منها، وأعظم فيما بعد).

(دعتني العجوز للدخول إلى المكان الذي تقيم فيه، أو قل المكان الذي يؤويها).. ربما تكون جائعاً يا ولدي. أدعوك. ادخل. مسكني متواضع. لكنه يحمي رأسي، من الغبار، والحرّ، والبرد.

(اعتذرت منها). لم تقبل اعتذاري. اشرب شيئاً ما، ولو ماء.

أخيراً وجدت نفسي فيما يشبه غرفة، لكن اعتناء العجوز بترتيب حاجياتها البسيطة فيها، جعلها جنّتها الصغيرة، التي - بالطبع- لم تعوّضها عن منزلها في مدينتها، التي لم تسلم من الدمار، بقصد تخويف أهلها، ودبّ الرعب في قلوبهم، ليرحلوا منها. قالت له العجوز حول هذه النقطة بالذات: (الجهة الغربية من المدينة. بقي الكثير من سكّانها فيها، وقد جعلوا منهم درعاً بشريّا، يحتمون به. جيش الدولة، لا يطلق النار باتّجاه مثل هذه الأماكن الآهلة بالسكان. المقنّعون يستغلون ذلك، ويمارسون نشاطهم فيها).

جلس كرمو على فراش صغير، أو هو على الأرجح نصف فراش محشوّ برقائق إسفنج. قبالته في منتصف الجدار، خمس صور فوتوغرافيّة، معلّقة على قطعة قماش مخمليّة حمراء مستطيلة

تتوسّطها صورة صبيّة في عزّ ربيعها، ربّما كانت في الثامنة عشرة، حين التقطت لها هذه الصورة. لفت نظره، شريط رفيع من ساتان أسود، في زاويتها العلويّة من اليسار.

قدّمت العجوز له كوباً من الشاي، كانت قد غلته في ركوة صغيرة، تُستعمل عادة لغلي القهوة.

تحاشت أن تستفسر منه عن شيء بصيغة السؤال، وكأنّما أرادت أن تعرف اسمه، وغير ذلك، من خلال حديثها معه.

قالت له: حتى الآن ما عرفت اسمك.. ردّ عليها: أنا اسمي كرمو البادي.

- أهلاً بك يا كرمو.. (لاحظت أنّه يختلس النظر من صورة الصبيّة المعلّقة. استبقت سؤاله عنها، ولم تدعه يبدو فضوليّاً بسؤاله عنها. أشارت بسبابتها نحوها). هذه صورة ابنتي. أثناء اقتحام المدينة، سقطت قذيفة على بيتنا. كانت النتيجة أن أصيبت البنت بشظيّة، ونزفت، قبل أن نستطيع إنقاذها. يومها استمرّ إطلاق النار أكثر من ساعتين. خلال هذه المدّة من الزمن، لم يستطع أحد أن يخرج من بيته. (وضعت كفّ يمناها على ذراع يسراها). على ذراعي هذه أسلمت روحها لربّها. بعد أن غدت ثيابي أكثر ما تكون مبلّلة بدمائها. لم أستطع أن أوقف نزفها. لم يكن سواي في المنزل. أختها كانت في المتجر الذي تعمل فيه. هي أيضاً، حتى الآن لا نعلم عنها شيئاً، منذ ذلك النهار الأليم.

- وأين تتوقعين أن تكون؟

- أين ستكون؟ لا شكّ هي بين أنياب هؤلاء الضباع. هل من شكوك بأحد ما تحديداً؟

- أجل. أشكّ بشخص، كلّما يحضر إلى هنا، يفقد الناس طفلاً من أطفالهم، أو طفلة!

- وإلى أين يقول الناس هنا إنّ هذا الشخص يذهب بهم؟

- الله يعلم. ماذا يمكن أن يفعل هذا الشخص الذي لا يخاف ربّه؟ إمّا يبيعهم، لمن ليس لهم أولاد، أو يبيعهم كي يدرّبوهم على ما يقترفون من أفعال، أو -إنّي أخاف الله- يُذبحون، وتُباعُ عيونهم. أو بقيّة أعضائهم. وهذا -حسبما يقول الناس هنا- مرجّح أيضاً. فالذي يعيش من أجل المال، وليس له هدف إلاّ جمع المال، لا شيء يمنعه من أن يفعل أيّ شيء!

أما البنات الصغار اللواتي يُفقدنَ، ماذا سيفعلون بهنّ؟ أنت تعرف ما الذي تتعرّض له البنت، حين تقع بين أيدي متوحّشين، يبرّر لهم بفتاوى ملفّقة، كلّ شيء يريدون فعله. هؤلاء نقمتنا.

- أريد مشورتك بموضوع يخصّني، ويخصّك. ها. ماذا قلتِ؟

- ماذا تقصد؟ إذا كنت تقصد عزّو اللعين، فهو سيأتي بعد فترة قصيرة، ربّما يأتي إلى هنا خلال يومين، أو ثلاثة لا أكثر. إن كان هو المقصود، فماذا تريد منه؟ إذا كنت تنوي له الشرّ، فأنصحك بالابتعاد عن طريقه. دائماً يرافقه شرّيرون، ولا طاقة لك على الوقوف بوجهه، أو بوجههم. هل تفكّر في شيء يخصّ هذا اللعين؟

- هذا الشخص وضعته في حسابي، لكن ليس الآن. أمّا الذي أفكّر فيه، فهو مصير الأطفال الذين يُفتقدون.

- ما أدراك أن يكون عزّو له علاقة بذلك؟

- إذا عرفت أنّ له علاقة، سأضرب عصفورين بحجر واحد.

(تنظر العجوز بريبة نحو كرمو. تتأمّله بعمق). لا يا ولدي. لا تفكّر بشرّ قد يعود عليك بسوء!

- لا يجوز أن تستمرّ مأساة الناس هنا، بفقد أطفال أبرياء، لا حول لهم، ولا قوّة!

الربّ يحاسب الشرّير. الربّ يمهل ولا يهمل يا بنيّ. دعك ممّا تفكّر فيه. الربّ لا يقول لك أن تلقي بنفسك إلى التهلكة!

- أنا لا أفهم الأمور هكذا. أفهمها على نحو آخر. الشرّ لا يعُالج بشرّ مثله. هناك ألف وسيلة للتخلّص منه، وآخر الطبّ الكيّ.

(كانت العجوز تصغي إليه بكلّ جوارحها). ها ماذا قلتِ؟!

أنا أصغي إليك. لم أفهم كيف ستتصرّف؟

- أعدك بأنّني لن أتسرّع، ولكن سأجعلك تسمعين أخباراً تسرّك. الأمر الآخر. ابنتك. لا أريد منك شيئاً، سوى صورة شخصيّة لها لو سمحتِ. ما رأيك؟

- ما تطلبه يحتاج إلى تفكير. بصراحة؛ أنا أخاف عليك. هؤلاء الأوغاد لا يعرفون الله، وإذا وقعت بين أيديهم، ستلقى عذاباً لا يحتمله الجلمود. عدا عن أنّهم سيفعلون بك كما يفعلون بسواك. (تنتبه إليه. تبدو عليه الحيرة التي تستشفّها من نظرته إليها). تتابع: لا أستطيع أن أتصوّرك دون رأس!

- وليكن! (قالها بعد استعادته ثقته بنفسه). كرامتنا أهمّ من حياتنا يا خالة؛ أو أنّنا سنعيش الحياة بذلّ.

(تعده أن تزوّده بصورة لابنتها).

استضافت العجوز الشاب كرمو، وبات في غرفتها المتواضعة ينتظر عزّو. كان بمثابة ولدها، وكانت بالنسبة إليه كأمّ. حكايات كثيرة روتها له. كان يستمع إلى هذه الحكايات، وإلى ما تختزنه ذاكرتها منها، أو من حكاياتها ذاتها، وكانت مجتزأة من سيرتها الشخصية.

حكاية الليلة الأولى:

(كان ما بين دارنا في القرية ودار جيراننا فسحة كبيرة نستغلها في فصل الصيف كبيدر للحصاد. بعد جني موسم الحصاد أواخر الصيف، تأتي جماعة من عشيرة النور، وتنصب خيامها فيها. كنت لمّا أزل طفلة، وكان الأطفال فضوليّين، وأنا منهم، لنعرف أسرارهم. بعد انتهاء أحد المواسم، حضرت جماعة، لم نكن قد رأيناها من قبل. دون إذن من أحد، نصبت خيامها، وكنّا نتفرّج بشغف على شدّ الحبال، ودقّ الأوتاد، ونصغي بالشغف ذاته إلى حديثهم بلغة لم نفهمها. في الليلة الأولى التي خيّموا فيها، رحنا نتسلّل إلى ما خلف الخيمة، التي يسهرون فيها جميعاً. تخفّينا صامتين نتلصّص عليهم، من خلال شقوقها. نطرب لغنائهم. يسحرنا رقص بناتهم، أو عزف العازف فيهم على مزمار، أو ناي، أو طبلة.

في اليوم التالي استفاقت القرية، على بعض شبابهم وبناتهم، يشدّون حبلاً ثخيناً طويلاً متيناً يمتدّ من دارنا، إلى دار جيراننا فوق فسحة البيدر، على ارتفاع يزيد عن أربعة أمتار. استغرب كلّ من رآه ذلك، وبدأت التكهّنات حوله.

بعد ساعة من الزمن، خرج ثلاثة شباب منهم، وهم يقرعون الطبول، بصوت دويّه يُسمع حتّى حقول القرية البعيدة. توافد معظم أهل القرية صغاراً وكباراً إلى المكان. تحلّقوا حوله، وهم في

حالة ترقّب لما يمكن، أن يظهر من الخيام مجتمعة، أو من خيمةٍ ما، شيء لا يتوقّعونه. وهذا ما حدث فعلاً.

خرجت من إحدى الخيام صبيّة، تلبس تاجاً فضيّاً على رأسها، وترتدي ثياباً حريريّة ملكيّة بلون ذهبيّ، وأمامها طفلتان، بشرائط بيضاء على شكل وردة في الجهة اليساريّة من الرأس، تلبسان الأبيض البرّاق من الثياب، وفتاتان خلفها، لا تقلّان حسناً وجمالاً عنها. تحمل كلّ واحدة منهما باقة زهور كبيرة. ودرن جميعهنّ دورة كاملة أمام الوافدين من أهل القرية، والذين شدّتهم أصوات الطبول للحضور. الجميع كانوا يصفّقون بحرارة لهنّ.

ازداد التصفيق واشتدّ أكثر حين خرج من خيمة أخرى شاب يحمل قرداً على كتفه. فجأة أطلق القرد الذي سار أمامه، يستعرض الحضور، وكأنّ ما بينه، وبينهم ألفة قديمة. سواء كان الشابّ، أو القرد

يحضر ثلاثة شباب أيضاً، فينصبون بأسرع من البرق منصّة ليست بعيدة عن الحبل المشدود، ويغطّونها بشرشف حريريّ بلون أخضر. أحد الشباب ينادي للقرد باسم غريب، بقينا أيّام نردّده، ولم نستطع حفظه. سرعان ما ركض القرد، نحو المنصّة. وفي رقبته منديل أبيض. قفز فوقها. وقف على قائمتيه الخلفيتين. انتزع المنديل من رقبته، وراح يحيّي الحضور ملوّحاً به، في جوّ من التصفيق الحادّ.

نزل عن المنصّة، ودار دورتين أمام الحضور، ثم قفز إلى المنصّة، ومنها قفز إلى الحبل المشدود. وراح يمشي عليه جيئة وذهاباً. مع موجة تصفيق عالية. نزل من الحبل، إلى المنصّة، ثم قفز إلى الأرض، وراح يلوّح المنديل تحيّة للمتفرّجين.

بعد لحظات، والناس يترقبون ماذا سيحدث بعد، خرجت الفتاة المتوّجة كملكة من خيمتها، وشقّ الناس لها طريقاً إلى المنصّة. بادرت

صاعدةً بمساعدة أحد الشباب المرافقين لها. حيّت المتفرّجين، ثم صعدت إلى الحبل بمساعدة الشاب. وقفت على الحبل تحيّي الناس ثانيةً. قدم شابٌ آخر من مرافقيها، يهزّ رمحاً بيمناه، وناولها إيّاه. وقفت الملكة على الحبل، بكامل زينتها، والخلاخيل ترنّ في زنديها، وفوق كاحليها، إلى منتصف الساقين. كان الرمح بيدها بمثابة أداة تحقّق لها التوازن، في إظهار قدراتها، في المشي، أو تأدية حركات أخرى على الحبل. لم تكن خائفة، بل بدأت المشي بثقة، تُحسد عليها. اشتعلت أكفّ المتفرّجين بالتصفيق أكثر من مرّة، وعند كلّ حركة مميّزة، أو التفاتة فيها شيء من الإغراء نحو أحد الشباب الواقفين في الصفوف الأماميّة. (يبدو أن لا شيء جميل في البيئات المتعصّبة يُكتب له الاستمرار. يجب أن تظلّ الحياة في حركتها الدائرية في هذا المكان وسواه).

فجأة، يدخل الساحة رجل ملتحٍ، وبيده عصا طويلة، ويضرب الحبل بها، ثم بيده الأخرى يهزّ الحبل بقوّة، وتسقط الملكة. فأحسّ بالنسبة إلي أنّ شيئاً ما سقط من صدري، قل القلب، أو الروح. انطلقت شهقات لا تُعدّ، من بين الحضور. لم يستطع أحد أن يقف في وجه هذا الرجل العنيف، الذي كان يقطر من وجهه السمّ.

تعيش قريتنا هذه المأساة بمرارة. ويشتدّ تسلّط هذا الرجل، بمساعدة المنافقين، والأزلام الذين اشتراهم بالتهديد، والوعيد.

تتناسى القرية هذه المأساة على مضض. وعن خوف من هو هذا الرجل لسنوات، ولكنّها ظلت علامة سوداء في تاريخ القرية، وإحدى الندوب التي كانت لها علامة تميّزها، دفعت المرأة ثمنها غالياً.

تمرّ الأيّام، وتكرّ كنهر سريع الجريان إلى ما قبل خمس سنوات، حتّى يظهر لنا من جديد ابن ذاك الرجل، الذي كان قد رحل غير

مأسوف عليه قبل سبع سنين من ذلك التاريخ. جعلنا الابن نترحّم على والده، لأسباب لم تكن في البال. جاء بثوب دينيّ متزمّت، إلى أبعد حدود التزمّت، وللأسف كان له مريدون يدافعون عن أفكاره، عرفت القرية -مع الأيّام- أنّه مسؤول في منظّمة محظورة. وبعد مصرع القذّافي في ليبيا، ظهر على حقيقته، كان مريدوه يتباهون بمقتل القذّافي، وبأنّ الدور سيأتي على سواه.

.....

حكايات الليلة الثانية:

الأولى: "كنت في أول صباي... حين جاء إلى قريتنا شيخ مسنّ، استطاع أن يخدع القرية كلّها بتقواه. فعلاً هو كان تقيّاً، لكنّ الشيطان لا يترك أحداً من شرّه. استضافته أسرة ذوي صديقة لي، كنت وإيّاها مثل أخوة. من لا يعرف حقيقتنا، لا يستطيع أن يرانا إلاّ هكذا.

كان ذلك الشيخ يقيم في دارهم، ووثقوا به كما كلّ أهالي القرية؛ وحتى لا يفوتك شيء، هذا الشيخ ليست لديه عائلة. كان وحيداً.

مع الأيام، صارت صديقتي تبتعد عنّي. لم يكن يخطر ببالي أن يحدث معها ما حدث. في الواقع أنا لم أنتبه إلى أن شكل خصرها قد تغيّر، وبطنها بدأت تنتفخ. لم يكن يخطر في بالي أبداً مثل هذا.

فوجئت القرية ذات يوم بجريمة مزدوجة لم يكن أحد يحسب لمثلها حساباً. من يتصوّر، أو يتخيّل، أو يركب في عقله، أن تكون قد استسلمت لذاك الرجل؟ أو كيف يكون أغراها شخص مسنّ؟ ماذا رأت فيه حتى أغراها؟ كيف رجل يطمئن له الناس يفعل فعلته؟

أخوها، وأبوها، قتلاه، وقتلوها معه، وفرّ الأب إلى خارج حدود البلاد الشماليّة؛ أمّا أخوها فسلّم نفسه للمخفر، وحكم عليه بالسجن،

وقضى المسكين فترة، ثم خرج من السجن، ولحق أباه، والآن يُقال إنّه يشتغل في تهريب السلاح، والله أعلم. هناك من يقول غير ذلك. تقوّلات كثيرة حوله".

الثانية: "كلّ أهل القرية، حتى الآن يتندّرون بها، وقد زادت بإيمان الناس بالخالق. كان ثلاثة شبّان في البريّة، يقفون قرب ساقية ماء. يتسامرون. انتبهوا جميعاً إلى طير جارح في الفضاء، يطارد حمامة مقبلة نحوهم هرباً منه، ربّما لتستجير بهم، وفي اللحظة التي نجت منه بانقضاضها على صدر أحدهم لتحتمي به من الطير الجارح، ما كان من هذا الشابّ، إلاّ أن أطبق قبضته على عنقها، وملص رقبتها. كان مصيره وخيماً بعد أن انتشرت قصّته بين الناس. أصيب بعقدة نفسيّة، ليس بسبب فعلته؛ بل بسبب أنّ الناس، نبذوه، وصار لقبه (أبو حمامة)، وصار يُتشبّه به كلّ فاعل فعل خسيس كفعله. لا أحد كان يتمنى له ذلك، لكنّه جنى على نفسه. وحتى تكتمل حكايته، مع الزمن هو الآن يهرّب الأشخاص من سورية إلى أوروبا".

الثالثة: "سنبتعد عن الغمّ يا كرمو.. سأروي لك قصّة حبّ، يا ليتها لم تكن قد حدثت. القصّة حدثت معي يا كرمو، أيّام الصبا.

كنت مثل أيّة صبيّة تخرج من طور الطفولة إلى ما هو أبعد. بعد أن تلحظ الفتاة أن الشباب ينظرون إليها نظرات مختلفة. مثل أيّة أنثى أنا، صرت أحلم بفتى أحبّه. لم يكن يثيرني في الفتيان، إلاّ المميّز بأناقته، وفتوّته. وقعت عيني على فتى، مميّز فعلاً، كان قد جاء إلى القرية مع أبويه، من الشمال السوري. أبوه كان يعرف قريتنا من قبل. حين كان فتى أيضاً، يدعى حمدي جاء مع أبيه بزيارة لأحد أصحابه، وكانت عيني عليه، كيفما لاح، في الحقيقة، أو في الحلم، وشاء القدر، أن يتزوّج أبوه من قريتنا. وعاد إلى قريته، ولم يعد إلى

هنا حتى ما قبل أن أتعرّف إلى ابنه بفترة لا تزيد عن الخمس سنوات. اشترى الأب داراً بجوار دار أهلي، التي هجرناها إلى قرية أخرى، وترك أهلي فيها بعض الفرش الذي نستطيع أن نستخدمه، في أثناء زياراتنا إلى القرية. (أظن أنّني أطيل عليك. سأختصر). في إحدى هذه الزيارات، تركني أهلي في القرية، وعادوا إلى مسكننا الجديد، في قرية أم الهولا. وعليّ أن أبقى في الدار وحيدة. ليلاً خفت كثيراً بسبب، بسبب الهواجس التي انتابتني، من أنّ أحداً يمكن أن يأتي ليسرق، لأنّ الجميع يعرفون أنّ دارنا قد هُجرت، وخطيئتي أنّني أطفأت النور في الغرفة التي أنام فيها.

لم تكد تمرّ ساعة من الزمن، حتى سمعت وقع أقدام خارج الغرفة التي أمكث فيها، فتوقّف قلبي عن الخفقان من الخوف. ولعنت الساعة التي قلت لأهلي، يجب أن يكون لدارنا باب نغلقه علينا، وكانوا يعلّلون ذلك أنّ كلّ دور القرية لا أبواب خارجيّة لها. الدنيا أمان!

الحكاية، وكلّ ما فيها، أنّ معزاة لأهل هذا الفتى، هربت، وجاء يبحث عنها، حسب ما تبيّن لي حين انفردنا معاً، ولم يكن في علمه، أنّني أو أنّ أحداً في الدار.

ساعة سمعت وقع أقدام، طردت الخوف من داخلي، وفتحت باب غرفتي بسرعة، وصرخت، فذعر حمدي، وصرخ هو الآخر خوفاً.

توافد بعض الجيران يحمل بعضهم العصي، والفؤوس. كان حمدي قد حاول الهرب، فألقى أحدهم القبض عليه. عرف الجميع أنّ الأمر عاديّ لمّا عرفوا الحقيقة.

صباحاً جاء حمدي، واعتذر منّي. كانت تلك بداية الحبّ الفعلي فيما بيننا. بصراحة انتظرت منه أن يغازلني مثلما يحدث في أحوال الحبّ، لكنّه لم يفعل. نظراته وحدها، كانت تحكي كلّ ما في قلبه. غادر، ولم ينتبه إلى أنّه لم يودّعني. كان شارداً لا أدري فيم يفكّر.

في اليوم ذاته حضر والدي، واصطحبني معه إلى قريتنا الجديدة أمّ الهولا. كلّ ما جرى في الليلة الماضية آنذاك، لم يعرف به أحد. أنا أخبرته فيما بعد، فجنّ جنونه. علمت أنّ حمدي التحق بالخدمة العسكرية الإلزامية. صرت أراه في كلّ من يرتدي اللباس العسكري. رحتُ أتسقّط أخباره من زميل له، من قرية أمّ الهولا كلّما حضر في إجازة إلى القرية. عرف هذا الشابّ من خلال أسئلتي المتكرّرة عنه أنّني أحبّه. حمل إليّ ذات مرّة رسالة مكتوبة بقلم رصاص. حفظتها يومها عن ظهر قلب، كنت أمّية، وكانت لي صديقة تقرؤها لي. تقول: "حبيبتي فطّوم. لا أستطيع النوم وأنا أفكّر فيك. عيونك سحرتني، وأصابتني في صميم قلبي. أنتِ وردة حرام تذبل. سأظلّ أشمّها إلى أن أموت».

وصلتني بعدها رسائل عديدة بذات الخط، وبالقلم الرصاص. كنت أحتفظ بها كما لو كانت منزلة من سماء. الحبّ يفعل الأعاجيب يا كرمو. يستشهد هذا العسكري، إذ كان في الخطّ الأمامي من الجبهة. الكلّ يعرفون أنّه يؤدّي خدمته الإلزاميّة عند بحيرة طبريّا.

تنقطع الرسائل عنّي، بعد استشهاد حمامة المراسيل. أنتظر أيّ خبر عن حمدي. لا خبر. تغيّر ورق الرسائل التي أحتفظ بها، وبَهُت لونها، وكاد يصيبها البلى. دائماً كنت أحتفظ بها في عبّي، أوّلاً خوفاً من أن تقع بيد أحد من أهلي، وثانياً لتكون قريبة من قلبي.

تكرّ الأيام، وينهي حمدي خدمته العسكريّة، وخلال فترة خدمته لم أره البتّة. رأيته في موسم قطاف الكرز؛ كان أبي قد وعد أهله أن نساعدهم على القطاف. الرسائل لا تزال في عبّي. رحت أتحيّن الفرصة، لأريه ولو طرفاً منها، لعلّه يتذكّر. كانت حصّتي وحصّته في القطاف، الشجرة الأخيرة، ذلك النهار. أخرجت الرسائل كلّها، وكدت ألقيها في وجهه، وأنا أتساءل: أنسي ما أرسل؟ لماذا يتجاهلني؟ لماذا، وألف لماذا جمدت على لساني. سألني مستغرباً ما أفعل:

- ما هذه الأوراق التي تريني إيّاها؟

- أنسيت ما أرسلته إلي مع زميلك قبل أن يستشهد؟

أجابني والاستغراب ارتسم على وجهه أكثر:

- ماذا؟!

- أتنكر أنّك أرسلت هذه الأوراق إلي؟ وهذه هي بخط يدك؟ لماذا تتجاهلها، وتتجاهلني؟ (وملأت الغصّة حنجرتي، وانخرطت في البكاء).

قال لي بكل هدوء:

- كفّي عن البكاء. يجب أن أفهم منكِ ما الذي حدث!؟

شرحت له كلّ شيء تصرّفه زميله. قال:

- لقد صارحني أنّه يحبّك. ونفضت يدي من كلّ ما كنت أفكّر فيه بشأنك. يبدو أنّه كان خجلاً منكِ، فراح يكتب إليك الرسائل، مدّعياً لكِ أنّها منّي، ريثما ينتهي من خدمته الإلزاميّة، ويتقدّم لطلب يدك من أهلك. هذا ما فهمته من بوحه لي.

- وأنت الذي تعلّقت بك إلى حد الجنون. ماذا سأفعل؟

- ماذا تقصدين؟

- أقصد أن زميلك خدعني، وأنت السبب!

- أنتِ استعجلت الأمور، وإلاّ لكان كلّ شيء أخذ طريقاً آخر. وأنا كما قلت لك، حين عرفت أنّه متعلّق بكِ توقّفت عن التفكير فيكِ نهائيّاً.

- هنا كانت غلطتك. كان عليك أن تنبهه، إلى رغبتك بي!

- لكنّنا لم نتّفق على شيء من قبل، حتى أفعل ذلك.

.....

.. واستمرّت محاولاتي يا كرمو مع حمدي الذي أحببته من كلّ قلب وربّ. فترة طويلة، حتّى كدت أفقد الأم. وبإمكانك أن تتصوّر كيف ترمي بنت نفسها ذليلة على شاب، وبالتالي يمكن أن تكتشف، فيما لو انصاع لها، أنّه كان مشفقاً عليها، وعلى شعورها.

يسألها كرمو متلهفاً على معرفة النتيجة:

- وماذا كانت النتيجة؟

- كانت النتيجة، أنّنا عشنا أجمل أيّام، سمّها الخطوبة فيما بيني وبينه سرّاً، أو سمّها أجمل علاقة حبّ.

يقاطعها:

- وإلى أين توصّلتما بهذه العلاقة؟

- إلى فراق أبديّ. لكنّه ظلّ هنا ساكناً (وأشارت إلى الجانب

الأيسر من صدرها) لا يخفق قلبي إلاّ له. على الرغم من أنّني تزوّجت، وأنجبت، ستظلّ ذكراه ماثلة في كياني ما دمت على قيد الحياة. أحببته حيّاً، وأحببته ميتاً، لأنّه مات ميتة شريفة. كان أحد الأبطال في الحرب. كان قد تطوّع في الجيش، بعد خدمته الإلزاميّة بعام، وفي المناوشات مع العدو استشهد في الجولان، وعاد إلى القرية متدثّراً بعلم الوطن.

(هطلت من عينيها دموع حارقة. ذكرى الحبّ أشعلتها، كما في كلّ مرّة تتذكّره، أو تروي قصّة حبّها لأحدهم، أو لنفسها).

يودّعها كرمو صباح اليوم التالي، حاملاً معه صورة ابنتها، وقد كتب على قفا الصورة اسمها (00) على أمل أن يعثر عليها.

فجراً، في اليوم الذي تلاه، فوجئت قرية أمّ الهولا بعودة (00). لكن بهيئة لا ترضي. شعر مشعّث. وجه شاحب. نظرات لا يزال الخوف يسيطر عليها. مشية متهالكة. قميصها الأبيض الذي كانت ترتديه يوم غيابها، أو قل اختطافها، أضحى بلون ترابيّ، وتنوّرتها السوداء أيضاً معفّرة، وفي قدميها -وهذا الذي تغيّر- تنتعل حذاءً رياضيّاً معفّراً هو الآخر بالتراب. كانت عند غيابها تنتعل حذاءً جلديّاً بلون أسود، وبكعب شبه عالٍ.

اهتمّت القرية بعودتها. كانت قد قدمت من بين بساتين الكرز الغربيّة، سالكة الطريق الترابيّ الذي يصل البساتين بالقرية.

كان من حضر إلى دار العجوز لمواساتها كأنّهم أمام جنازة. لا أحد يتكلّم مع الآخر. كلّ شخص كان في وضع وكأنه عالم وحده. يفكّر في المشكلة، وكأنّها مشكلته. الكلّ في حالة صمت مخيف. الكلّ في حالة غليان، لكن أمّها كانت قد أدخلتها غرفة المعيشة، ولم تسمح لأحد أن يقابلها، حتى حضر مختار القرية، الذي دخل الغرفة وحيداً ليفهم من

00 الفتاة ماذا جرى معها، وكيف ولماذا، وأين كانت، ومن أعادها....

كانت 00 في البداية كبكماء أمام المختار، الذي راح يهوّن عليها مصيبتها. أخيراً انفكّت عقدة لسانها:

"لم أرَ نفسي إلاّ مكمّمة العينين، والفمّ، وسمعت صوت شخص يتكلّم لغتنا، لآخر يجيبه بكلمات مقتضبة. تأكّد لي فيما بعد أنّه من قرية تحاذي الطريق الدولي". (ثم سكتت)

طلب المختار منها، أن تواصل بوحها..

ظلّت على صمتها، وهي تنظر إليه بعينين زائغتين، ملؤهما الغضب. ألّحّ عليها أن تتكلّم، فأبت بهزّة من رأسها ذات اليمين، وذات الشمال. خرج المختار يائساً. عرف جميع الذين التقى بهم بعد خروجه، أنّ البنت مصابة بعقدة نفسيّة، حسب توصيفه. لم يطل الأمر كثيراً بالمختار، حتى عاد وشيخ القرية يرافقه. استأذنا أمّها 00. ودخلا الغرفة التي تمكث فيها 00. ما إن رأتهما قد دخلا الغرفة، حتّى جنّ جنونها. راحت تلطم وجهها على غير هدى، وتضرب قدميها بالأرض وكأنها دجاجة ذُبحت للتوّ.

طلب الشيخ من المختار أن يخرج، ليظلّ الشيخ وحده، لعلّها تأنس له فتبوح بما حدث معها. يخرج المختار فعلاً، مستجيباً للشيخ.

تبدأ محاولة الشيخ معها. كانت نظراتها صارمة. وعيناها مستقرّتان على وجهه، تملّكها غضب شديد. وبدت كما لو أنّها تريد أن تنقضّ على الشيخ لتمزّقه. خاف الشيخ من نظراتها. حوّل ناظريه إلى الأرض، متحاشياً إساءتها إليه، فيما لو حدث ذلك، ولكنّه لم يسلم، بعد أن هدأ روعها، أو هكذا خمّن الشيخ. طلب منها أن تروي له ما تشاء. ظلّت على صمتها. فكّر في أن يسألها أسئلة بعينها، ليتأكّد له

أنّها سليمة العقل:

- أتعرفين من أنا يا 00؟

قالت له بهزة أسف من رأسها:

- أنت منهم!؟

فاجأته الإجابة:

- من هؤلاء الذين أنا منهم يا ابنتي؟!

- الوحوش!

حاول أن يتجاهل ما قالت. نظر إلى الأرض يفكّر كيف سيبدأ جولة جديدة معها، حتّى لا تجيبه باستعداء، وهو في سرّه عرف أنّها حين لفظت كلمة وحوش، وخرجت من فمها بمرارة، أنّها تقصد أولئك الوحوش الذين كانت بينهم. مفسّراً أنّهم رجال دين مثله. لكنّه ليس مثلهم بالتأكيد، فهو يعامل الناس معاملة حسنة، ولم يؤذِ أحداً في حياته، حسبما يرى نفسه، لكن الشكل هو ما توقّفت 00 عنده، وفاجأته بهذه الإجابة، التي ألقتها في وجهه، وكانت أشبه برصاصة. امتصّ غضبها، وابتلع الإهانة التي تلقّاها كرصاصة، ولم تخرج. كلّ ذلك دفعه لأن يستمرّ معها، لعلّه يفلح بمحو ما لحقه من حيف، وهو الذي يحترمه الجميع بتصوّره.

داخلها يغلي أكثر من وجودها مع رجل، هيئته أقرب إلى أولئك الذين كانوا قد اختطفوها. كانت لحيته أكثر نظراتها إمعاناً بها؛ ففي داخلها حريق ليس يطفئه شيء، بعد أن لاقت ما لاقت من رجال ملتحين مثله. كلّ شيء يفعلونه به، كان باسم الدين، وباسم الله، وباسم رسوله. قالت له:

- أكرههم! (وهي تنظر إليه كذئبة كاسرة).

- من هؤلاء الذين تكرهينهم يا ابنتي؟

- اسمع. إذا كان مثل هؤلاء رجال الجنّة، لا أريد جنّتكم!؟

(يريد الشيخ أن يفهم منها ما جرى).

- عرفت هؤلاء؛ لكن ماذا حدث معك؟ ما الذي فعلوه؟

(قرّرت أن تروي كلّ ما حدث معها، فاسترسلت بالبوح، ولم تخجل من ذكر أيّ شيء).

- "أطبق أحدهم كفّه على فمي، وآخر شدّ عصابة على عينيّ، ثم أوثقا يديّ، بحبل رفيع، وألقيت داخل سيّارة كنت قد رأيتها قبل أن أُلقى فيها. السيّارة مغطّاة بشادر، وشعرت أنّ أحدهم أحكم رباط الشادر. سارت بنا السيّرة قرابة نصف ساعة. أمرني أحدهم أن أنزل. نزلت. قادني أمامه، وأنا أتعثر بأشياء، لم أستطع أن أحدّدها. بدأت خطواتي تتنقّل في ميلان من الأرض، فجأة قال لي الرجل: اخفضي رأسك

أحسست بوقع كما الصاعقة. قلت في داخلي: لا شكّ أنّني سأسير في نفق. يبدو أنّ مدخل النفق كان واطئاً، فضرب رأسي بأعلى فتحة مدخله المنخفض. سرت مساراً متعرّجاً. كنت قد فقدت أيّ إحساس بالخوف. اعتبرت نفسي لا شيء، بعد أن تمالكت أعصابي حتى لا يُغمى عليّ. يكفي أنّني في البداية بلت في سروالي دون أن أحسّ إلاّ بشيء ساخن يسيل على فخذي".

(دنت أمّها من الباب. رأت أن ابنتها مسترسلة في الحديث للشيخ، فتراجعت منسحبة، حتى لا تؤثّر على مجرى بوح ابنتها له)

(قال الشيخ لها: أراك الآن بحاجة إلى الراحة. سأغادر، وغداً أعود، وأسمع منك ما تريدين قوله).

***

18

كان نبيل قد التقى (الطير) في أحد الفنادق الفخمة. أذهله ما شاهد فيه من تحف. كان بعضها رؤوس على قواعد حجريّة. خبرته لم تكن كافية، ليعرف من تمثّل. هل هي من الماضي، أم جديدة، ومعتّقة. شغله ذلك بعض الوقت، قبل أن يطلبه الطير إلى جناحه الخاص. قدم أحد الموظّفين، وقاده إلى ذاك الجناح. دخل؛ بينما كان الطير يتكلّم عبر سماعة الهاتف باللغة الفرنسيّة، حسبما قدّر نبيل ذلك. لم يلتفت إلى نبيل إلاّ بعد أن وضع سمّاعة الهاتف بكلّ هدوء، وقد بدا عليه بعض الانزعاج. أخرج محرمة من علبة محارم موضوعة على الطاولة. مسح جبينه، ملتفتاً إلى نبيل:

- أتعرف لماذا طلبتك؟

- (هزّ نبيل رأسه بالنفي) لا. أبداً.

- أنا تقصّيت أخبارك. قيل لي إنّك شابّ طموح، ومهذّب. أكثر من كلّ ذلك، ذكيّ، وأكثر من ذكي، تؤتمن على الأسرار. مطيع. ماذا سأقول بعد؟ أتركه للزمن (ولاذ بالصمت لفترة، ونبيل يترقّب ماذا سيطرأ، ممعناً النظر إلى حركة من شفاهه. الحقيقة هي أنّ الطير يريد من كلامه هذا رؤية ردود الأفعال على وجه نبيل، بعد كلّ كلمة قالها. اطمأنّ إلى ردود فعل إيجابيّة بدرت على وجه نبيل، مع خوف

مستتر. ثم يتابع الطير كلامه) سأكلّفك بالذهاب إلى سورية. ما رأيك؟

- (كان هذا الطلب من الطير فرصة ذهبيّة لنبيل، أن يعود إلى البلد الذي اشتاق إليه. على الأقل يرى بعض أهله، فيما لو أُتيح له ذلك. كلّ هذه التداعيات مرّت سريعاً) أنا بأمرك يا سيّدي.

- عظيم! ستحملك سيّارة، ومن يحميك، حتى تصل إلى حدود البلد، ومن هناك ستحملك سيّارة أخرى إلى الجبل الوسطاني. (فرح داخليّ غمره، حين ذُكرت كلمة الوسطاني. تخيّل كلّ التفاصيل التي عاشها في هذا الجبل). أكيد أنّك مسرور لذلك، لأنّك ستزور المكان الذي تحبّه. ماذا تقول؟

- (لاحت ابتسامة على وجه نبيل، طمأنت الطير) أكيد!

- اذهب الآن إلى مكتب استعلامات الفندق. هناك من يستقبلك، ويدلّك على مكان إقامتك الجديدة. ربّما يقودك بنفسه إلى هناك. مع السلامة.

.....

يغادر نبيل مكان إقامة الطير، وتقلّه سيّارة الفندق إلى نُزل متواضع، يقيم فيه عدد من السوريّين. يلتقي بشابّ من ريف حلب. يتعرّف إلى عبد الواحد هذا. يعرف أنّه متديّن، ولا يفقه بالدين، إلاّ ما تعلّمه من أبيه. يقضيان السهرة معاً. يكتشف أنّه متعصّب أكثر من أيّ متعصّب. يحدّثه عبد الواحد كيف هرب من الجيش بلباسه العسكريّ، وبندقيّته. كيف باعها بثمن زهيد لشخص على حاجز شمالي حلب. وأنّ له أقارب لأمّه، في قرية قريبة، كان قد سيطر عليها المسلّحون ببساطة. أهلها احتضنوهم، وفيما بعد تمنّوا لو تحصل معجزة، ويتخلّصون منهم، بعد أن ذاقوا الأمرّين، بتواجدهم. كيف

تسلّل ليلاً بعد أن ألبسه أقاربه ثياب ابنهم المختطف. اختطفوه لأنّه كان موظّفاً لدى الدولة. ووظيفته لم تكن أكثر من مستخدم في مدرسة ابتدائيّة.

يرجّح أهله أنّهم اختطفوه من أجل حفر أنفاق، أو ما شابه؛ فبنيته قويّة، يستطيع أن يجرّ مدفعاً بسهولة. لم يقطعوا الأمل من عودته سالماً. فهو يجيد الصلاة إذا ما حاولوا امتحانه، ويعرف الفاتحة، وبعض سور القرآن الكريم القصيرة. يستطيع أن يخلّص نفسه بذلك. أمّا المحظور، فهو أنّه ساذج على نيّاته. ربما كان قد باح لهم بأسماء الفلاّحين المنتسبين إلى التنظيم الفلاّحي، والمساكين الذين لا يعرفون من الحزب إلاّ "أمّة عربيّة واحدة" والمسلّحون تطير عقولهم إذا ما سمعوا كلمة عرب. لماذا لا ندري. المهمّ أنّهم ألقوا القبض على أعضاء الجمعيّة الفلاّحية، ولا أحد يعرف ما مصيرهم. قيل إنّهم اقتادوهم لمقابلة الوالي، وذاك يوم، وهذا أخوه!

كلّ ذلك بكفّة، وما سأقوله لك عما حصل أيضاً، بكفّة، بعد أن أقفلوا المدرسة الابتدائيّة، وحوّلوها إلى سجن، ومحكمة شرعية. تأكّد لأهل القرية أنّ الجهل سيعمّ. شاهد أحد المسلّحين طفلة لا يزيد عمرها عن خمس سنوات، وقد انحسر غطاء رأسها قليلاً. قامت القيامة في القرية. طُلب ذووها، الأب، والأمّ لمقابلة المسؤول الشرعيّ. لا ندري ماذا حصل حتّى اختفى الاثنان، وحتى التاريخ الذي هربتُ فيه من هناك، لا يعرف أحد ما مصيرهما. قيل الكثير من التكهّنات حولهما -وذلك همساً بسبب الخوف- أنّ الرجل قُتل، وساقوا زوجته (الجميلة جداً) إلى مكان آخر. بصراحة لا يستطيع أحد أن يسأل عنها. ابنتهما الوحيدة تعيش في كنف جدّتها العجوز. استمرّ عبد الواحد في حكاياته المؤلمة، حتى ساعة متأخّرة من الليل، ونبيل يصغي إليه، من

دون أن يعلّق، أو يبوح بكلمة حول حكاياته. ما لم ينتبه إليه نبيل، هي التغيّرات التي ارتسمت على سحنة عبد الواحد.

بعد أن ذهب كلّ منهما إلى غرفته، بأقل من ساعة من الزمن، كان نبيل قد استسلم لنوم عميق، استفاق كالمجنون على جلبة وضوضاء في الفندق. عبد الواحد يغنّي:

"ما بين البلّ وصوران

طالع كِما يا طيبو

عبد الحميد موصّي

كل مين يا خذ حبيبو"

لم يستطع أحد أن يسكته. استرسل يغنّي كمن يهذي بكلمات أغانٍ، يبدو أنّها تُغنّى في أعراس قريته. عجب الجميع كيف سكت عبد الواحد، حين دخل نبيل غرفته للحظات؛ ثم انخرط في بكاء، يقطّع نياط القلب. آلم نبيل، أنّ شابّاً في مقتبل العمر يبكي.

قال نبيل في سرّه: "لا بدّ أنّ هناك سرّاً ما خلف حالة عبد الواحد، التي لم تظهر لها أيّ بوادر، وهو يحدّثه، وهما ساهران معاً أوائل تلك الليلة."

عبد الواحد يستلقي في سريره، بعد أن انفضّ الجميع، وعاد الهدوء إلى الفندق. لم يتركه نبيل وحيداً. جلس على حافة السرير قبالته، وهما يتبادلان ابتسامات باهتة:

- إيه يا عبد الواحد. أراك استرحت الآن. أنا أخوك بعهد الله؛ هلاّ أعرف منك لماذا كنت تغنّي؟ لماذا أيضاً بكيت؟

- ليس كلّ ما يُعرف يُقال. لكن لك أنت بالذات لا. اسمع يا صديقي. وقبل أن أبوح لك، عدني ألاّ يعرف أحد ما سأقول لك، أو أنتحر إذا عرفت أنّك قلت لأحد ما سأرويه لك.

- أعدك!

- قل: أقسم بالله العظيم، لا أقول لأحد! (أقسم نبيل له، وعاهده ألاّ يقول لأحد كما طلب منه). سأكون صريحاً معك يا نبيل إلى أبعد حدّ. أنت شابّ طيّب. أعتبرك أخاً. أنا انتسبت إلى جماعة الدفاع الوطنيّ في المدينة. إذا نحن لم ندافع عن بلدنا، من سيدافع عنها؟ قل بالله عليك!؟ الأغراب الذين لم أسمع منهم كلمة بلغتنا، جاؤوا من كلّ حدب وصوب ليحكمونا. أمعقول هذا!؟ لهذا انضممت إلى الدفاع الوطنيّ. هذا هو السبب الذي جعلني أنضمّ إليهم. المهمّ، عرف الأغراب، عن طريق جواسيسهم بذلك. اختطفوا أختي، وأرسلوا إلي من يبلغني بذلك، ويطلب منّي أن أسلّمهم نفسي، كي يطلقوا سراحها. لو حدث معك مثل ما حدث معي. كيف ستتصرّف؟ أكيد ستسلّم نفسك. العرض غالٍ يا نبيل. العرض، والأرض أيضاً. أنا لم أكن في حيرة من أمري. من الصعب أن أواجههم وحيداً. فكّرت بألف طريقة أحتال بواحدة منها عليهم لفكّ أسر أختي، ولم أتوصّل إلى أيّة نتيجة. قلت لا حول ولا قوّة.

بعد أن أخذني الدليل إلى المكان الذي هي فيه، والذي كان بيت عبادة، مسجد يسجد الناس فيه لله الواحد الذي لا شريك له. الجامع الذي خصّه الرحمن ليجتمع الناس فيه لبحث شؤونهم، ومعاناتهم، وتحسين أمورهم لتكون حياتهم أكثر هناء، لا ليكون مقرّاً -أستغفر الله- للـ..! قالوا لي بعد قليل ستشاهد أختك. حمدت المولى، أنّني

سأراها. دنا منّي أحدهم، وأخرج شالاً نسائيّاً، وكمّم عينيّ -عرفت أنّه نسائيّ، من رائحة عطريّة تفوح منه، مع رائحة تعرّق حادّة- أمرني بنبرة عدائيّة:

سر أمامي. يمين. يسار. اخفض رأسك. (تأكّد لي أنّني أدخل نفقاً) بعد مسير حوالي ثلاثين خطوة. سمعت همهمة بلغة لم أعرفها. سمعت بلغة ثقيلة عبارة: الله أكبر. هدأت أعصابي لكلمة الله قليلاً. يد أحدهم انتزعت الشال عن عينيّ. وكانت المفاجأة التي لم أكن أتوقّعها في حياتي. كرّ شريط الماضي كلّه خلال ثوانٍ. أنا وأختي نلعب معاً في طفولتنا تحت عين الأهل. نذهب معاً إلى المدرسة. لم أرها لحظة واحدة دون لباس محتشم. لم أر يداً في حياتي تلمسها غير يد أمّي.

تصوّر؛ صبيّة كالوردة أمامك. فمها مقفل بلاصق بلاستيكي. عارية كما خلقها ربّك. شعرها للزنّار. كان النور في النفق ضعيفاً. لم أصدّق أنّ هذه الأنثى العارية أمامي هي أختي. صرختُ: عائشة. الله أكبر. كانت يد قد هوت، وشدّتني من شعري بقوّة. أغمي عليّ، وصحوت على افتراس عائشة. أحد هؤلاء الذئاب يغتصبها خارج المكان الذي فيه أختي. لمواجهة رجل، عرفت من مخاطبه. لا أنين يخرج من فمها المغلق. أنفاسي تقطّعت. سُحبت من شعري أنّ له مهمة الحسبة. طلب منّي ألاّ أبوح لأحد بما رأيت. طلب منّي مقابل فكّ أسر أختي إحضار ثلاث بنات بكر. بدأت المسألة تتعقّد أكثر. كيف سأقوم بهذا الفعل؟ تخيّلت أنّ أحدهم يراوغ أختي، ويستدرجها ليسلّمها لهؤلاء الوحوش. وتصوّرت أيضاً أختي، وما تتعرّض له من أذى جسدي، ونفسي. وأنا لا حيلة لديّ. لا سبيل أمامي، لأفكّ عائشة. سكّر دماغي عن التفكير. أأنتحر؟ ماذا سأستفيد لو أفعل ذلك؟

لاحظتُ أنّ أحدهم قَدِم نحونا، من الجهة التي فيها عائشة. طلب منّي أن أغادر، وأنفّذ ما قالوه لي، وأنّهم يراقبونني، ولا مفرّ لي، وسأكون تحت أنظارهم. وأدنى تفكير دون تنفيذ ما طُلب منّي هو التعذيب حتى الموت بقطع الرأس. العجيب أنّ عبارة "الله أكبر" لم تغب عن ألسنتهم.

حين اقتربتُ من باب الخروج، سمعت إطلاق نار متقطّع، ثم تصاعد إطلاق النار. وصلت فوهة النفق. وكان الهجوم عليهم من جهتين. عدتُ قليلاً إلى الخلف، ولذت خوفاً من أن أُصاب. كان للنفق فتحات أخرى للدخول والخروج، لأنّني سمعت جلبتهم يخرجون بأسلحتهم.

حاول أن يتصدّى من في النفق للمهاجمين، ولكنّهم قُتلوا جميعاً خارج النفق. ربما كان قد دخل بعض المهاجمين من فتحات أخرى للنفق، لأنّني سمعت إطلاق نار دوّى على شكل أكثر من رشّة. ثم خمد الصوت. كان تفكيري قد توقّف عند عائشة. قلت في سرّي: لا بدّ أنها نجت، وسأصطحبها إن لم يدخلوا من الجهة التي ألوذ فيها، وأُقتل.

سمعتهم يتصايحون للانسحاب من المكان بسرعة. رحت أسترقّ النظر بغية مشاهدة انسحابهم. فعلاً تمّ ذلك. انتظرت حتى ابتعدوا قليلاً، وعدت لمشاهدة أختي. كان النور في النفق قد اختفى تماماً، إلاّ عند فتحات الدخول، والخروج. كان بصيص الضوء يحدّد مكانها. اتّجهت أتلمّس الطريق إليها في العتمة. وأنا أنادي عائشة. رحت أصرخ بأعلى صوتي: عائش-ة! لم تجب عائشة. قدّرت أين يكون المكان التي كانت فيه. واتجهت أتلمّس الطريق إليه. سمعت أنينها. كانت إصابتها بليغة. أنينها أنين من يحتضر. انكببت فوقها.

بعد لحظات قليلة صعدت روحها إلى ربّها. حملتها خارج النفق. وفي إحدى الحفر المحفورة من قبل هؤلاء الأوباش، لغايات الدفاع، واريتها الثرى، بعد أن قرأت على روحها الفاتحة. بحثت عن حجر يليق أن يكون شاهدة لقبر عائشة. ركزته جيّداً. وودّعتها. أنتظر الوقت المناسب لأعود وأزورها. نذر عليّ أن أزرع غرسة شجرة معمّرة تحرسها. زيتون، أو كينا، أو سرو، أو زنزلخت.

ماذا تريدني أن أفعل بعد أن سمعت منّي ما سمعت يا نبيل؟

يسترجع نبيل كلّ ما رواه عبد الواحد، ويفكّر كيف السبيل للوقوف إلى جانبه، في محنته هذه. أيرسله إلى طعّان، لعلّ طعّان يساعده في البحث عن عمل، أو يشغّله معه، ويلقيه إلى عالم البحر.

يعدل عن هذه الفكرة سريعاً، فطعّان قلبه متحجّر، وربّما يدفعه إلى الهاوية، دون أن يرفّ له جفن.

واتته فكرة أخرى لعلّها تكون أنجع. قال في سرّه:

"..لا يريح عبد الواحد، إلاّ مسألة واحدة، هي أن يعود إلى الجبل الوسطاني. إلى المكان الذي رأى ما رأى فيه من أحداث. ليتني لم أكن عالقاً في طريق لن يقودني إلاّ إلى الجحيم. منذ تعرّفت إلى هذا الشيطان طعّان، قال لي إحساسي، إنّني أسير في الطريق الخطأ. لكن لم يكن لي أيّ خيار آخر.

على الإنسان ألاّ يستسلم، وهو يصارع الحياة، من الجولة الأولى، ولا من الثانية، ولا من الثالثة. يجب أن يضع نصب عينيه، النصر، أو الخروج من الحلبة إلى القبر. (يتساءل).. لماذا كنت بطيء التفكير؟ لماذا لم أنظر إلى نفسي بعينيّ الاثنتين؟ لن أورّط هذا الإنسان البريء عبد الواحد، وأدفعه في سلوك طريق لا أرضاه لنفسي. لن أتردّد في

رأي سأحسمه بالنسبة إليه. عبد الواحد، يجب أن يعود إلى الجبل الوسطاني، وهناك يقرّر ما سيفعل. أيثأر لنفسه مّما حدث له، ولأسرته. أم سيطوي الصفحة، ويبدأ من جديد، هو يقرّر".

كان عبد الواحد ينظر إلى نبيل، منتظراً منه على أحرّ من الجمر، أيّة كلمة. تعلّقت عيناه مع شفتيّ نبيل، ينتظر منهما أدنى حركة.

- إيه يا عبد الواحد. ما رأيك لو تعود إلى سوريّا؟

- وماذا أفعل في سوريّا، والناس يهربون منها؟

(لم تعجبه هذه الإجابة. كثير من الشباب، -وهو يعرفهم جيّداً- لم يهربوا بسبب الحرب، بل فراراً من الجيش. وإلاّ لخرج كلّ أهل سوريّا منها، لو كانت الحرب هي السبب. أبدأ من نفسي. أنا هربت لأنّني مطلوب إلى الخدمة الإلزاميّة. وأعرف أكثر من شابّ وضعهم مثل وضعي (يتساءل في سرّه) لو لم أهرب، هرباً تبريره أنّي مهاجر، أو مهجّر، أو لاجئ؛ لأكون تحت رحمة أوباش، وأعداء لأنفسهم، قبل أن يكونوا أعداء لبلدهم، ألم يكن الأفضل لي؟

كان نبيل يفكّر في هذه اللحظة، بإرساله إلى صديقه طعّان لعلّه يتدبّر أمره في أن يعمل معه، وكان قد فكّر أن يقنع الطير، بأن يكون رفيقه، في الذهاب، إلى الجبل الوسطاني. وعدل عن الفكرة، لأنّ الطير، حسب تقديره، لا يريد لأحد أن يعرف شيئاً، عما يفعله.

يقول لعبد الواحد:

- ما رأيك بالذهاب إلى اليونان؟

(كأنّما أعجبته الفكرة، وجالت في خاطره فكرة قديمة، تفضي إلى رغبته بالسفر إلى عمق أوروبا، وفي أسوأ الأحوال إلى أقرب دولها).

- لا بأس. لكن هل أستطيع أن أجد عملاً فيها، لا يجعل منّي شريداً. هذا أوّلاً وثانياً، أنت تعلم أنّني دون أوراق رسميّة، حتى هويتي الشخصيّة!

- أنت لا عليك. الآن أصطحبك إلى شخص يساعدك، وستجد نفسك في المكان الذي ستذهب إليه، والشخص الذي سيستقبلك.

- من هو هذا الشخص؟ هل هو فعلاً يستطيع ذلك؟

- أنا متأكّد ممّا أقول!

(كان يعني صديقه طعّان، وهو يوضّح له).

......

عند ظهيرة اليوم التالي، كان نبيل قد أنجز لقاءه مع الطير، وصار جاهزاً للانطلاق في مهمتّه الجديدة، وكان قد وفى بوعده لعبد الواحد، والطريق إلى اليونان أمام هذا البائس عبد الواحد أصبح مفتوحاً.

***

19

تلقّى نبيل التعليمات، وحمل ما زوده به الطير، من مال، أو رسائل، وغادر تركيا إلى الجبل الوسطاني في سوريّا، دون أيّ عوائق.

كان أوّل لقاء له مع نائب مسؤول مجموعة مسلّحة، حاولت مراراً وتكراراً، أن تنفي عنها صفة إرهابيّة، وبكلّ الوسائل من إعلام، وتدخلات إقليميّة، ودوليّة، وأشخاص من الصف الأوّل، الذي يحكم العالم، ولكن دون جدوى؛ فقد كان لها ضلع كبير في تفجيرات، تمّت في المدن الكبرى، ثبت استعماله من قبلها.

سلّم نبيل الأموال المرسلة إلى هذا الشخص، حاملاً منه رسالة شفهيّة للطير، أن يرسل أكثر من هذا المبلغ، وبالعملة الصعبة، وأن يزيده إلى الضعف، بسبب الغلاء الذي طال كلّ شيء. كانت إحدى الرسائل الشفهيّة من الطير لهذا الشخص تحديداً، باعتبار مقرّه في منطقة أثريّة مهمّة، أن يرسل له قطعاً أثريّة صغيرة يحتفظ بها، كان قد وعده بها في آخر لقاء تمّ بينهما، ليقدّمها الطير كهدايا خاصة، لأشخاص مهمّين يساعدونه، ويحتفون به. يعتذر نائب المسؤول هذا عمّا وعد به، بحجّة أنّها فُقدت، في إحدى المواجهات التي حدثت بين مجموعته، ومجموعة أخرى، لتقاسم الغنائم، حسب تعبيره له. ووعد بأن يفي بوعده، في أقرب فرصة، لأنّ رجاله في وضع قتالي مريح،

وسلّمهم جهاز التنقيب عن الآثار، وأرسلهم إلى موقع أثريّ، غنيّ بما يختزن من أثريّات نادرة.

كان المكان الذي تم اللقاء بينهما، أحد البيوت المصادرة من أشخاص كانوا موظّفين لدى الدولة، وفرّوا إلى مناطق آمنة. بعضهم عن خوف، وبعضهم عن عدم رضا بما يجري، من قبل هؤلاء الذين يعيثون بمقدّرات بلدهم، وبعضهم، يرفض هؤلاء، وبعضهم انخرط في صفوف الدفاع الوطنيّ.

هذا البيت عبارة عن ثلاث غرف، ومطبخ، وحمّام خارجي، حول فسحة سماويّة. لاحظ نبيل أنّ النوافذ التي تطلّ على الخارج، كلّها قد أُغلقت بمواد إسمنتيّة على نحو محكم. جميع الغرف تعجّ بأشخاص لباسهم موحّد، وخلال لحظات اختفوا تماماً دون أن يُفتح باب. لاحظ أنّهم اختفوا خلف أحد الجدران الخلفيّة. هناك كانوا قد حفروا نفقاً، يدخلون، ويخرجون منه.

مكان اللقاء تماماً لم يكن في إحدى غرف الدار، بل كان في نفق آخر، فتحته في إحدى الغرف. مجهّز بكلّ الخدمات الضروريّة. نزلا عدة درجات، حتى وصلا إلى أرضيّته. قدر عرض النفق بأكثر من ثلاثة أمتار، وطوله أكثر من عشرين متراً، وبعمق خمسة أمتار تقريباً. كان محصّناً جيّداً. قدّر أن يكون مخصّصاً كنقطة ازدلاف لقادتهم الميدانيين، في المنطقة ذاتها. قال له هذا المسئول الميداني:

أخبر الطير عمّا تراه. لقد كلّفنا الكثير. أكّد له ما أقول لك. عندنا أيضاً ما هو مهمّ. لدينا نفقات لم يكن لها حساب. نحن مضطرّون غالباً لشراء حاجيات مفقودة بأسعار خياليّة. قل له أيضاً إن كلّ ما نحصل عليه من غنائم، لا يكفي ربع ما نحن بحاجة إليه. قل له لدينا

ما اختطفناه من أشخاص مهمّين. لم نستطع أن نحصل على الفدية المقرّرة من قبله. ماذا نتصرّف بشأنهم. قل له: لدينا بحدود مائة امرأة محتجزة من طوائف غير طائفتنا، على أمل أن يكنّ فخّاً لرجال من ذويهم ألحقوا الأذى بنا كثيراً، وأفقدونا بعض رجالنا. قل له: إذا لم يرسل إلي ما أستطيع أن أغلق أفواه المقاتلين به، ستسير الأمور في طريق لن يرضى عنها. قل له: تهديدك الأخير بإرسال قوّاتنا إلى مواقع خطرة، قد نفنى به، ولا يعود منّا أحد. هذا التهديد، إذا كان جادّاً به، سأبدأ بنقل الخلايا الموجودة شمال لبنان، وأترك الساحة لعدوّه اللدود. باختصار، المال هو ما يجب أن تركّز عليه، في حديثك معه عن مطالبنا. يطلب منّا أن نكون بأعلى جاهزيّة، وهذا يتطلّب منه، ألاّ يقتّر علينا. آخر ما أقوله لك: لا تنسى كلّ هذا الذي قلته!

(يبدو في حالة تذكّر، كأنّما يريد أن يقول شيئاً، ثم يعدل عن ذلك بحركة من يده).

- هل تفكّر في شيء تريد أن توصيني به؟

- لا. لا. أبداً. تستطيع أن تغادر الآن.

.....

يخرج نبيل من النفق، إلى سيّارة بيكآب رباعيّة الدفع، مزوّدة برشّاش متوسّط. يقودها أحد رجال هذه المجموعة. وفي أرضيّتها من الخلف بعض التجهيزات الميدانيّة التي تستعمل للحفر، والمساند الترابيّة من رفوش ومعاول، وأكياس خيش، وبلاستيك، وغيرها.

تقلّه السيّارة. تقطع به الحاجز الأوّل الذي لا يبتعد أكثر من مائتي متر، عن المكان. ثم يقطع الحاجز الثاني، ويبعد حوالي الألف متر. والمعدّ بواسطة بلدوزر على ما يبدو، فحجم الساتر الترابيّ بارتفاع

يحجب أعلى عربة عن العين. أقيم هذا الحاجز عند مفترق طريق يؤدي إلى قرية أم الكرز، التي يقصدها نبيل. يرى علماً مرفوعاً على شكل يافطة بين عمودين خشبيّين، واللحاء يدلّ على أنّهما من شجر الحور. قماشها من كتان أسود سميك. عليها كتب (الله أكبر) بالخط العريض لا يظهر سوى شخص واحد يستوقف السيّارة من كوخ محميّ بسواتر ترابيّة، له من كلّ جهاته طلّاقات ضيّقة.

يدور الحارس الذي استقبلنا إلى جهة السائق. يُدخل رأسه من نافذة، ويهمس في أذنه كلاماً لم يتّضح لي. قدّرتُ أن يكون قد سأله: من هذا الذي معك؟

نصل قرية أم الكرز. أدخلها وحدي. كان كلّ شيء فيها باهتاً. كأنّما الحياة لم تدخلها منذ زمن بعيد. يلفّها سكون مريب. أتمنى أن أشمّ رائحة إنسان، وأنا أعبر أزقّتها. لكن حتى أكون صادقاً، سمعت طفلاً صغيراً يبكي خلف جدار إحدى الدور، وسمعت نهيق حمار من مكان بعيد. لا طير يعبر السماء، أو يحوم فوق بيوتها. أتمنّى لو يخرج أحد من داره، أو أي إنسان يمرّ، حتى أسأله عن بيت المختار. لم يكن أمامي إلاّ أن أطرق أيّ باب، لأسأل. هذا ما حدث أخيراً.

دنوت من باب قريب منّي. طرقته طرقات خفيفة. لم يجب أحد. جعلتُ الطرقات أقوى، أيضاً لم يجب أحد. تابعت السير لأتوقّف عند باب آخر. طرقته بقوّة هذه المرّة. ردّت امرأة من الداخل:

- "ما عندنا رجال يا أخي. شو بدّك؟".

- بيت المختار!؟

- "هون بيت المختار. بسْ أعطاك عمره!".

- لا حول ولا قوة إلاّ بالله. الله يرحمه.

- شو المطلوب منّو؟ فيّي أعرف؟

- (يتهرّب من الإجابة) أنا كان بودّي زيارته، لا أكثر!".

.....

يغادر قرية أمّ الكرز، إلى موقع يقابل قرية (مكسر العصا) تتمركز فيه مجموعة مسلّحة، من بين مجموعات تطوّق هذه القرية منذ أكثر من سنة ونصف. يصل بعد الظهر إلى حاجز أقامته هذه المجموعة على بعد خمسين متراً تقريباً، من مكان تمركزها.

يستوقفه حرّاس الحاجز. يدقّقون بفحوى كلامه حول المهمّة التي جاء من أجلها لمقابلة قائد هذا الموقع، والمسؤول في الوقت ذاته، عن جميع المفارز التي تطوّق قرية مكسر العصا، وقرية أخرى لها ذات المعتقد الذي يحاربه التنظيم الذي تنتمي إليه هذه المفارز، والذي صُنّف حتى على المستوى الدوليّ إرهابيّاً. يرافقه أحد الحرّاس حتى دخوله الخيمة التي يقبع فيها قائد المفرزة، وقد كان جالساً على فراش إسفنجيّ تغطّيه طبقة خفيفة من الغبار، حجبت لونه الأصليّ. وقف بتثاقل. تقدّم منه، وراح يعبث بلحيته التي لم تكن كثّة، تساعده على العبث بها كما يجب. نبيل لم يستطع أن يفسّر أيّ معنى لهذا التصرّف، الذي يبعد كلّ البعد عن ظنّه أنّه سيستقبله استقبالاً يليق بالطير الذي كلّفه بهذه المهمّة. نبيل لم يأتِ إلى هذا الموقع بالذات فارغ اليدين. يحمل له شيكات بآلاف الدولارات.

آلم نبيل هذا الاستقبال، الذي تلاه أمر تلقّاه نبيل مثل صفعة، حين قال له، وهو يعبث بلحيته:

- أنت ستظلّ هنا. ستظلّ معنا!

هول هذا الطلب، لم يدعه يحسن التفكير في الإجابة، أو متابعة ما جاء من أجله. أضاف القائد بلؤم، وهو لا يزال على حاله في العبث

- أتعرف لماذا سأبقيك هنا؟

(هزّ نبيل رأسه بالنفي).

- ستعرف فيما بعد!

- لماذا لا أعرف الآن؟!

- ستخضع للتدريب أوّلاً على أساليبنا في مواجهة الكفّار. وستكون أنت معي دائماً!

لم يجبه نبيل، وتأكّد له من خلال اللهجة التي يتحدّث بها أنّه جادٌ بما يقول، وأنّ كلامه ينطوي على نيّة خبيثة. أجابه بهدوء:

- لكنّني جئت بمهمّة من قبل الطير، ولا أستطيع أن أخالف له أمراً!؟

- أوامر الطير، وغير الطير تنتهي هنا!

(يلتفت نحو أحد مسلّحيه الذين يستمعون، غير مكترثين لما يدور بينه، وبين نبيل. يأمره أن ينقل الأوامر لرماة المدافع، ببدء القصف على قريتي مكسر العصا، وزيزفونة). (لم تمض دقائق من الزمن، حتى بدأت الأرض ترتجّ من عنف الضربات، ودويّها). أتسمع. يا رسول الطير؟ هذا هو جوابنا على كلّ شيء يخالفنا!

(في داخله، راح نبيل يفكّر بما يسمعه من هذا القائد الذي بدا له متوحشّاً، ويفكر بالطريقة التي تخلّصه من هذا المأزق. الفرار، أو تحدّي هذا الخصم الذي لم يتوقّع ظهوره أبداً؟ ورأى أنّه من المحال الاستسلام له. فكّر قليلاً بتنفيذه أمر الطير، وإعطائه الشيكات المرسلة،

قبل أن يعرف نواياه، وكان راضياً عن تصرّفه، بأنّه أدّى واجبه تجاه أمانة مرسلة معه، ولم يخنْ هذه الأمانة. رأى أخيراً، أنّ الحلّ الوحيد، هو قتل هذا الشخص العجيب، لعدم تمكّنه من الفرار إلاّ إذا فعل شيئاً ما، يسبّب الفوضى التي تتيح له الخروج، من هذا الموقع سالماً

يبدو أنّ الأمور كلّها كانت لصالح نبيل. قامت إحدى الفصائل المسلّحة، المنافسة لهذه المجموعة، عند المساء، بالهجوم على مواقعها، وباءت بالفشل، على الرغم من وقوع العديد من القتلى من بين المدافعين، والمهاجمين على السواء. كان لتسلّل القادمين، واستخدام القنابل اليدوية، الأثر الأكبر، في ارتباك المدافعين، ممّا أتاح للمهاجمين استخدام الأسلحة الفردية، من بنادق، وقاذفات (آ. ر. ب. ج)

كان نبيل، قد دخل أحد الأنفاق المحصّنة، مع عدد من المسلّحين. ولم يخرج حتى صباح اليوم التالي، ليجد قائد العمليّات، وهو ذاته الذي أغضبه بالأمس قد أُصيب بجراح بليغة، ونُقل إلى مشفى ميداني أعدّه هذا التنظيم الذي اختُصر بكلمة (داعش) وصُنّف (إرهابياً) في قرية (سمّوقة) الجبليّة، التي لم ينزح من أهليها إلاّ عدد قليل نحو الداخل، والباقون استجابوا لأوامر هذا التنظيم بسبب التهديدات، والرعب الذي دبّ في قلوب أهلها، جرّاء ما اقترفوه من أذى ووحشيّة عند دخولهم القرية، وإجبار الناس على تنفيذ أوامرهم التي لا تُطاق. سمع من أحدهم أنّ هذا القائد قد يتعرّض لبتر ساقه، بسبب إصابتها الشديدة.

كان النفق عند ولوج نبيل كامل الإنارة، بواسطة مولدة تعمل على مازوت غير مكرّر حسب تقديره بسبب الرائحة المنبعثة من دخانها. فجأة انطفأت الأنوار. جمد مكانه للحظات. سمع زمزمة قريبة لأصوات أكثر من امرأة. تقدّم يستطلع ما يسمع.

توقّف حين راح يسمع بوضوح الكلام الدائر بين النسوة. آمله أن يكون متلصّصاً. اقترب أكثر متلمّساً جغرافية النفق تارة بيده، وتارة بالسير البطيء، إلى أن أضحى قريباً جدّا منهنّ. تنحنح. سمع إحداهنّ تطلب من الأخريات أن يسكتن. ساد السكون في المكان. دوّى انفجار، ربمّا كان نتيجة سقوط قذيفة. يجفل لأوّل وهلة. ذعر يشوب النسوة. وهمهمات تنمّ عن خوف. يصل نبيل إلى نقطة قريبة جدّاً منهن. يقول بصوت هامس يطمئنهنّ: "لا تخفن منّي. أنا ضيف هنا، لكن لا حيلة لديّ بعد انطفاء النور".

إحداهنّ مخاطبة رفيقاتها، بلهجة ساخرة على مسمعه:

- ضيف!؟ أهذا مكان للضيوف؟

ثم توجه الخطاب إليه:

- إذا كانوا يستضيفونك كما استضافونا، ستخرج من هنا -هذا إذا خرجت سالماً- بعلل لا شفاء منها. ستخرج من هنا (خمسة إنش!)

(تقصد هذه المرأة أنّهم لا يوفّرون أحداً من الاعتداء الجنسيّ).

(تسمع من الخارج أصواتاً تكبّر: الله أكبر. الله أكبر! كما عند أيّ فعل من أفعالهم. تلاه بعد قليل صوت إطلاق صواريخ، الكلّ يعرف أنّها باتّجاه قرية مكسر العصا).

كان نبيل قد أصبح وجهاً لوجه معهنّ. قال لهنّ، إنّه فعلاً ضيف هنا. قالت له إحداهنّ:

- (تصعقه ضحكات ساخرة). إحداهنّ قالت:

- هنا، ضيوفهم مثلنا للجهاد! أنت ماذا تفعل هنا كضيف؟

إذا حرّرتنا منهم نعطيك ما تشاء!

يشتعل إطلاق النيران في الخارج، ويبدو أنّ الأمور خرجت عن سيطرة قائد هذا الموقع.

يقترب نبيل أكثر، ويتلمّس حاجزاً خشبيّاً يفصلهنّ عنه. يهزّه بقوّة. يدرك أنّ باستطاعته كسره. يطلب منهنّ الابتعاد عنه. ويندفع بكلّ قوّته، فيكسره فعلاً. جلبة فرح تغمر المكان. يندفعن جميعاً إليه، ويشبعنه تقبيلاً. إحداهنّ تعرف أنّ للنفق باباً آخر بالقرب من حبسهنّ. تطلب منهنّ، ومن نبيل أن يتبعنها، وكان بالمستطاع الخروج من هذا الجحيم. كانت السماء صافية، مشعّة بالقمر والنجوم، وإطلاق النار المتواصل من قبل هذا الموقع، على عدوّ، هو في حقيقة الأمر، قرية تدافع عن وجودها المعرّض للإبادة، لسبب وحيد، هو أنّها من مذهب مغاير.

كان قائد هذا الموقع، قد أرسل أكثر من عنصر من عناصره المسؤولين عن الاستخبارات، لمعرفة سرّ صمود هذه القرية، وأختها قرية زيزفونة.

هؤلاء جميعاً، لم يعرفوا سرّ صمودهما. ففي قرية مكسر العصا، ضابط متقاعد يقود عمليّة الدفاع عن هذه القرية؛ أمّا قرية زيزفونة، لم يكتشفوا من يقود المدافعين عنها، وظلّ هذا الأمر يحيّرهم.

الضابط المتقاعد في قرية مكسر العصا، لديه معلومات عن المواقع التي تستهدف القرية دقيقة جدّاً، وتصل تباعاً، من قبل عناصر مسلّحة، في أكثر من موقع، تعطي المعلومات بثمن. عرف الضابط أنّ هؤلاء الذين يدّعون الجهاد، ليسوا أكثر من مرتزقة، لا مبدأ لهم، والمال عصب تواجدهم في أيّ مكان يؤمرون بالذهاب إليه.

الضابط أبو فريد هذا، خاض عدة حروب، واستفاد من دروس هزيمة حزيران، وشارك في حرب تشرين، ونال وسام البطولة في هذه الحرب. وتقاعد بثناءات عالية من قيادته. لم يترك قريته تنهار، وتستسلم. وضع نصب عينيه، كلّ شؤون قريته المحاصرة، بنيتها التحتيّة، بكلّ حيثيّاتها: المساعدات التي تُلقى من الجوّ. الغذاء. مياه الشرب. النفايات. الصحّة. التعليم. الشهداء. الجرحى. الزواج.

كانت القرية بالنسبة إليه، عالماً وحده، عالماً صغيراً مغلقاً، في عالم كبير كبحر، أكثر كائناته، أسماك القرش، أو غابة دون حدود، أكثر كائناتها، ذئاب، وضباع، وثعالب، وأفاعٍ.

يهتمّ أبو فريد بكلّ صغيرة وكبيرة فيها.

كان يجتمع مع الناس حسب أحيائهم. الكبار، والصغار، من الجنسين، يجيب على أسئلة الجميع بكلّ أريحيّة. كان تركيزه ينحصر بتدبّر الأمور. يشجّع الابتكارات. توقّف عند الكثير من هذه الأمور، وأشاد بالمبتكرين، والمبتكرات، في أكثر من مناسبة.

حول الإنارة التي انعدمت، كانت إحدى النسوة، قد جاءت بعلبة معدنيّة، تُملأُ بزيت الزيتون، وصنعت منها سراجاً، والفتيل كان من فوطة بليت، وكانت تتدثّر بها، ممّا جعل النسوة يقلّدنها.

وامرأة أخرى، لم تجد عند الولادة، ما تستعمله لامتصاص رطوبة المولود، فنخّلت التراب بمنخل ناعم جدّاً، واستعملت التراب بدل البودرة.

كيف خلال فترة قصيرة من الزمن دبّت الحياة من جديد، في القرية، بعد انعدام شبه كلّي للحياة، من ناحية حاجات الناس الأساسيّة.

كانت قذائف مدفع جهنّم، قد دمّرت بعض البيوت في القرية. استنفر الضابط أبو فريد النسوة، وطلب منهنّ أن يرمّمنها، دون أيّ تلكؤ أعرف أنّ ذلك ليس من اختصاصاتكنّ. لا تنسوا أنّ الرجال هنا، لهم مهامّ الدفاع عن القرية. كلّ فرد منهم، له مهمّة محدّدة، لا ينوب أحد عنه بها.

(قاطعته إحدى النسوة):

- ألاّ يكفينا ما نحن فيه. جلب الماء. الجرش، والطحن، والخبز، وغسل الثياب، وجمع القمامة؟

سألته امرأة أخرى عن مصير ابنها المخطوف. قال لها:

- أنا مثلك لا أعلم شيئاً عنه، أو عن سواه من المخطوفين. كلّ ما أعلمه، أنّهم أخذوه إلى جهة مجهولة. (أضاف) نحن لم ننس الأمر. هناك منّا من يتابع هذا الموضوع.

يبدو أنّ هذه المرأة لم تقتنع بإجابته، أو أنّها تريد تفاصيل أكثر عن موضوع خطف ابنها. سألته:

- لماذا يخطفون شبابنا. لماذا؟

- يريدون استغلالهم، مثل معرفة ما عندنا من سلاح، وغيره. معرفة قدرتنا على استخدام السلاح.

- (تقاطعه) كيف يقول بعض الناس هنا: يريدون قتلهم لأنّهم كفّار؟

- فيه شيء من ذلك. لكنّهم لا يريدون بشراً على هذه الأرض. لا يريدون بشراً يحبّون هذه الأرض. لا يريدون بشراً جنّتهم هذه الأرض، بشراً حوريّات جنّتهم، بنات قرية مكسر العصا، وغيرها.

- (تقاطعه ثانية) لم تجبني يا أبو فريد. سألتك، لماذا نحن بنظرهم كفّار. لماذا؟

- (يبتسم) يبدو أنّ ربّهم غير ربّنا. هناك بلاد لا تريد لنا الخير، توجّههم إلى عقيدة دينيّة بعيدة جداً، عن عقيدتنا. هؤلاء يتستّرون بالدين لتنفيذ غاياتهم. هؤلاء خدم لأعداء بلادنا. مرتزقة.

(تسقط في هذه الأثناء قذيفة قريبة من المكان)

(يتابع). لا تتحرّكن. أنتنّ هنا في مأمن. وحين نطمئن أنّهم لم يطلقوا قذائف أخرى، نذهب لنعرف أين سقطت، وما هي الخسائر

كانت الخسائر جدّاً بسيطة. سقوطها كان في باحة منزل المرحوم محسن. كان أهل المنزل عند الجيران. أصابت الشظايا دجاجتين، وكسرت جرّة فخاريّة، كانت مركونة في إحدى الزوايا فوق منصب حديديّ. وتحطّم بلّور ثلاث نوافذ.

عند عصر ذاك النهار، يخرج أبو فريد من منزله. يتمشّى بين البيوت محاذراً. يتفقّد وضع أهل القرية، الذين تعلّقوا به. وكان من قبل الحرب، التي كانت بالنسبة إليه في بدايتها، سؤالاً ليس له جواب. لقد تعوّد على مدار ثلاثين عاماً، أن عدوّه هناك، عدوه ذاك الذي اغتصب أرض البلاد العربيّة.

..فجأة تتدحرج كرة النار من ليبيا، فتونس، فمصر، فسوريّة. تبدأ بأكذوبة، ويصبح العدوّ بين بيوت الناس. مرّات كثيرة، يجلس، وهو يعصر صدغيه ألماً. النار امتدّت على كلّ أرض البلاد. النار وصلت بيته. النار تحت قدميه. النار تشعل ثيابه. تجري دماء جديدة قديمة في عروقه، يجب أن يحمل السلاح، ويبعث العزيمة في قلوب الناس.

يتمشّى أبو فريد. يحاول أن يلقي عكّازه. خانته قواه. يكابر.

يمسك العصا من وسطها خلف ظهره، وسرعان ما يعيدها لتأخذ دورها في نقل خطواته.

يدخل حارة الأجاويد. تستوقفه امرأة طاعنة في السنّ تنتظر حفيدها الذي لا يأتي؛ وقد يأتي في غيمة، أو في نيزك، أو نجمة ذابلة.

اختُطف فيما كان يقطف الزيتون، في موسم مضى، وكانت الأشجار في منتهى الشحوب. لم تتسنّ له فلاحة تربتها، وإزالة الأعشاب الضارّة منها. لم تتسنّ له سقايتها. حتّى لو تسنّى له ذلك قبل أن يُختطف، لم يكن باستطاعته، هو أو سواه، من الفلاّحين القيام بهذا الواجب. فالنبع الذي تُروى منه، بات على مرمى المسلّحين، وقد حوّلوا مياهه التي هي بالأصل شحيحة، إلى جهة أخرى، قصداً، أو عن غير قصد، لا أحد يدري، لأن الحفريّات التي قاموا بها، ساهمت إلى حدّ كبير بفعل ذلك.

هذه العجوز لا تدري كم لاقى حفيدها من تعذيب جسديّ، ونفسيّ على أيدي أولئك المتوحّشين، قبل أن تُقطع رأسه.

تسأل أبا فريد:

- أتُراه يعود؟

كان سؤالها له واحداً من الأسئلة الصعبة، والإجابة مريرة على أبي فريد. قال لها بعد تفكير عميق:

- أجل سيعود! (وهو يقصد أنّه سيعود عريساً، كما عاد سواه ممّن قضوا).

سألته العجوز ثانية:

- تُرى لماذا أخذوه؟

لم يعد يحتمل قسوة هذه الأسئلة، هذه المرّة أجابها بانفعال بدا على قسمات وجهه المتغضّن:

- أخذوه لأنّهم لا يريدون أن يروا بشراً على هذه الأرض. لا يريدون إلاّ من أمثالهم في الجنّة التي رسمتها عقولهم، ورسمتها أوهامهم. لا يريدون أهل مكسر العصا في جنّتهم.

- يا ويلي... ماذا تقول؟ ألا يخافون الله؟

أجابها، ولا يزال الانفعال متشبّثاً به:

- هؤلاء لهم ربّ غير ربّنا. (بدأ يخفّف من انفعاله مكابراً) ربّهم يا أمّ أحمد، ليس كالربّ الذي نعبده. ربّهم المال، ربّهم وحش كاسر يا أمّ أحمد. ربّهم غير ربّنا يا أمّ أحمد. ربّهم لا يريد الخير لأحد منّا. ربّهم هناك بعيداً، لكنّه على الأرض، وليس كربّنا الذي في السماء!

ربّهم غير ربّنا يا أم أحمد!

أمّا قرية زيزفونة، ففيها (أبو فايز) معلّم مدرسة متقاعد ينادونه جميعاً (المعلّم). كان هذا المعلّم المرجعيّة لأهالي القرية. عدا عن ذلك، وهو المهمّ، استمرّ التعليم في القرية على يده، رغم الحصار، والدفاع عنها، وصدّ جميع الهجمات عليها بفضله أوّلاً. وقام أيضاً توزيع المساعدات بالعدالة التي فرضها.

كانت القرية محاطة من كلّ جهاتها بالمسلّحين المرتزقة. تأكّد لأهالي القرية ذلك، من اللغات المختلفة التي كانت تصدر عنهم. كانت تُسمع جيّداً حين تحملها النسائم، نحو المدافعين عند الساتر الأوّل. لم يُسمع منهم شيء مفهوم سوى عبارة (الله أكبر). كان المدافعون حين يسمعون هذه العبارة منهم يتعوّذون بالشيطان، لأنّها لا تعني لهم

إلاّ المزيد من التوحّش، كهجوم مباغت، أو قطع رأس، أو إلقاء قنبلة يدويّة، أو إطلاق قذيفة مدفع. أو استقبال مخطوف، أو مخطوفة. عبارة الله أكبر، كان هؤلاء المرتزقة الأوباش يقولونها في حالات عدّة من ردود أفعال لا تفصح عمّا في نيّاتهم، أو أفعالهم فحسب، بل عن غرائزهم المكبوتة، وروحهم العدوانيّة، والتديّن المنحرف، والمشبوه. الإسلام دين سلام ومحبّة.

أبو فايز. كان يجمع التلاميذ الصغار، حسب الأحياء في القرية، بعد أن يحدّد مكاناً آمناً، تمليه الظروف الأمنيّة. المكان الذي كانت فيه نهايته، وذهب ضحيّة المهمّة التي فرضها على نفسه، مع سبعة تلاميذ صغار. كان عبارة عن غرفة أشبه بقبو. منخفضة حوالي المتر ونصف المتر عن الأرض.

ما دفع أبو فايز لمزاولة مهنته بعد التقاعد، هو فلتان الصغار في الأزقّة، بسبب انخراط الجميع في الدفاع عن قريتهم المحاصرة. رأى أن فلتانهم في الأوقات الصعبة، والحرجة، وعند اشتداد إطلاق النار العشوائي، من قبل المسلحين على القرية، سيكون له آثار سلبيّة، على حياتهم.

لم يأتِ قرار هذا المعلم المتقاعد عن عبث. ذات يوم كان إطلاق النار على القرية متقطّعاً، وقضت امرأة وطفلان نحبهما جرّاء ذلك. فيما كان أبو فايز يبحث عن ساتر يلوذ خلفه، رأى عدد من الأطفال، يلعبون في مكان مكشوف، لعبة الحرب. كانوا موزّعين على فريقين. بنادقهم عصي، أو ما تيسّر من بقايا أخشاب، أو مواسير مياه عتيقة.

يقف قبالتهم في لحظات صفاء ذهنيّ، يفكّر فيما آل إليه جيل أطفال الحرب، بين من تذهب حياته هباءً، وبين من تشرّد في النزوح من

منطقة إلى أخرى، وبين من فرّ خارج البلد لاجئاً في بلاد الدنيا. والكلّ ذاهبون إلى المجهول. تؤلمه الأخبار التي تصله، أو التي يسمعها عن المصير الماحق لشريحة كبيرة من الأطفال الذين يُتاجر بأعضائهم، أو الذين يتعرّضون للاغتصاب، أو الذين يُتاجر بهم كرقيق، أو الذين يموتون من البرد أمام أعين ذويهم، في الأماكن الباردة التي يعلقون بها، ولا تسمح لهم سلطات تلك البلاد، باللجوء إليها. أكثر ما آلمه أخبار أو مشاهد يراها في الشاشات لأطفال، وحتى لكبار يغرقون في عرض البحر، أو يُغرّقون لسبب، أو لآخر. كان آخر من رآه من هؤلاء الأطفال الغرقى، الطفل إيلان على رمال أحد الشواطئ، في مشهد مأساوي، لا يمكن للذاكرة أن تنساه.

تؤلمه أخبار الابتزاز التي تُمارس على مدار الساعة بحق الفارّين من أتون الحرب، من قبل أصحاب الناقلات، أو أصحاب المراكب، والزوارق، والتي معظمها، متهالكة، تسمح للموت أن يمكث فيها طارداً الحياة، وأرواح البشر منها.

يقف أبو فايز قبالة الأطفال. يتنهّد تنهيدة إنسان هرم، أفلحت السنون بحفر مجرى عميق يمتدّ من عقله إلى قلبه، منحه الغزير من مياه العاطفة، وإلى عقله كلّ بهيّ من الحكمة. رأى في هؤلاء الأطفال النتيجة الحتميّة، التي تدقّ أبواب الطفولة التائهة، والمشرّدة، والتي تسيّرها الكوابيس، لا الأحلام، إلى غد، يستحقّ أن يُعاش. رأى أنّ من واجبه، أن يلعب دور المنقذ، بقدر ما تستطيع همّته أن تؤدّيه؛ وعلى الأقل من باب التوجيه.

يقف أبو فايز بين الأطفال. ينظر بمرارة إلى الجانب الذي يرتدي أوشحة سوداء، أو يتمنطق بما هو أسود اللون من أي شيءٍ بالٍ، تعبيراً على أنّه إرهابيّ.

يفكّر فيما تختزنه ذاكرته، من معرفة تتعلّق بمسألة الأطفال، والحرب: كانت بيزنطة لا تدفع الأطفال إلى تعلّم القتال، حتى بلوغهم الثانية عشرة، على الرغم من حروبها التي استمرّت طويلاً. أثينا أيضاً لم تزجّ الأطفال بتعلّم القتال حتى العشرين. روما كانت تعلّم أطفالها وهم في سنّ صغيرة جدّاً. نحن يقول لنا الإسلام: علّموا أولادكم الرماية، والسباحة، وركوب الخيل. يتساءل أبو فايز: يعني أن نعلّمهم التصويب في الرمي. السباحة، وركوب الخيل، هما من باب الرياضة الجسديّة. لم يقل استخدموا أولادكم في القتال. لا بدّ من حلّ لهذه المعضلة. يعتبر أبو فايز نفسه أمام معضلة. يفرك كفّاً بكفّ. ويتقدم حتى نقطة الوسط، بين هؤلاء الأطفال، في حربهم الافتراضيّة. يرفع يده إلى الأعلى، وبصوتٍ عالٍ يقول بما هو أقرب إلى المزاح، وبابتسامة فيها شيء من المرارة:

هدنة.. هدنة.. هدنة!

يتوقّف الأطفال فعلاً عن الحركة، وعن الصياح. يطلب منهم أن يلتفّوا حوله، فكان له ما أراد. يقول لهم بلهجة فيها الحنان الطاغي:

(أنتم تلعبون لعبة ذات أهميّة كبيرة. لكنّها غير صحيحة، فيها الكثير من الأخطاء. أنتم كلّكم إخوة، وجعلتم من إخوّتكم عدوّ لكم، بالانقسام الذي جعلتموه بينكم. هذا الشيء سيربّي بينكم عداوات قد تستمرّ إلى المستقبل.

ما أريد قوله: هل يريد أحدٌ منكم أن يصبح إرهابيّا؟ بالتأكيد، لا.

وأنتم كلّكم ضدّ الإرهاب بالتأكيد.

إذاً، عليكم أن تغيّروا الأسلوب. هل فكّر أحدٌ منكم في ذلك؟).

راح الأطفال ينظرون إلى بعضهم بعضاً، بتساؤل صامت عن مغزى ما يقول المعلّم!

يتابع قائلاً لهم: (المحارب يلزمه في البداية تدريب على التصويب، والدفاع، أو الهجوم، أو الرصد لمعرفة كلّ شيء عن العدو، قبل أن يبدأ القتال، ويخوض المعارك.

أوّلاً: لابدّ من الرياضة لتقوية الجسم. ثم لا بدّ من دريئة، يتعلّم التصويب عليها. هذا ما يجب عليكم فعله قبل كلّ شيء.

ثانياً: يجب التمييز بين العدوّ والصديق.

ثالـ..).. لم تكتمل كلمته. سقطت قذيفة على بعد ستّة أمتار منهم. كان ضحيّتها، المعلّم، وثلاثة أطفال، وانتهت المعركة. انتهى الدرس الذي -بالتأكيد- ظلّ حاضراً في نفوس الأطفال الذين، مازالوا على قيد الحياة بعد تلك الفاجعة، التي هزّت يومها قرية زيزفونة.

بعد أسبوع من تلك الجريمة، عاد من بقي حيّاً من الأطفال، إلى المكان ذاته، ونصبوا شاخصات، تمّت تغطيتها بخرق سوداء، من بقايا ثياب بالية، وراحوا يتعلّمون التصويب، والرمي الافتراضيّ عليها.

***

"حذار من أن تنام

فالشوارع المضاءة بآلاف المصابيح

ما زالت ملأى بالجريمة والزيف والخداع

وعليك أن ترصد كلّ شيء بكثير من الحذر.

إيّاك أن تنسى أنّك مسؤول عن كلّ هذا العصر

وربّما.. سيُطلب منك النجدة"

بلند الحيدري

20

كان نبيل والنسوة قد باتوا ليلتهم، في كهف حفرته يد بشريّة. لم يكن من فعل الطبيعة؛ ففيه بعض الرسوم البدائيّة المنقوشة على جدرانه. الكهف في مكان مرتفع من سفح جبليّ يطلّ على مزار وليّ من الصالحين، كان قد دمّره السلفيّون المسلّحون، بفتوى من زعيمهم المقيم في مدينة قريبة، بعد الاستيلاء عليها، والعبث ببنيتها التحتيّة، وثقافتها، واقتصادها، وآثارها التاريخيّة، وأرواح الناس فيها، وكان الغرباء المسلّحون، الأشدّ ضراوة، في مثل هذه الأعمال الوحشيّة، التي كانت ذروتها قبل فترة، في مدينة معرة النعمان، حيث دمّروا مقام حكيم المعرة، وفيلسوف الشعر الإنسانيّ العربي (أبو العلاء المعري)، واستباحوا تمثاله النصفيّ، بقطع رأسه. تماماً كما كانت تفعل تنظيمات سلفيّة أخرى بتماثيل الرموز الوطنيّة ومقامات الصالحين. وعلى ما يبدو، أنّ جميع هذه الفصائل المسلّحة، تشرب من نبع واحد، ومشاركة بشكل، أو بآخر، في هذه الأفعال الهمجيّة، وفي الوحشيّة التي تُمارس ضدّ الناس الآمنين.

كان نبيل، والنسوة، قد دخلوا المغارة قبل مغيب الشمس. إضاءة النهار لها لا تزال مقبولة. ممّا مكنّهم من تنظيفها. كانت المغارة ملاذاً لهم في تلك الليلة.

أصغر النسوة ثلاث فتيات، اثنتان منهن، لاحظ نبيل أنّ اثنتين منهنّ كانتا تقدّمان له جرعات من إغراءات بألفاظ معجبة، أو بإشارات من يد، أوعين. لم يبدِ لهما أيّ تجاوب. أعجبته الفتاة الثالثة الصامتة. أثارته بصمتها، وبنظراتها التي تحكي دون كلام حزناً عميق الغور وألماً لا حدود له. لم يكن للباسها الأسود السميك أيّ دور، في منحه جماليّات معيّنة، تحرّك فيه متعة، أو شهوة، أو رغبة ما. عيناها الحزينتان فقط، كانتا مثار اهتمامه، وميلان عاطفته نحوها. أكثر من ذلك، الانكسار الذي كان تترجمه نظراتها، حين تلتفت إليه، أو تلتقي عيناها بعينيه. شاغلته فتنتها، وغموضها، والسحر الذي لا يستطيع السيطرة عليه. سواد لباسها المكتمل، الذي يغطّيها من الرأس حتى القدمين، لم يكن يعني له شيئاً، عدا عن أن سماكته كانت تحجب كل تفاصيل قامتها، ولا أقول جسدها. لأنّ جسد المرأة لا تتفّق استجابته ورغبات الرجل، في مثل تلك الظروف.

لم يوحِ لها نبيل أنّه أكثر اهتماماً بها من سواها. كان شهماً. ربّما كان لسلوكه هذا دور في انجذابها إليه، وعدم قدرتها على إسكات خفقات قلبها، حين تلتقي عيناهما معاً.

هي أيضاً كانت تتظاهر أنّها لامبالية، وأنّها كسواها من رفيقاتها. كان كلّ ذلك ما بينهما، في دائرة مغلقة صمّاء، حتى منتصف الليل. سمع من كان منهم يقظاً تلك الليلة، جلبة، وزمزمة في أسفل الوادي، لأشخاص كان بالمستطاع عدّهم، إذ كان نور القمر في عزّ جلاله. نادته نورا باسمه، وبصوت خفيض: نبيل. نبيل.

ينهض نبيل من نومه، وكان قد استسلم لملاك النوم بسبب التعب، والإرهاق. ينتبه إلى ما قالته له نورا حول الجلبة التي سمعتها. يطلّ من باب الكهف. يقدّر أنّ عدد الأشخاص يزيد عن المائة.

يسمع قرقعة سلاح. يتأكّد له أنّهم فصيل مسلّح قصده نصرة الفصائل التي سيطرت على إحدى مدن المنطقة. سألته نورا عن رأيه فيما رأى، ظلّ صامتاً، ولم يجب. قدّرت ذلك بأنّه لا حول له ولا قوّة. ربّما لو كانت تعرف أنّه وسيط لهم، لبصقت عليه. لأنه لم يكن معادلاً لمأساتها، ولا منقذاً أصيلاً لها، ولرفيقاتها. لم يكن الإنسان المناسب، الذي يخفّف ألمها على الأقل.

نورا التي اختُطفت من قبل المسلّحين الذين هاجموا منطقة كسب، وسيطروا عليها، قدّموها هديّة لأحد قادتهم المتواجدين شمالي مدينة حلب.

تم إرسال نورا إلى منطقة الجبل الوسطاني، بعد أن تمّ التأكّد من أنّها مصابة بالإيدز.

راح المسؤول يقدّمها كعقوبة لمن يخرج عن الطاعة من رجالهم. يطلق سراحه بعد ذلك، من باب العفو عنه، وينفلت عقال هذا المُصاب، وربّك يعلم مع من يمارس الجنس من النساء، وما المساحة التي تنتشر فيها مصيبته، ومحنة هذا المرض القاتل.

نورا، ونبيل يزدادان توهّجاً، لحظة بلحظة، ترتفع درجات تعلّقهما. ترتفع الكلفة شيئاً فشيئاً بينهما. هي صارت تتأمّل تفاصيل قامته. هو الآخر تغيّرت نظراته إليها، من نظرات حياديّة، إلى نظرات مشبعة بصبابة، أو لغز خفيّ، أو حاملة للغة عشقيّة مبطّنة بشهوة، وطالبة لذّة لا يستطيع تفسيرها سوى الشخص المخاطب بها. في هذه الحال، نورا هي جهة المرسل إليه، وقد أدركت من خلال إشارات حميميّة كثيرة، ومفردات بالغة الوضوح بالنسبة إليها، أنّ نبيل يريد منها، ما كان يفعله بها العابرون في عمرها الجنسيّ القصير، وهي لم تكن كما خمّنت. نبيل أحبّها، وانتهى الأمر.

لم يتح لنورا الاستغراق في البحث عن حلول لهذه المعضلة الجديدة التي دهمتها.

راح نبيل يتحيّن الفرص للانفراد بها، والحديث معها، للوصول إلى مكاشفتها بما يهيج في داخله نحوها. مرّ اليوم الأول، وهو يختلي مع نفسه، حتى لو كان ضجيج النسوة يملأ الكهف. كلمات قليلة من أحاديثهنّ كانت تصل إلى مسمعه، وهو مستغرق بالتفكير فيها. نورا وحدها صارت - خلال هذه المدّة الزمنيّة القصيرة من تعرّفه الطارئ إليها، غدت عالمه. غدت نقطة الدائرة التي يعيش فيها. ليلة الأمس لم ينم، وهو يفكّر فيها. كان ينظر باتجاه المكان التي تنام فيه، ليتخيّلها كحمامة نائمة، بين سرب ينتمي لطيور، لا تعني له شيئاً. تمنّى لو يزحف نحوها، ويلقي عليها نظرة، ليرى خريطة جسدها، المتمدّدة على أصغر مساحة من هذا الكون، أو قد يراها كعصفور خائف من صيّاد، أو يراها تسبح في أثير من فضاء مليء بالدخان، أو الغبار. يتخيّل كيف سينقذها، لو رآها على هذا النحو، أو ذاك.

يعود إلى ما سمعه من النسوة. إحداهن، وقد كان اسمها فاطمة، حسب مخاطبة امرأة أخرى لها تسألها:

- هل تسمحين لنفسك أن يُمارس معك أحدهم ذاك الفعل (!!) وأنت مصابة مثلي بالمرض الملعون (وتقصد الإيدز)؟

(تجيبها بمرارة):

- وإذا كنت مرغمة على ذلك!؟ حينها لن يكون الأمر بيدي!

- أنا ذات مرّة أُجبرت على القيام بهذا الفعل، وتملّصت بطريقة تعرّضني للمساءلة، وربّما الموت!؟

- ما كلّ مرّة تسلم الجرّة.

كان لهذا الحوار، ذا هزّات ارتداديّة، في رأس نبيل: ذهب بعيداً في هواجسه المتعلّقة بهذا المرض، في أن تكون نورا مصابة به! يتساءل في سرّه عمّا سيكون ردّ فعله، لو كان ما أثير من شكوك في نفسه صحيحاً. هل سيتقصّى الحقيقة من إحداهنّ؟ أين موقفه من نفسه، ومن عاطفته التي تمركزت كليّاً بنورا؟

كان الزمن يسارع الخطوات أمام نبيل، لينفرد بنورا. صباح اليوم التالي تركوا الكهف، بسبب انتشار فصائل مسلّحة من الجهة الشرقيّة للسفح، وانسحبوا إلى جهة أخرى حتى لا يقعوا فريسة في أيدي هذه الفصائل. تسير نورا برفقة نبيل، على مرأى من أعين النسوة. يسألها:

- قد أترككنّ في أيّة لحظة. هل نستطيع أن نلتقي ثانية، وأين؟

- أنا قلبي دليلي، بأنّك. (تسكت متيقّنة أنّ رسالتها وصلت إلى نبيل!).

- هل هناك ما يمنع أن نلتقي؟ (وهو يلمّح في سؤاله عن الجوهريّ بما لمّحت إليه).

- لا أريد أن أصدمك. أنا. (تلجلجتْ في بقيّة الكلمات التي حاولت أن تبتلعها، ولم تستطع) أحببتك منذ الوهلة الأولى. ولأنّي (تسكت).

ينظر إليها، وفي عينيه ألف سؤال، وسؤال، عمّا جرى لها. يسألها، راغباً التأكّد من أنّها كما يظنّ، مُصابة...!

- ولأنّكِ ماذا؟!

- بصراحة. لن أدعك تتحمّل مصيري، لن أدعك تنخدع بي. لن أدعك تعاني ما أعاني. أنا لي الله، فيما أنا فيه.

- فهمتُ ما تضمرين. (بدا ساهماً يفكّر بماذا سيجيبها. هل سيخذلها؟ تأكّد له أنّه يحبّها، ولا مفرّ من قدره نحوها. أجابها وهو على ثقة بقراره الأخير). أنا أحبّك يا نورا. أنتِ كما أنتِ. لن أتخلّى عنكِ. سأكون إلى جانبك خير معين. نحاول معاً -إذا كان ما تقولينه صحيحاً، وليس تهرّباً منّي- نحاول علاج ما أنتِ فيه. أحبّك. أحبّ روحك، أحبّ روحك العذراء التي أراها فيكِ. سأتحمّل مصيرك، لطالما أنا على قيد الحياة.

- (تقاطعه، وفي عينيها شيء من غضب مكتوم). لا. أقول لك أنا مصابة بالإيدز. هل تدري ماذا يعني الإيدز؟ يعني أنّني سأموت بين وقت وآخر. هذا يعني أنّك تجازف بحياتك، من أجل إنسانة مهترئة من داخلها، وخارجها. هذا يعني أنّك تحبّ أن تموت.

- (يقاطعها، وهو أشدّ عزيمة من قبل. يخاطبها بهدوء). أعرف كلّ ذلك، ولأنّ هذا هو مصيري، قلت لكِ رأيي، وانتهى الكلام.

- أنت مجنون. الأفضل لك أن تنسى أنّك رأيت وجهي. أقول لك رأيي، لا لأنّي أكرهك، بل لأنّي أحبّك. أقول رأيي هذا كقرار. ابتعد عنّي. ابتعد، ولا تجازف بحياتك من أجل إنسانة، لا تعرف عنها شيئاً.

- كما أنتِ أريدك حبيبة أبديّة. أسمعتِ ما أقول؟

- بقولك هذا ستجبرني على كرهك. (فكّرتْ أن تختلق كذباً يبعده عنها؛ ثم قالت في داخلها: سأتريّث قليلاً، لعلّه يتراجع عن اندفاعه نحوي).

- لماذا تكذبين على نفسك؟!

- أنا لا أكذب، لو كنت أكذب، لما صارحتك بحقيقتي، وكنت

ألحقت بك البلوى التي ابتُليت بها. اذهب، وعش حياتك، كما كلّ الناس. أنا أضرّك، ولا أنفعك. الحبّ الذي يلحق الضرر بآخر ليس حبّاً

- لا تتهرّبي من قدري، وقدرك. أنا رهنت نفسي لك، حتى لو لم أكن أحببتك.

- وأنا لا أريد أن أنغّص حياتك. عش حياتك. أمامك كلّ هذا الفضاء، وبيدك تقود نفسك إلى سجن ضيّق، ومصيبة. الحبّ في مثل حبّك لي على هذا الشكل كارثة؛ حتى لو أن وافقتك رأيك، يكون حبّي لك لا معنى له إلاّ أنّني مجنونة، أو أريد أن أجلب لك المتاعب، التي أنت بغنى عنها.

- كلّ ما قلتيه بالنسبة إلي صرخة في وادٍ. أنا حزمت أمري، لأكون إلى جانبك، فما عليك إلاّ أن ننفلت من هذا المأزق الذي نحن فيه الآن، ونبحث عن ملجأ ليحميكِ. أنتِ حتى الآن تجهلين ما أنا فيه، وما هو، وما الذي دفعني لأكون هنا. أقول لكِ هذا لتقفي إلى جانبي. أنتِ الآن دافع لي كي أغيّر طريقي الغلط الذي أسير فيه. هل تعلمين هذا؟! بالتأكيد لا. أنا الآن بوجودك، لا معنى لوجودي، إذا لم أستوعب الدرس الذي لقّنتني إيّاه المحنة، التي أنتِ فيها. نورا. أنا أحبّك. أنتِ أنقذتني من مصير لا يرضي الله، ولا عباده. أنا بصراحة أعمل ضدّ نفسي. وبصراحة أكثر، كنت أعمل ضدّك. أنت كنت المطرقة التي ضربت رأسي بقوّة، لأنتصر على نفسي.

- كفى. أراك متعباً. هناك ما لم أفهمه منك؟!

- أنا غارق في مستنقع المعادين لكِ، ولي، ولهذه الأرض التي عشنا عليها.

- مع هذا؛ فكّر بغير هذا الحلّ الذي يرتبط بي!؟ أنا سأعرقل مسيرتك. أنا سأكون عبئاً عليك.

- (يقاطعها). كيف أتخلّى عن مركب النجاة الذي أنقذني؟ والله، والله، لو كنت القشّة التي تعلّقت بها، وكانت سبب نجاتي، فلن أتخلّى عنك.

فلنسر الآن إلى بلدة عمّتي، القريبة من هذا المكان؛ وبالمناسبة، أنا منذ تزوّجت، لم ترني، أو أرها، وستكون سعيدة حين تراني، وتراكِ.

- ماذا ستقول عنّي، لو رأتني معك؟!

- أنا أعرف عمّتي جيّداً. هي امرأة حنون، وواعية، وبالتأكيد ستتفهّم وضعنا معاً، وأنا متأكّد من أنّها ستضعك في عينيها، وفي القلب. عمّتي تحبّني. هي ربّتني، وكانت لي بمثابة أمّ ثانية، أحتمي تحت أجنحتها، من غضب أبي حين أخالفه، أو حين يقسو عليّ.

بدأت الطريق إلى قرية عمّته، بما لم يكونا يتوقعانه. هناك من يبحث عنهما، والنهاية يعرفها الجميع، في مثل حالتهما: الجلد، أو قطع الرأس، أو يعلم ما سيكون مصيره منفرداً كمذنب، ومصيرها كأداة لمآرب عدوانيّة، بنشر داءٍ لا فكاك من الإصابة به، ولا رادّ لانتشاره، في مجتمع مغلق، وجاهل، وتحكمه فتاوى، يعتبرها مثل المطر على أرض عطشى!

***

"الجهل

هو العلّة الأولى

لكلّ البشر"

اسبينوزا

21

يستعجل عبد الواحد الأمور عندما يصل اليونان، ويلتقي بطعّان. يخبره عن نبيل، وكيف أشار إليه أن يسافر إلى اليونان، ويلتقي به. يظلّ طعّان في حالة صمت. يصغي إليه، أو ينظر إليه كما ينظر النمر إلى غزال صغير وقع بين مخالبه. يطلب عبد الواحد منه أن يجد له عملاً، فما لديه من نقود نفدت، ولا يريد أن يكون عالّة على أحد، ويفضّل العمل لديه.

- يقهقه طعّان بضحكة عالية. وبعد تلاشيها تماماً، يجيبه ساخراً: تهرش لي ظهري! تسأل ماذا ستعمل؟ (يقول له جاداً. بلؤم، وبحزم):

- أنت هنا، ستصبح من أملاك البحر، وفي البحر، والحبّ، والحرب، لا تتوقّع شيئاً.

لم يكن عبد الواحد يتوقع من طعّان ردود الأفعال هذه، على سؤال بسيط تمنحه الطمأنينة، وتبشّره باستقرار ماديّ يجعله لا يحتاج أحداً في الغربة. تظهر عليه علامات توجّس وخوف من هذا الشاب الشرس، حتى قبل أن يعرفه، وقبل أن يعرف إمكاناته في العمل، عدا عن أنّه مُرسل من قبل صديق له. تمنّى لو يكون نبيل حاضراً، ورأى وسمع ما جرى له مع طعّان. فكّر في داخله، أن ينسحب من العمل لديه، وينسى أنّه أُرسل ليعمل معه؛ فمنعه الخوف منه أوّلاً، ومن

ردود أفعال مؤذية، بعد الإجابة التي سمعها منه وكان عنوانها، الموت. كما رأى أنّه سيقع فريسة البطالة، والعوز؛ فاليونان هذا البلد المحدود الموارد، والمغرق بالديون، ولديه أعداد كبيرة من المهجّرين، من بلدان شتّى، من الصعب أن يجد عملاً ببساطة، الأمر الذي أخضعه لطعّان.

منذ اليوم الأوّل بدأت رحلة عذاب عبد الواحد، مع هذا القرصان، الذي لا يستطيع أحد أن يغيّر له اتّجاه الريح التي يهبّبها، أو يعدّل القرار الذي يتّخذه بعد أن ترد إليه التعليمات التي عليه أن ينفّذها. كثيراً ما آل به الأمر أن يخرج عن السيطرة، بعد أن قويت شوكته، وغدا العاملون بأمرته، من بحّارة، وسواهم، أو حتى أولئك الذين يتواجدون في الأماكن التي يرتادها، أكانت نُزلاً، أم مقاهٍ، أم نوادٍ. الأمر الذي لم يتوقّعه عبد الواحد، أن يكون في الغربة، سوريّاً بهذا العنف، وبهذه المقدرة، على إخضاع من حوله، والسيطرة عليهم، والتأثير بهم. وهو ما عليه في هذا المناخ، إلاّ أن ينصاع له، لأن الدائرة التي تستطيع ذراعه أن تمتدّ إلى أيّ هدفٍ فيها، واسعة، ولديه من الأزلام الذين ينفّذون أوامره، الكثير ممّن لا يردّون له كلمة.

لم يطل الزمن بعبد الواحد، حتى تمّ ترويضه من قبل طعّان، والاعتماد عليه، أكثر من سواه.

كانت أوّل مهمّة عليه تأديتها، الذهاب إلى أثينا، حاملاً معه رسالة لأمّ سافو، ورسالة لابنتها سافو. لم يكن يتوقّع أن يكون عمله فيه شيء من هذا. يقول في سرّه متهكّماً: بوسطجي. أنا بوسطجي؟! وليكن! لماذا رأيت بطعّان شخصاً شرساً حين رأيته، وحين كلّمته، وكلّمني؟! لماذا أغلقَ الرسالتين بالصمغ؟ ليته لم يغلقهما. كنت على الأقلّ عرفتُ ما أنا أحمله. على أيّ حال، الأمر لا يعنيني!

***

"إنّ بومة منيرفا

لا تبدأ تحليقها

إلاّ حين يحلّ الغسق! "

هيجل

22

~·~

كان طعّان قد تأهّب للقيام بمهمّة لم يكن يتوقّعها. الذهاب إلى جزيرة ليسبوس، ودراسة وضع السوريين العالقين فيها، ولا يستطيعون السير إلى أمام، أو العودة إلى خلف، بسبب الإجراءات التركيّة الخانقة، وابتزازها للاتّحاد الأوروبيّ، أو بالأحرى لدول أوروبيّة بعينها، والوضع اليونانيّ، الذي لا يسمح للمزيد من اللاجئين غير الشرعيين، بالبقاء في الجزيرة.

ينتظر الليل حتى يرخي سدوله على الكون، وينطلق بزورق سريع، إلى جزيرة ليسبوس. يصل بعد منتصف الليل. لم تكن الحركة بين اللاجئين، كما وُصفت له. ربّما الليل قد غيّر المشهد، ومعظمهم كانوا غارقين بنومهم الكابوسيّ. راح يرقب من بعيد ما يتراءى له أنّه قد يفيده، في هذه الساعات المتبقيّة من الليل.

ثمّة عربة تبيع للصاحين شراباً ساخناً، قدّر أن يكون الشاي. أعزّ ما يحبّه الشرقيّ، والسوريّ بخاصة من شراب. اتّجه نحو العربة، واثنان يرتشفان الشاي فعلاً كانا يقفان قربها. أحدهما يدخّن، والآخر يحوّل ناظريه نحوه.

يطلب طعّان من البائع كوباً. يسأله هامساً:

- أتريد غيره شيئاً؟!

عرف من لهجة البائع أنّه شاميّ. أمّا سؤاله، فكان في شبهة واضحة. سؤاله، هل تريد شيئاً، وما أمامه سوى العربة، و(ترمس) شاي ساخن، يعني أنّه يبيع الممنوعات! ومن أجدر من طعّان بمثل هذه الإشارات؟! ولأنّه يريد أن يعرف كلّ شيء عن اللاجئين، من سوريّين، وغير سوريّين، غمز للبائع، أن يقدّم له ما لديه غير الشاي. قام البائع بحركة مخاتلة، وقدّم له لفافة تبغ. انتبه الشبّان، هزّ أحدهما رأسه للآخر، وزمّ شفتيه، بمعنى أنّ الأمر عاديّ. كانت هذه أوّل الملاحظات التي التقطها عن وضع المهاجرين، وقد تفشّت المخدّرات بينهم، دون مواربة.

عرف فيما بعد أن بعض النسوة المسنّات الرخيصات، يصطدن صغيرات السنّ، من متزوّجات وعازبات للمتاجرة بهنّ في الدعارة، وترويج المخدّرات، وسرقة الأطفال لأغراض لم يعرف ممّن زوّدوه بهذه المعلومة، مآل هؤلاء الأطفال، إلى أيّ مصير. وتوقّع أن يكون للمتاجرة بهم جنسيّاً أيضاً، أو لسرقة أعضائهم، أو لاستغلال المنظّمات الإرهابيّة وضعهم، وإغرائهم بحمل السلاح، أو اختطافهم، لتجنيدهم، بغية القتال معهم. تبيّن لطعّان فيما بعد، أنّ مثل هذه المعلومات عن الأطفال، كان كلّ ما يهمّ مشغّليه، هو ما يتعلّق بالمخدّرات، والدعارة، وتجارة الأعضاء البشريّة، والأهمّ من كلّ ذلك، هو الآنيّ بالموضوع، والمتعلّق بنقل العالقين في هذه الجزيرة، ليس إلاّ؛ وما تبقّى من المعلومات، يتمّ به العمل لاحقاً. كان من قبل قد كُلّف بمهمّة إلى إيطاليا، وهنا توقّف عند معلومات صدرت عن وزير الداخليّة الإيطاليّ، الذي قال عن خطر الهجرة غير الشرعيّة "أستبعد قط أن يترجم هذا الخطر على أرض الواقع، بل قلت إنّ الحذر في أقصاه من جانب قوّاتنا الأمنيّة، لاعتراض حتى أضعف إشارات الخطر، بما في ذلك

فرضيّة استخدام الشبكات الإرهابيّة لمراكب الهجرة، وتسلّل عناصرها للدخول إلى إيطاليا خفية".

تستعيد ذاكرة طعّان شريطاً طويلاً للمهمّات التي نفّذها في تلك الأيام، وكيف نقل من تونس بعض المهاجرين بمركبه من تونس إلى إيطاليا غداة الهجوم على متحف باردو، وبينهم الشاب المغربيّ عبد المجيد الطويل، الذي أعلنت السلطات الإيطاليّة عن اعتقاله، لتورّطه في ذلك الهجوم، واعتراف المتحدّث باسم وزارة الداخليّة التونسيّة، آنذاك، بأنّ عبد المجيد هذا، قدّم دعماً لمنفّذي الهجوم. وتمنّى طعّان لو كان يدري حقيقة هذا الشابّ، ليعرف كيف يتعامل معه ليحصل على المبلغ الذي يريده. لكن سبق السيف العذل.

كان أيّامها يتتبّع أخبار المهاجرين، ويسجّل عنهم كلّ المعلومات، والأخبار التي يتسقّطها عنهم، في دفتره الصغير، الذي ضاع منه في عرض البحر ذات ليلة، كان يطارد خفر السواحل مركبه.

يتذكّر أنّه سجلّ عدد المهاجرين التي استقاها من إحدى إذاعات الإف إم الأجنبيّة، التي كان يستمع إليها، من مذياعه الصغير، وضاع منه هو الآخر، تلك الليلة. يعصر دماغه، وهو يتذكّر ما سجّله: كان خفر السواحل الإيطالي قد أعلن عن إنقاذ حوالي 900 مهاجر غير شرعي، بينهم 300 مهاجر أنجدتهم بارجة حربيّة فرنسيّة تشارك في عمليّة (تريتون) الأوروبيّة، وأنّ بارجة حربيّة من البحريّة الإيطاليّة (لم يتذكّر اسمها) أنقذت 280 شخصاً بينهم جثة لميّت، وثلاثة نُقلوا يومها إلى مشفى للمعالجة.

يتذكّر أنّ زورقاً هولندياً، وآخر لخفر السواحل الإيطالي، أنقذا 320 مهاجراً.

كانت أحدث عمليّة إنقاذ بعد تلك العمليّات قرب المياه الإيطاليّة، قامت بها بارجة دوريّة فرنسيّة لـ 297 مهاجراً بينهم 51 امرأة وطفلاً. وكان مجموع ما وصل إلى إيطاليا بشكل غير شرعي 39000 مهاجر، وغرق وفقد نحو 1770 حسب إحصاءات المنظمّة الدوليّة للهجرة، وأنّ المهاجرين كانوا من إرتيريا. أثيوبيا. الصومال. سوريا. نيجيريا. غامبيا، وباقي دول جنوب الصحراء الأفريقيّة.

كان طعان واحداً من البحّارة، أو قل القراصنة، الذين يقودون المراكب، والزوارق التي تنقل هؤلاء، وكانت مهمّته اللئيمة، هي إغراق من ينقلهم بعد سلب أموالهم، ومدخّراتهم من ذهب، ونقود بخاصّة

يتذكّر دون أن يرفّ له جفن، أو تثيره أيّة لحظة ندم حوادث ليست لها أيّة أهميّة في نظره.

ذات مرّة كُلّف بنقل نساء سوريّات وأطفالهنّ، من الساحل المصريّ إلى صقلية. عرف من حديث امرأة لأخرى كان قد أغراها لتتعاون معه، وعلّمها كيف تصطاد فريستها له، وهو يتدبّر أمرها بعد أن تشير له عليها دون أن ينتبه أحد، أنّها تحمل معها مبلغاً من العملة السوريّة، وتريد أن تحوّله إلى يورو، أو دولار. أشارت إليه هذه المرأة العميلة كما علّمها: حركة من يدها على الرأس، وحركة على الكتف الأيمن، إذا كانت تحمل مصاغاً.

بعد مغيب الشمس، وكان البحر قد اختفت منه شعاعات الغروب على أمواجه، وبدا كلّ شيء هادئاً تماماً إلاّ لغة البحر السريّة، التي حفظها عن ظهر قلب، حين يكون معه وحيداً في نزهاته الليليّة، على زورق صغير لصيّادين مبتدئين. يجدّف، ويتأمّل، ويستعيد الأفلام السينمائيّة التي كان قد شاهدها، وقصصها المستغرقة في عالم البحر،

والتي لم يكن يستثيره منها سوى الأفلام التي تجري فيها الصراعات العنيفة بين الربابنة، أو بين عمّال البحر، وأسيادهم، أو بين البحّارة، والحيتان؛ وفي نهاياتها لا بدّ من غالب، ومغلوب، الأمر الذي يجعله دائماً في صفّ المنتصرين، لا المنهزمين، أو الضعفاء، حتى تشرّب دمه العنف. كأنّما كان يقول البحر له في ذروة تأمّله: أنت صديقي. أنا يا أيّها الصديق، مغلق، ولا نهايات لي في آن. أنا سيّد نفسي، وسيّد الأرض، التي أؤثّر بها، ولا تؤثّر بي. كلّ ما يدخل جوفي هو ملكي، بزلزال واحد أبتلع مدينة. بدوّامة أغرق مركباً. بحوت أطحن عظم إنسان. البرّ، كلّ ما يأتي من البرّ إليّ لي. حتى القراصنة. حتى أنت أيّها القرصان الصغير. كلّ أجناس البشر التهمتها. لو تدري كم حجم الكنوز التي أخفيتها في طحالبي، ومرجاني!

طعّان يصحو على الطريقة التي يُغرق بها تلك المرأة الساذجة التي تحمل معها تحويشة عمر زوجها، الذي يحلم أن تحصل على أيّة جنسيّة أوروبيّة، وتطلبه لكي يهاجر هو الآخر، ويعيشان الوهم. يطلب المرأة أن تأتي إليه، فتجدها فرصة ثمينة، أنّه اصطفاها من بين الجميع. وما عليها إلاّ أن تأتمنه على مصيرها. كانت المرأة العميلة قد خدّرتها بوعود كاذبة، بعد أن أدخلت في سريرتها أنه معجب بها من بين كلّ النساء اللواتي ينقلهنّ. سارعت المسكينة للّقاء به. باحت له بكلّ ماضيها. بأحلامها. جاءته بعقل فراشة. جاءته بنفسها. جاءته إلى نور صنعته لها امرأة باغية. لم يكن نوراً في نعيم بل كان لهباً حارقاً. سلّمته هذه المرأة كلّ مفاتيحها. وأكثر من ذلك؛ لقد كانت دليلاً له على رفيقاتها. وبعض أسرارهنّ. وما يخبّئن من مدّخرات. كانت الدودة للطعم الذي لم يحسب حسابه. يثور البحر طعّان على نحو مفاجئ. كانت البلطة التي يبرق حدّها بيده وسيلته لدبّ الرعب في قلوبهنّ

جميعاً. حتى المرأة العميلة التي كانت أوّل من انتزع منها مصاغها بالقوّة. ثم تتالى وضع المخبوء من المصاغ والمال عند قدميه. والقارب يترنّح. وكان المسدّس صاحب الكلمة الفصل بين الحياة والموت. وجد نفسه على القارب وحيداً. بينما كان البحر يرسل الإشارات لمخلوقاته كي تتناول وجبة شهيّة أرسلتها لهم الحرب، بل القائمون على عروش ممالكهم في البرّ المستباح.

طعّان، وما يشتغل عليه الآن هو نقل المهجّرين العالقين، إلى أوروبا، أو إعادتهم إلى تركيا. المراكب، والزوارق، التي سيكون طعّان مسؤولاً عنها، جاهزة. قبل أن يعود إلى مقرّ عمله، كان بابا الفاتيكان قد وصل جزيرة ليسبوس، واطّلع على الأحوال في هذه الجزيرة، وآلمه، أن يكون اللاجئون بعدد ربع سكّانها، فتطوع لاستضافة عدد لا يتجاوز أصابع يد في الفاتيكان، ليقتدي الأوروبيّون به، وكأنّ المسألة بهذه البساطة، كأنّه لا يدري أهداف الحكومات الأوروبيّة المضمرة لضخّ دم جديد في القارّة العجوز، ولم ينتبه إلى كثير من الأسر الأوروبيّة التي احتضنت الكثير من أطفال اللجوء.

ممّا سجّله طعّان في دفتره، هي المبالغ التي يتوقّع أن يجنيها من العمليّات التي سيقوم بها لصالح مشغّليه، وما سيجنيه من النشاط الذي سيقوم به على هامش تلك العمليّات.

حين انتهى من مهمّته الاستكشافيّة في جزيرة ليسبوس، قصد مقهى يؤمّه العرب. يطلب فنجان قهوة. ينتبه إليه شاب لبنانيّ كان يجلس خلف طاولة مجاورة لطاولته. ينهض ويرحّب بطعّان منتحلاً اسماً وهميّاً يعرّف به عن نفسه:

- أنا ميخائيل الكيّول.

- تشرّفنا.

- أنا طعّان.

- أنت سوري؟

- نعم.

- قهوتك على حسابي!

هذا التعارف المفاجئ والسريع، جعله يدقّ أجراس الإنذار، في قواه الداخليّة جميعها، حتى لا يقع المحذور، الذي هو بغنى عنه. يجيبه بكلّ هدوء:

- ولم لا؟ أشكرك سلفاً.

- لا شكر على واجب.

يشرعان بارتشاف القهوة. يقدّم طعّان له سيجارة. يتقبّلها منه. يزن كلّ منهما الآخر بنظرات مسروقة من تسارع الوقت، وكأنّما اللقاء مسألة عضّ أصابع، و(من يقول آآخ قبل الآخر يخسر).

كلّ ما كانا يحاذران منه، لم يكن الهدف لأيّ منهما. اللبنانيّ قال له بصراحة:

- يبدو أنّ الحرب في سوريّا قاربت نهايتها.

- (يقاطعه طعّان). الله لا يقدّر!

يُفاجأ اللبنانيّ بهذا الجواب الفجّ. يقول له بما هو أقرب إلى العتاب:

- ولو يا أخي طعّان. سوريا تحترق!

- وأنا لست رجل إطفاء!

- لم أكن أتوقّع سوريّاً لا يريد أن تنتهي الحرب في بلده!؟ (يتابع) ما أقصده أنّ الحرب لو انتهت سيكون انطفاء نيرانها خيراً لنا.

- (يعدّل طعّان من جلوسه، ويحكّ ذقنه). كيف سيكون خيراً لنا؟!

- بإعادة الإعمار! (يتابع الكلام حين لمس الرضا على وجه طعّان). نستثمر في البناء، أو أيّ شيء آخر غير البناء. لا شكّ أيضاً ستكون الأيدي العاملة رخيصة، ذلك سيزيد من أرباحنا. أما فكّرت في ذلك من قبل؟

- لا. لم تخطر ببالي مثل هذه الفكرة. (يبدو كمن يعصر دماغه). هل ستطول مدّة هذه الحرب برأيك؟

- لا أعتقد. كلّ الأطراف المتحاربة قد تعبت. حتى الدول الكبرى أصابها الملل ممّا يجري.

(ينتبه إلى أن طعّان في وضع من لا يصغي إليه فوقف عن الكلام. يتبادل الاثنان نظرات حياديّة).

- (يتململ طعّان ويسأله) كم سيحتاج الواحد منّا لهذه الاستثمارات التي فلقت رأسي بشأنها؟

- حسب الاستثمار. لكن إذا لم يكن لديك المبلغ الكافي، تستطيع المشاركة مع آخرين.

- أفكّر!؟ لكن هل ستسمح الحكومة لأيّ كان بذلك؟

- هذا ما لم يخطر في بالي. لكن على ما أعتقد، ستسمح سوريا لمن آزرها من دول، أو أشخاص؟

- وأنت بماذا آزرتها؟

- قبل أن تسألني، اسأل نفسك!؟

- (يضحك طعّان ساخراً). أنا آزرتها في الذهاب إلى الجحيم. عليّ أن أخيّط بغير هذه المسلّة! أنا لا أعرف نفسي، إلاّ أنّني عدوّ نفسي. حتى في طفولتي كنت شقيّاً. وفي مراهقتي كنت أشبع الفتيات كلاماً بذيئاً، ولا أحضر إلاّ أفلام طرزان، وفي شبابي لم أحضر إلاّ أفلام الرعب ومصّاصي الدماء!

- (ينظر إلى طعّان مشكّكاً، ومتوجّساً). فليذهب كلّ منّا في طريقه. هذا ما أراه.

- وهل عدلت عن فكرة الاستثمار؟

- ربّما. لكن بصراحة، تزعزعت الفكرة في رأسي.

- اسمع اقتراحي لك؛ الاستثمار ليس لك، ولا لي. أنا أعرف سوريّا أكثر منك.

- فهّمني ما هو اقتراحك؟ كفانا كلاماً لا يسمن، ولا يغني!؟

- (يتفرّس فيه بنظرة فيها شيء من ودّ مخاتل، ويستقبلها بابتسامة تنمّ عن حذر. ينتبه طعّان إليها). قبل أن أقول لك ما هو اقتراحي، أسألك: هل ترغب في العمل في أجواء البحر؟

- أنا نصفي سمكة. نصف عمري قضيته في الماء. اسأل عنّي بحر بيروت، يقول لك: أكره هذا القرد، الذي هو أنا، والذي لم يفارقني. لكن كم يتطلّب هذا العمل من مال برأيك؟

- (يبدو له كفأر وقع في مصيدة). للحقّ، هو يتطلّب مبالغ ضخمة،

لكن أيّ مبلغ مهما كان، يُستطاع العمل به، والدخل بحسب رأس المال، والنتيجة مضمونة، ولا خوف عليها. (يرفع طعّان بصره إليه، فيقرأ فيهما التوجّس). ليس بالضرورة أن يفرد الشخص كلّ مدّخراته. بعد التجربة يمكن له أن يغامر بكلّ، أو بأكثر من المبلغ الذي غامر به في البداية. بالتالي؛ يعود القرار إليك الآن. (مستدركاً) يجب عليّ أن أعود الآن.

- لماذا العجلة. أنا لم أقرّر بعد.

- عليك أن تقرّر بسرعة إذاً!؟

- لكن حتى الآن لم تقل ما طبيعة هذا العمل. اشرح لي، ولو رؤوس أقلام عنه، حتى أعرف بمَ، وكيف أفكّر.

- أن تعمل معي. أنا عملي في البحر، ولا يتعدّى ذلك.

- حتى الآن لم أفهم!؟

- حين تبدأ العمل، تفهم كلّ شيء. الآن لا داعي لأن تدخل في التفاصيل، وقرشك سيردّ إليك أربعة.

- تقصد أنّ العمل أقرب إلى التجارة؟

- أكيد. لكن من الصعب توضيح الأمر في هذه العجالة. أنت ما عليك. كن مع الله ولا تبالي! لكن يُستحسن أن أعرف كم حجم المبلغ الذي ستشارك فيه، حتى أعرف مساحة المجال التي سأتحرّك فيها!؟

- يمكن أن أجازف بنصف مليون دولار، في المرحلة الأولى. هل يكفي هذا؟

- (يتصنّع الجدّيّة). أستطيع أن أغطّي هذا المبلغ منّي؛ فأنا قد أقدّم ضعفه.

- نتقاسم بحسب النسبة. ما رأيك؟ أنا بصراحة، قلبي ليس قويّاً إلى الدرجة التي تتصوّرها!

- وليكن. أنا الآن سأعود إلى عملي، ولك الخيار، في أن تسافر معي، أو لا. لماذا لا تنتظر إلى يوم غد، لأنّ مدّخراتي مودعة عند صديقة لي.

- (يقاطعه) لا تكمل. أنا سأغادر الآن، وإليك هذا العنوان. الحق بي حين يروق لك. (يكتب له العنوان على قصاصة ورق، ويناوله إيّاها ويودّعه).

***

"ما أجهل من يفقأ عين أخيه
ولا يعرف أنّه بذلك يضعف النور في عينيه
فكلّ عين بشريّة أينما كانت
هي نور يُضاف إلى عينيه.
ما أجهل من يكسر يداً بشريّة
أو رجلاً بشريّة
فرجل كلّ إنسان ويده
قوّتان تضافان
إلى قوّة أرجلكم وأيديكم.
ما أجهل من يأكل خبز أخيه ليشبع
ويجوع أخوه"

ميخائيل نعيمة

23

بعد أن يترك (نورا) لدى عمّته. يمضي نبيل نحو الهدف الذي رسمه لنفسه، وهو إقناع طعّان بالسير في طريق الصواب، بعد أن رأى ما رأى من أفعال المسلّحين، الذين جاؤوا من كلّ حدب وصوب، ودخلوا البلاد ليعيثوا فيها خراباً، وقتلاً، واستباحة لأعراض نسائها، والاتجار بأطفالها. وما سيرى أيضاً في طريق عودته.

يسلك نبيل الطريق الخطأ، فيما كان يقصد منطقة حارم، ليدخل تركيًا، من أقرب نقطة يُتاح له العبور منها، ويشغله التفكير بنورا، التي خلّفها وراءه، أو بالأحرى حمل تبعاتها كامرأة مصابة بالإيدز، واتّخذ قراره هذا كرجل.

ليلاً كانت محطّته عند أسرة فقدت معيلها، الذي التحق بجبهة النصرة، ولم يعد. عرفت أسرته فيما بعد من أحد زملائه، أنّ عبوة ناسفة انفجرت فيه، وهو يصنّعها، حسبما فهم من زوجته، جعلت منه خبيراً بالعبوات الناسفة، بعد أن أكّد لها أنّه تعلّم ذلك، قبل أن يفرّ من خدمته الإلزاميّة في الجيش، ويلتحق بهذه المنظّمة. باحت له أنّه تزوّجها، في أثناء خدمته على صغر سنّها. لم تتجاوز الثلاثة عشر عاماً. قالت له: زوّجني أهلي إيّاه صغيرة، تيمّنا بسيّدتنا عائشة رضي الله عنها، والتي تزوّجت بسنّ أصغر من سنّي بكثير.

انتقل الحديث إلى العجوز فقالت له:

يُقال إنّ ابني الأكبر يقاتل مع منظّمة صغيرة، ما من أحد في الأسرتين كان يتذكر اسمها، لكن الكلّ توقّعوا أن تكون شمالي حلب.

كان نبيل يصغي إليها. يريد أن تنقضي ليلته على خير. كانت أصوات رصاص كثيفة تلعلع قريبة من القرية.

عرف منها أنّ شخصاً زارهم عدّة مرّات، وبعد مدّة من زيارة الأخيرة اختفى ابنها الأكبر. حتى الآن، ولا أيّ خبر عنه. انتظارهم، وأمّلهم بعودته، كأمل إبليس بالجنّة.

أمّا زوجة الأكبر، قالت له العجوز، وكأنّها تكلّم نفسها، بما هو أقرب إلى الهلوسة: (يخزيها ربّي. لا نعرف أين دشرت. أكثر شكوكي تدور حول الشخص الذي دهى بعقل ابني الأكبر سليم. يمكن أنّ عينه كانت عليها. لم نلاحظ ذلك، لكن هذه المخلوقة، من أوّل حياتها في هذا البيت، لمست أنّ جذورها على صخرة، أو مثل جذور الشعير في تربة رقيقة. لمّا جاء هذا الداهية إلى هنا، بمجرّد ما سألها عن سليم، لعب الفأر بعبّي، وقلت بنفسي: طارت المخلوقة. لكن الذي حدث، كان أكبر ممّا لمست يومها. ابني سليم غادر البيت. زوجته، على مدار أكثر من أسبوع، كانت تغيب عن البيت، وتعود كلّ يوم ومعها مبلغ، تقول إنّه أجرة عملها في أحد بساتين القرية، والكلّ يعرف أن البساتين، لا يستطيع أحد الذهاب إليها، حتى ولا الاقتراب منها، فالمسلّحون لم يتركوا بستاناً إلاّ وجعلوه ساحة لهم. يأكلون ثمره الشحيح بسبب انعدام الريّ، والحراثة، والتعشيب. من أين تأتي بالمبلغ الذي تحضره كلّ يوم، لا أحد يدري غير ربّ العالمين. بعد شهرين، صرت أراها على غير حالها. تغيّرت. صارت تتقيّأ، دون

مرض أصابها، أو تسمّم، ولم تستطع أن تخفي أنّها حامل. سألتها عن الحمل، قالت إنّه من ابني سليم، زوجها. استغربت ما تقول هذه الـ (.....) أستغفر الله. أنا لن أحمّل ذمّتي أيّ شكوك. أنا لم أشاهد بعيني أيّ شيء. كان الحمل منذ شهرين، وكان قد مرّ على غياب ابني سليم أكثر من خمسة شهور. تقول لي هذه الساقطة، إنّها حملها منه، وتحاول أن تقنعني بأنّها تذهب وتلتقي به في أحد البساتين. كلّ كلامها كذب. الساقطة كانت تكذب عليّ وعلى ربّها. سليم كان شمالي حلب، يبعد عنّا مسير ثلاثة أيام).

نسيت اسمك يا ابني. قالت لنبيل.

- نبيل.

(تتابع). يا ابني يا نبيل. كانت -أستغفر الله- تلتقي بالشخص ذاته، والمبالغ التي تحصل عليها منه. خزاه الله، وخزاها. بقيت هنا في البيت حتى وضعت حملها. أنجبت طفلاً مثل القمر. قبل أن تقضي حضانة الأربعين يوماً بثلاثة أيّام، اختفت، وتركت لنا وليدها، إنّي أخاف الله. أنا أربّيه. أسميته على اسم ابني سليم، كي لا يعيش منغّصاً!

(يدخل طفل، إلى الغرفة التي تحدّثه العجوز فيها عن كنّتها فجأة. تقول العجوز لنبيل) هذا هو سليم. انظر كم هو جميل. الساقطة أمّه مثل القمر، والرجل الذي... أيضاً. إنّي أخاف الله!

كان نبيل ينظر فيما يمكن أن يراه من تفاصيل في هذا البيت، أو يسمعه، وهو يتألّم على المنغّصات التي تكبّل الأولاد بخاصّة، وهي تمرّ كشريط يحترق أمام عينيه تارة، أو ما تسمعه أذناه. الأولاد، وخالتهم يدخلون، ويخرجون من وإلى الغرفة التي تحادثه العجوز فيها، لأنّ كلّ الضروريّات من طعام، وشراب تحتفظ به لديها، وتقنّنه،

حسب توافره، وحسب الحاجة: أرغفة الخبز، والتي كانت على قلّتها يابسة. كيس طحين تخفيه تحت لحاف عتيق. كيس صغير من القمح، تعلوه أكياس صغيرة من الحمّص، والعدس، والبرغل. وطبخة واحدة من حبوب الفاصولياء البيضاء. ما قالته العجوز له أيضاً في أطول سهرة قضاها نبيل في حياته، أنّها تحتفظ بما جفّفته من باذنجان، وكوسا، وبندورة، وهندباء، ونعناع، غيره. تحتفظ بجولكان مليء بالماء، يشرب منه الجميع بمعرفتها. الدواء هي تصنّعه من النباتات، التي جنتها في فصل الربيع، من أماكن قريبة من البيت.

سكتت العجوز لفترة. ثم قالت له: أنت يا ولدي لم تشاهد بيتنا هذا كلّه. إلى جانب هذه الغرفة من اليسار، ممرّ يفضي إلى بيت ابني سليم أصابه صاروخ، فدمّره. بقي منه نصف الجدار الجنوبي، يلعب الأطفال عنده نهاراً. أولاد سليم ينامون في غرفة مع زوجة ابني الأصغر، وأنا ألوذ في هذه الغرفة، التي كانت للمؤونة، ولا تزال، كما ترى. كنت ذهبت إلى غرفتهم لأنام فيها معهم، ولكنّهم يخافون منّي. أنا أزجرهم نهاراً، فيخافون منّي ليلاً. كنّتي مثلهم تخاف منّي. تقول إنّ الكوابيس لا تفارقها حين أنام معهم في الغرفة. لم تقل لي ما طبيعة هذه الكوابيس. لكن (لا بصقة تختفي تحت حجر!) كما يقول المثل. هذا السرّ لم أعرفه حتى الآن. لم أشك بها. تدّعي أنّها تحبّ زوجها حتى العبادة. ابني كان يحبّها. أعرف. كان يقول لي، أنا لولاها بلا روح. أنا أحبّها أكثر من ابني؛ لكن لماذا تأتيها الكوابيس حين ننام معاً في غرفة واحدة؟ هذا ما لا أعرفه!

تنتقل العجوز إلى موضوع آخر، لا يمتّ إلى الأوّل بأيّة صلة.

تسكت قليلاً، ثم تبدأ الكلام. توقّع ما الموضوع الذي ستتطرّق إليه؛ يمكن أن يكون هذه المرّة عن طفولتها. تقول: كانت هذه الغرفة،

للمؤونة، لم يكن ينام فيها غير الفئران. كانت تحتوي على كواير للطحين، والحبوب، والـ.... مرّة دخلتها ليلاً، فخرج لي جنيّ من فتحة كوارة الطحين، وبهيئة شيطان. فوجئت به، وفاجأني بكلمة (أنا بحبك!). خفت منه، وارتعبت. أتوا لي بـ (طاسة الرعبة)، وسقوني بها، كي لا يصيبني مسّ. قلت لزوجي ما قاله لي. احزر ماذا أجابني؟ قال لي: لو كان يحبّك لخطفك، وأخذك معه، وصدّقيني لن أغضب. كنت استرحت. (ضحكت طويلاً إثر قولها هذا، ثم قالت له بعد أن هدأت عاصفة الضحك) لابدّ الآن أن نعدّ طعاماً لنا وللأولاد. الكنّة تلاعب الأولاد الآن، أو أنّها نسيت أن تطبخ لنا. تعال معي. هات هذه الكرسي واتبعني.

(اتجهت العجوز إلى موقد معدّ للطبخ في إحدى زوايا المنزل. قربه كومة من قشّ، وحطب. لقّمته شيئاً من القشّ، وفوقه بعض الحطب، وأشعلت النار، كانت الطبخة من برغل، ولا شيء يدعمه من حمّص، أو بندورة، أو شعيريّة. جلس نبيل على كرسيّه قربها وبدأ سيل الكلام الذي ما انقطع حتى وهي تعدّ نفسها للطبخ). سنطبخ البرغل الحاف. الشعيريّة التي أتتنا من المساعدات، أكلها الأولاد مع السكّر. الولد بحاجة ليأكل الحلو. ليس أمامه سوى هذه الأكلة. لماذا هناك أناس بلا ضمير؟ لماذا لا تُوزّع علينا السلل الغذائيّة كما ترد من الصليب الأحمر، أو التي يلقيها لنا الطيران؟ نحن بحاجة إلى الطحين أكثر من أيّة مادّة، يكفينا، ويكفي كلّ القرى المجاورة. الآن لا يزال الفرن يشتغل، ولكن ليس لنا؛ إنّما للجهاديّين الذين استحوذوا على كلّ شيء، وحرمونا حتّى النوم. إنّهم لا يخافون الله. قل لي بمن يجاهدون؟ هل تسمّي قتلهم، وتكفيرهم، وخوف الناس منهم جهاداً؟ (سهت العجوز عن النار، فكادت تنطفئ. لقّمتها أعواداً من أغصان كرز

يابسة، فاشتعلت من جديد بألسنة خرجت من شقوق الموقد. لاحظ نبيل أنّها قلّت الطبخة بزيت نباتي دون بصل، وأنّها كانت تقتصد حتّى بالماء. مع كلّ هذا استمرّت بالكلام). يا ابني. الحمد لله أنّنا نجد ما نتقوّت به. مرّت علينا أيّام مثل شرب الزقّوم. لا أكل إلاّ بقايا من كسر خبز، وحبّ زيتون معطّن. لو لم أكن حريصة ومدّخرة ما نحتاجه في الأيّام السود، كنّا بالويل، أكثر ما نحن فيه. الحمد لله كان الناس يساعدون بعضهم. فقط أولاد الحرام كانوا يستغلون حاجتنا لكلّ شيء. نسوة كثيرات بعن مصاغهنّ. بعضهنّ يا ولدي بعن غير الذهب والفضّة. بعن ما هو أثمن بكثير من الجواهر. ما أتعس الحياة التي تجبر المرأة على أن تبيع جوهرتها من أجل أن تظلّ على قيد الحياة. هؤلاء الذين لا يخافون الله، جاؤوا من كلّ البلاد كي يجبرونا على بيع شرفنا. قال الناس إنّ بعض الجهاديّين أجانب، فلم أصدّق، حتى شاهدتهم بعيني، حين كنت في ضيعة أهلي، ومعهم ابن شيخها، كانت تقلّهم سيّارة على ظهرها مدفع.

توقّفت السيّارة بمحاذاتي، وأطلّ ابن الشيخ من النافذة، يسألني: (لوين رايحة يا خالة؟) قال السائق كلاماً لم أفهمه. ظننت أنّ سمعي خانني، ولم أسمع جيّداً ما قال. راح الأربعة المتواجدون خلف المدفع على ظهر السيّارة يبرطمون بكلام بعيد عنّا. فيما بعد عرفت أنّ هؤلاء أجانب من الشيشان، ومن بلاد غير الشيشان. ومن الذين دخلوا عن طريق الترك، من بلاد الغرب. لماذا يأتون إلى بلادنا التي ضحّت بخيرة شبابها أيّام البطل هنانو، وغيره. لماذا ننسى الذين شنقهم الترك في مرجة الشام، وفي بيروت. كم من الدم سال على هذا التراب حتى ارتحنا من الأغراب. بلادنا طردتهم من الباب، دخلوا من الشبّاك. يا حيف. الله يغضب على كلّ من ساعد على إدخالهم إلى بلادنا. هل

ننسى كيف كنّا نعيش قبل خمس سنوات؟ أولادنا كلّهم يتعلّمون. لا خوف إذا الحامل كانت ستلد. كلّ ضيعة فيها قابلات، ومستوصف ودواء. أفقر الناس يعيش بكرامته. عندنا آذن مدرسة اشترى تاكسي.

لا أنكر يا ابني أنّ هذا في كلّ مكان في الدنيا، وأنّ هناك من يسرق البيضة من تحت الدجاجة، والكحل من العين؛ حتى في بلاد الأمريكان حراميّة. حتى في زمن الأنبياء كان هناك من يسرق، ويزني، ويكذب، ويعتدي على الجار، والقريب، والبعيد، وإلاّ لما أرسل ربّ العالمين من يهدي الناس. لما كان عقاب وثواب!

(عادت تحكي عن مشكلات قرية أهلها، لا هذه القرية التي تزوّجت فيها. وكأنها الأرشيف الشفهيّ الذي يتضمّن كلّ شاردة، وواردة. كلّ ما قالته حدث في زيارتها الأخيرة لذويها قبل خمس سنوات)

"قبل الحرب يا ابني يا نبيل، زرت دار أهلي. كان كلّ شيء لا يوحي بأنّ الدنيا ستنقلب رأساً على عقب. كان كلّ الناس في الضيعة بكامل الرضى عن كلّ شيء. شيخها -وأنا أكرهه كرهي لإبليس، وفيما بعد أحدّثك عمّا جرى بيني وبينه- شيخها هذا، لديه ولد صار صاحب كلمة في الدولة. كان مدير المدرسة مطواعاً له. كان رئيس المخفر مطواعاً له. كانت حتى كلاب الضيعة مطواعة له. كان يحصّل الخوّة من الجميع، حتى من الفرّان. من دكاكين الضيعة. وحتى من الغجر المساكين الذي يفدون إلى الضيعة للشحاذة.

- (تسكت العجوز لفترة، ونبيل ينتظر منها أن تتابع. يلاحظ أنّها مستغرقة في التحديق نحو نقطة معينة في الجدار المقابل، ولا تحيد بصرها عنها) قال في سرّه يبدو أنّها تضايقت منّي، فلم يعجبها صمتي. لم لا أتحدّث لها عن شيء ما؟ أيّ شيء، يسألها. فيم تفكّرين يا جدّة؟

- (تنتبه إليه، وكأنّما رُشقت بماء ساخن). أفكر في هذا النمس الذي كنت أحكي لك عنه، وفي النمس الكبير (أبوه). أبوه يا ابني، من قبله كان يلعب على أكثر من حبل. بعد الحرب راح مع الجماعة، أقصد هؤلاء الذين وقفوا ضدّ جيش البلاد. كيف تحوّل هذا الرجل، لا أحد يدري. هناك من يقول إنّه كان عميلاً، وهذا يليق به. أسألك بالله: لماذا مثل هؤلاء، يكونون مع الأقوى دائماً، أكان هذا القويّ ابن بلدهم، أو كان من خارج البلد، حتى ولو كان الشيطان؟ لماذا يقبلون الأعطيات حتى من أفقر الناس؟ مثل هؤلاء يا ابني، ألا يقبلون الأعطيات من الغريب؟

كلّ أهل الضيعة يسألون: من أين له المال الذي يتبحبح به، ويتكبّر به على الناس؟ تصوّر أنّ أولى فتاواه لنا بعد الحرب كانت، ممنوع الاستماع إلى إذاعات العدو! هل تدري من هو العدو بنظره؟ هو من عيّنوه إماماً للجامع في الضيعة. غريب أمر هذا الشخص. جمع أهل الضيعة، وانهمرت أوامره عليهم مثل زخّ المطر: البنات يجب أن يلبسن الأسود أياً كانت أعمارهن، حتى التي لا تزال بـ (اللفلوفة) ممنوع على النسوة أن يخرجن بدون رجل قريب لها. زوج. أب. أخ. أخطأ وسأله أحد الشباب: والتي ليس لها زوج، أو أب أو أخ، أو عمّ، أو خال، كيف ستخرج؟ بعد يومين تدحرج رأسه في ساحة الضيعة على مرأى من الجميع. الشيخ يعرف أنّه كان مع فرقة الشبيبة. وربّما يعرف أكثر من ذلك. الله أعلم! ذاقت الضيعة الويل من أفعال هذا الرجل. منذ شهرين استراحت الضيعة من هذا الكابوس. يُقال إنّ أحد الأشخاص قتله، بسبب خلاف بينهما على مسروقات، ويُقال إنّ مقتله كان على يد ابنه الذي يجاهد لصالح آخرين. وقيل إنّ أحدهم قتله لأنّه كان يستغل غيابه مع المجاهدين، ويتسلّل إلى بيته. ويُقال إنّ له

علاقة مع (أستغفر الله). الدنيا لا تغني عن الآخرة يا ابني. أنا لن ألفظ ما يمكن أن يقال على لساني فيما بعد. إنّي أخاف الله.

- (لاحظ نبيل أنّ العجوز قد أتعبها الكلام المُختزن، ولم تقله لأحد، ولم تتحدّث بهذه الصراحة والعفويّة طوال عمرها. هي لم تعد تخاف على شيء، أو من شيء. كأنّما صخرة على صدرها، وتزحزحت، أو غصّة طويلة تخلّصت منها، أو كابوساً قاتلاً انتهى مع نهوض مفاجئ من النوم. قال لها متردّداً): أرى أنّك تعبت. ماذا لو ترتاحين قليلاً؟!

- أنا أرتاح بالكلام إليك. لا أعرف ما السرّ الذي جعلني أفضفض لك بأشياء لا أستطيع أن أبوح بها لأحد. لولا العيب والحياء لأخبرتك ما جرى معي في حياتي كلّها، تصحّ أن تكون مسلسلاً يتفرّج عليه الناس، حتى الأمور التي صارت معي، وأنا بنت. كي يتعظ الناس. لكن لم أندم على أيّ شيء فعلته في حياتي. ما شجرة إلاّ وهبّ بها الهواء. لكن أكثر ما يؤلمني كلّ ما حدث، ويحدث في هذه الحرب. أشياء كثيرة في البال، سأقولها لك. أوّلها، أفعال ابن الرجل الذي حكيت لك عنه. هذا الولد ورث من والده قلّة الشرف. ورث الطمع وقلّة الدين. ورث الغدر باليد التي مدّتها الدولة إليه. ورث الطعن بأهله، كرمى للمال الذي يحصل عليه بالحرام.

(تسكت العجوز لفترة، وتعود إلى النظر في عينيّ نبيل، وكأنّها تستنطقهما أن يبوحا برأي حول ما تقوله له. تتابع):

هذا النذل، لا أحد يعرف كيف صار، وتصوّر. زيارة واحدة خارج البلد قبل الحرب، جعلته مثل الطاووس. كيف بأسبوع هناك، ولم يقم بأيّ عمل، صار ثريّاً. صار تاجراً يدخل، ويخرج من الحدود مع تركيا، دون أن يفتّشه أحد. كلّ أهل الضيعة، صاروا يتوسّطون عنده، من

أجل العمل لدى الدولة. كلمته صارت مسموعة أكثر من وزير. لا تُردّ له كلمة، ولا يُردّ له طلب. الكلّ يعرفونه (أندبوري) عاد جيوبه ملآنة. فجأة، وحين اشتعلت المظاهرات في درعا، كان غائباً عن القرية. فيما بعد عرفنا أنّه كان هناك بحجّة زيارته لابن عمّه العسكريّ مع أنّ ابن عمّه كان قد استشهد برصاصة من شخص كان بين المتظاهرين.

شيئاً فشيئاً صارت تطول لحية هذا الأندبوري. كان وجهه مثل وجه بنت، فغدا بلحية تصل إلى منتصف صدره. أمّا لماذا، ومن أين أُهدي سيّارة مثل الحمامة، لا أحد يدري. المخزية بنت جيراننا كانت تذهب معه. بعد فترة صارت تلبس لباس مجاهدين. وتلّف رأسها بعصبة سوداء عليها كتابة بيضاء. سألتُ بنت متعلّمة تعرف فحوى هذه الكتابة، قالت لي: (الله أكبر) تفاءلت بأنّها تحبّ الله. دعوت لها من قلبي أن يحرسها. بعد فترة صرت أسمع أخباراً عنها، لا ترضي الربّ، ولا ترضي عباده. شيء يطيّر العقل. ما سمعته عنها. هي، وابن الشيخ، ومعهم رجل ابتُليت به القرية، جاء لها من شمالي حلب، يأخذون بنات أبكاراً ومتزوّجات قُتل أزواجهن، أو متزوّجات أزواجهنّ في الجهاد، إلى أين؛ لا يعلم إلاّ من خلقهنّ. من القرية اختفت ثلاث بنات مثل الأقمار. الكلّ يقولون، بأنّ ابن الشيخ وراء مصيبة أهاليهنّ باختفائهنّ. حتى تمّ خطف أطفال من قرانا، ويّقال إنّ لديه مجموعة تخطف له عسكريّين من الجيش، أو موظّفين، أو أشخاص عليهم العين، ويحصل على أموال حتى يفكّهم، وأغلبهم كان يُقتل. يا حسرتي، من أين للفقير أن يدفع المبالغ الكبيرة التي يطلبونها فدية لفكّه. من الناس من قال: يأخذونهم لحفر أنفاق ليعشّش فيها المسلّحون -ألا ليتها تصبح قبوراً لهم- أو يجنّدونهم معهم، أو يعذّبونهم ليعرفوا أيّ شيء عن الجيش الذي يقاتلهم. أمّا الذي حدّثتك عنه بالأوّل، فلسوف

يأتي عليه يوم أسود مثل القطران، لأنّ الله يمهل، ولا يهمل.

(تسكت العجوز. يلاحظ نبيل أنّها تغيّرت كلّيّاً، وباتت تهذي بكلام لا معنى له. تصحو قليلاً. تسأله دون وعي): ماذا كنت أقول لك؟ إذا كنت قد أسأت إليك، أو لأحد فيما قلت، فإنّي أطلب السماح!

(تسكت هنيهة، ثم تعتذر لنبيل عن ضيق البيت، ودعته كي يتمدّد في غرفتها التي لم يكن لنبيل مكان ينام فيه، ثم تراخت، واتّكأت على مرفقها. يعتقد نبيل أنّها غفت. تمرّ فترة ليست قصيرة، دون أن تحرّك العجوز ساكناً، دون أن ترفع رأسها، وتقول أيّة كلمة. يبدو أنّ السماء اشتاقت إليها، إلى روحها، إلى صدقها مع نفسها، ويبدو أنّها لم تسلم روحها لخالقها قبل أن يغتسل نبيل من كلّ ما علق به من أدران، وقبل أن تزول الغشاوة عن عينيه.

يتولّى مع كنّتها عمليّة دعوة الجوار لإجراءات رحيلها. يأتي رجل جليل، ويصلّي على روحها. يرافق نبيل المشيّعين، وتُدفن بهدوء في مدافن القرية. يقف نبيل، ويتأمّل المكان بعينين دامعتين. كانت بعض الأعشاب الجافة، تصدر ذلك الصوت الأجشّ، بفعل نسائم حنون كانت تهبّ، لتعلن هي الأخرى أنّها في المقبل من الأيام، ستتبدّد، ولكنّها لن تدع بقاياها تغادر المكان. كان نبيل، هو الوحيد في هذا العالم، من سمع صوت الحقيقة البالغة النصاعة، من فم امرأة ودّعت الحياة، قبل أن تزول الغيوم السوداء، عن الأمكنة التي أحبّتها. الأماكن التي لم تكن بالنسبة لها إلاّ جنّة الخلد، ولكن لوّثتها يد الإجرام، التي لا بدّ تُقطع ذات يوم، ليس ببعيد. نبيل يودّعها، وتودّعه قبل أن تكمل روايتها له. ربّما كانت ستروي له قصص حبّها البريء. ربّما كانت ستروي له قصّتها الكاملة مع الحياة، ومع القدر، ولكن!!

***

"أيّتها السمكة الذهبيّة الصغيرة، احترسي على نفسك، فهناك الكثير من حبال القنص الممدودة لك في هذا العالم."

لوكليزيو

24

❧

يعود عبد الواحد من زيارته لأم سافو، ويشرح لطعّان ما حدث بالتفصيل:

"كم أثينا جميلة. لم تشبع عيناي من النظر إلى أيّ شيء أبصره. حين فتحت أمّ سافو الباب لي، وأطلّت شعرت فعلاً أنّي أمام امرأة مختلفة. في البداية، حالت اللغة بيننا في أن نتفاهم. فهمت منها أن ابنتها هي التي كانت تحقّق التواصل مع المتكلّمين بالعربيّة، لإلمامها بهذه اللغة، وأن ابنتها ليست في المنزل. عرفت بعد أن قدّمت لي القهوة، أن ابنتها في سوريّا.

أمّا ماذا تفعل في سوريّا، لم أعرف منها؛ أو أنّها قالت لي بلغتها، أو بالإشارات ولم أفهم عليها. أعادت معي رسالتك لابنتها. هذا كلّ شيء"

***

"أن تحضر دائماً وأبداً
في جرحك أنت
أن ترغب في تغيير كلّ شيء
بفركة خاتم
أن تعمل على بناء جزيرة فريدة
بين الجبهات
على حدّ سكين العالم
فهذا هو الجرح الذي لا يشفى"

عادل قره شولي

25

قبل أن يغادر نبيل تلك القرية، كان قد ألقى علبة التبغ الفارغة، وقصد دكاناً لديه التبغ الذي اعتاد أن يدخّنه. رأى نفسه أمام رجل هرم، لم يبق منه الدهر، ولم يذر. لم يرفع الرجل رأسه، إذ كان مستغرقاً في القراءة في كتاب دينيّ. يسأله نبيل علبة تبغ، ويمدّ يده التي تحتضن بين أصابعها فئة الخمسمائة ليرة سوريّة، وهي الورقة الأخيرة التي يحتفظ بها ممّا كان لديه من نقود. يرفع الرجل رأسه. يهمّ ليمدّ يده لتناول الورقة. يحدّق فيها، فيتكهرب. تعود يده، ويقول لنبيل: دولار. يورو. عملة تركيّة؛ أو الله معك. تبدو الدهشة على وجه نبيل. تنقلب الدهشة إلى نظرة غاضبة. يكوّر ورقة الخمسمائة ليرة، ويلقمها فمه. ينظر الرجل إليه دون أن يرفّ له جفن. يبتلع نبيل الورقة. يقول للبائع الهرم: أشكرك أنّي أقلعت عن التدخين منذ هذه اللحظة. ذلك أفضل مليون مرّة من السمّ الهاري، الذي كنت أملأ به صدري. لا ألومك يا عمّ أبداً. أنت أحد الذين دمّرتهم الحرب، وآسف أنّك تقرأ كلام الله!

يغادر المكان، وهو يفكّر أين سيتّجه، والطرقات كلّها محفوفة بالمخاطر، فالمجموعات المسلّحة اشتعلت بينها خلافات على اقتسام الغنائم من الآثار بالدرجة الأولى، والتي كان معظمها من آثار موقع

الدارة. الفيصل بينها كان السلاح. إطلاق النار لم يهدأ. من حسن طالع نبيل أنّ القتال توقّف بينها. يتذكّر أنّ له صديقاً في قرية البارة، كان قد تعرّف إليه ذات يوم في مدينة سيطرت عليها إحدى المجموعات المسلّحة، وفرضت عليها أحكامها الشرعيّة حسب ما تدّعي.

يأمل أن يجد هذا الصديق في القرية، ولم يكن قد لحقه أيّ شرّ. كان قد تأكّد منه يومها، أنّه نقيّ السريرة، مثقّف واعٍ، ولا يمكن أن تلتفّ عليه المجموعات الجهاديّة، وتكسبه إلى جانبها، كما كسبت الكثيرين من المثقّفين، الذين أغرتهم السلطة، والمال. وأن يقف إلى جانب الحقيقة. يتذكّر أنّ هذا الصديق، حاول أن يثنيه عن أفكاره، التي تحوّل عنها الآن، بسبب ما رآه، ولمسه في مهمّته هذه. يومها لم ينصع لصديقه هذا؛ وافترقا، وصديقه يقول له: ستندم يوماً ما؛ فهو الآن لم يندم فحسب، بل انحرف تسعين درجة، عن الخطّ الذي كان قد سار عليه.

يرى من بعيد مجموعة مسلّحة، أحد عناصرها يكبّر لأداء الصلاة. يؤمّ أحدهم بهم، وفي لحظة السجود، تُسمع أصوات رصاص في الجهة المقابلة لهم، فيذعرون. يسرع كلّ منهم إلى سلاحه، ويشرعون في إطلاق النيران، مع الاعتقاد بأنّهم لا يعرفون أيّ شيء عن الجهة التي يطلقون باتّجاهها نيران بنادقهم.

تلمس نبيل لحيته التي لا تزال لحية شابّ غضّ، وأبدى أسفه أنّه أطلقها، ليتمتع بهيبة رجل مؤمن. كان عزاؤه في هذه اللحظات أنّها تساعده على تظليل هؤلاء الذين يجعلون منها أداة للتخويف، قبل أن تكون رمزاً دينيّاً، بالإضافة إلى ما يحفظه من آيات قرآنية، وبالإضافة إلى تمكّنه من معرفة أركان الإيمان، وأضف إلى ذلك كلّه، أنّ بطاقته تحدّد مذهبه الدينيّ، لأنّه لا يستطيع إبراز المهمّة التي

يحتفظ بها لأيّ فصيل من فصائل المسلّحين. (الطير) أكّد عليه، ألاّ يبرز المهمّة إلاّ للمعنيّين بالأمر.

سلك درباً ترابيّةً تقوده إلى الطريق العام الذي يمرّ بالدارة. كان أحد البساتين على يسار الطريق محترقاً تماماً، بينما وكأن أشجار البساتين الأخرى كما لو كانت في غابة. الشوك، والنباتات الضارّة، تنتهك كلّ ما بين الأشجار من مساحات. كانت الأشجار في حالة ذبول محزن. لا أمل من عودتها إلى حياتها الطبيعيّة أبداً. لا أمل لهذه البساتين في أن تعود إلى ما كانت عليه قبل خمس سنوات، إلاّ بتشجيرها من جديد.

رأى حجراً على كتف الطريق، ربّما كان كحدّ يميّز ملكيّة عقاريّة عن أخرى. لاحظ أنّه لم يكن حجراً عاديّا. كانت فيه علامات منقوشة بيد بشريّة. قال في سرّه: (ولا عجب. هنا ربّما عاش الإنسان القديم). رأى من بعيد عربة قادمة، وعلى متنها مسلّحون يرفعون راية جهاديّة، اطمأنّ إلى أنّهم لن يبالوا به، إذا تعرّفوا إليه.

(المفاجأة كانت غير ما توقّع. كانت السيّارة تقلّ مسؤولاً عن مجموعة مسلّحة. تقف العربة أمام نبيل. يطلبه المسؤول. يسأله):

- من أنت؟

- نبيل الماوي.

- أريد الاسم الثلاثي!؟

- نبيل أحمد الماوي.

- (بدا وكأنّه لم يقتنع) الاسم الرباعي؟

- نبيل أحمد محمد الماوي.

- يعني أنت مسلم؟

- (يهزّ رأسه بالإيجاب). نعم!

لاحظ نبيل أنّ اللهجة التي يخاطبه بها مغربيّة.

- أنت من أين؟

- أنا من هذه المنطقة.

- وجئت إلى هنا لتنبش عن الآثار؟!

- لا. لا أبداً.

- بلى، من وجهك، عرفت أنّك تنبش. أكثر من هذا يبدو أن لديك ما تخبّئه. دلّنا عليه إذا أردت أن تنجو!؟

- أقسم لك إنّ مثل هذه الأعمال ليست من اهتمامي.

- أنت ماذا تعمل؟

- أنا كنت أدرس في الجامعة، وتوقّفت عن الدراسة عند بدء الجهاد! (قال هذه العبارة على مضض!).

- اركب معنا. أنت يجب أن تجاهد معنا!؟

- (لم يتردّد في الإجابة المخاتلة). أنا موافق. لكن لو تسمح لي أن أحضر جنازة صديق لي كان له فضل كبير عليّ، وسألتحق بكم فوراً. قل لي أين المكان الذي سألتحق به، وستراني فيه بعد يومين بالتأكيد.

- (ينهره). قلت لك: اصعد العربة. أتفهم؟!

(يصعد نبيل العربة، وفي نيّته أن يقفز منها، وهذا ما حدث).

يصل قرية البارة بشقّ النفس، وبأعجوبة. لم تكن الطريق إليها

آمنة. فالمجموعات المسلّحة ترابط في جميع مفارق الطرق، وما بين الأشجار الظليلة بكثافة، ولكنّه استعان بامرأة من ذات القرية، متزوّجة إلى قرية كورين، والتي بسبب النزاع بين عائلتين منها، يطلقون على الجزء الشمالي منها كوريا الشماليّة، وعلى الجزء الجنوبيّ كوريا الجنوبيّة، كما هو الحال في الكوريّتين.

كانت هذه المرأة عوناً له في اختصار الطريق، وفي تجنّب المواقع التي يتمركز فيها المسلّحون. تودّعه المرأة عند الموقع الأثريّ فيها. يرى عن قرب بعض الرجال والنسوة، في الموقع ذاته منهمكين في الحفر، والتنقيب العشوائي عن الآثار. ينتبه إليه أحد الرجال بهيئته المغبّرة؛ فيرفع المعول الذي كان يحفر به. ويصرخ به:

- (لا تقترب من هنا!).

- (يُفاجأُ نبيل بهذا الاستقبال غير المتوقّع). يرجع خطوة إلى الخلف، حذراً من أيّ ردّ فعل سلبيّ يمكن أن يؤثّر على الوصول إلى غايته، وهي لقاء صديقه محمد ابن هذه القرية. أنا لست غريباً، ولكنّي أقصد رؤية صديق لي في قريتكم!؟

- (يلقي الرجل معوله إلى الأرض، ويتقدّم نحو نبيل بشوش الوجه). حسبت أنّك آتٍ لتعتدي على الحرم الذي ننقّب فيه.

(كان صديق نبيل أيضاً منهمكاً في التنقيب، في حرمه الخاص، الذي حدّده لنفسه، وغدا مُتعارفاً عليه لدى الجميع. حين أوصله الرجل بنفسه إليه).

(بعد عناقه المؤثر مع صديقه محمد، جلس الاثنان على تبّةٍ ترابيّة خلّفها الحفر، وتربتها لا تزال طريّة، بترابها المائل إلى الاحمرار.

وراحا في حديث الذكريات شوطاً بعيداً. استفسر محمد من نبيل عن أحواله، فحرّف الكثير من الحقائق الماثلة في ضميره. وأبلغه أنّه سيعود إلى اليونان للقاء صديقه طعّان، ليتابعا العمل معاً. قال لمحمد ذلك لأنّه شعر بأنّه غاطس حتّى أذنيه بالتعامل مع أحد مسؤولي جماعة مسلّحة، وتيسّر له نقل ما يعثر عليه من لقى أثريّة، أو شراءها منه مباشرة، وتمنّى على نبيل أن يعمل معه في هذا المجال الرائج، والمربح على حدّ قوله له، وتأسّف أنّه سيسافر).

(يجد محمد أنّ سفر نبيل فرصة له، وعليه أن يستغلّها بإرسال بعض القطع الأثريّة الصغيرة، ولم يفرّط بها إلى الدرجة التي هي بها من الأهميّة، وقبل أن يفصح له عن هذا الطلب، تحوّل الحديث بينهما عن آثار هذه القرية، وغيرها من القرى. يسكت محمد قليلاً. يسأله نبيل إذا كان بالإمكان إقراضه ألف دولار، وسيعيدها له في الوقت المناسب. كان محمد أريحيّاً معه. فهو في سرّه يأمل أن يقبل نبيل عروضه في التعامل معه).

- وإذا أردت ضعف هذا المبلغ، فليكن! (يجيبه محمد). هيّا الآن لنذهب إلى المنزل. (في سرّه يريد أن يريه بعض الأثريّات التي يحتفظ بها). هناك تستريح قليلاً، وأنّك أيضاً بحاجة إلى الراحة. طوال الليل، وأنا أحفر هنا، وكان عملي كمن يحفر في الماء. لا أدري لماذا لم أكن محظوظاً هذه الليلة. على أيّ حال آمل أن تعوّض في ليلة أخرى. (يتابع متحدّثاً عن همومه في هذا العمل الذي اختطّه لنفسه، بعد أن كان يعتمد على الزراعة) دائماً عملنا في النبش، يكون ليلاً. أمس حضر شخص تركي، وطلب منّا المزيد من القطع، حتى ولو كانت ليست ذات قيمة، أو حتّى مزوّرة. وأغرانا بأسعار غير ما درجنا عليه. (يقفز بكلامه إلى نبيل) ليتك تعمل معنا. عملنا فيه ضربة حظّ. إذا كان الله

بجانبك، تعثر على أيقونة، أو تمثال ملك، أو تمثال امرأة. ستصبح فوق الريح، بين يوم وليلة. فكّر فيما أقوله لك!؟

- لو كنت قلت لي مثل هذا الكلام قبل شهر، لكنت وافقت دون أدنى تردّد، لأنّي أحببت كلّ ما تعلّمته في حياتي القصيرة.

- (يقاطعه) أنا قلت لك، فكّر!؟

- وأنا سأشرح لك وجهة نظري. أنا يا محمد تعلّمت منذ الطفولة أشياء كثيرة، وأحببتها. تعلّمت أنّني إذا أحببت فتاة، أن أحبّها مثل مجنون ليلى. أحبّها بجنون. تعلّمت أن أحبّ الأنبياء، وأولياء الله الصالحين، والملائكة، وأحبّ الملوك، وأولي الأمر منّا، وأحبّ جنّات عدن، ولو لم تجر من تحتها الأنهار، وحوريّاتها دردبيسات، أو قهرمانات. أحببت الصلاة، ولم أتأخّر يوماً عن فرض. أحببت الركوع والخضوع لمشيئة الله. أحببت الزكاة، فكنت أزكّي حتّى بأجرة يومي. أحببت الكعبة التي حرموا السوريّين منها. أحببت كلّ طريق سار عليه مؤمن، وكلّ ذرّة تراب داس عليها مسلم، حتى لو نبتت مكانها غابة أشواك. ماذا أقول لك بعد. أحببت أبي، وكنت له مطيعاً إلى درجة تقبيل قدميه. ماذا تحسبني سأقول لك بعد كلّ هذا؟

- أنا أسمع!؟

- تعلّمت كلّ ما ذكرته لك، وأحببته، إلاّ الحياة.

حين اغتربت، ولم يكن اغترابي سوى لفترة قصيرة، أنّ الحياة تجري بعيداً عنّا. لم نتعلّمها. لم نتعلّم كيف نحبّ. أتدري ما الذي رأيته منذ خمس سنوات؟

- أنا أسمع!؟

- رأيت الكراهية عمّت البلاد، وهذا سنّي، وهذا شيعي، وهذا سرياني، وهذا آشوري، وهذا كردي، وهذا بطيّخي. أستغفر الله. رأيت قطع رؤوس البشر. أكل قلوبهم. شتات الناس. بيع الأطفال، وتجنيدهم بدل تعليمهم. بيع النساء، والمتاجرة بهن في البغاء، أو تزويجهنّ بالإكراه، أو بالإغراء الماديّ، لعجائز ميسورين. أأقول لك ماذا رأيت بعد؟

- (تغضّن وجه محمد انزعاجاً). ما الذي تريد أن تقوله لي بعد هذه المحاضرة؟

-أنت ماذا استنتجت من كلامي؟

- أنا شبعت فقراً. شبعت كفلاّح، كلاماً لا يسمن من جوع. أتعابي يأخذها التاجر. ممّا لدي من أشجار على قلّتها، أبيع الثمر الجيّد، وآكل الرديء. من الخضار، أبيع الغضّ، وآكل الذابل، أو الذي لا يقبله السوق حتّى للماشية. الدنيا تطير من حولي، وأنا مكانك راوح. أخي نبيل. كأنّك انقلبت إلى إنسان مثالي، مثل هذا الإنسان، لا يعيش كما يعيش سواه. يظلّ يركض والرغيف يركض أمامه. لا يستطيع أن يعلّم أولاده، ينقصه الشيء الكثير حتى يعيش بكرامته. دولاب الناس اليوم، هو المال. هل جرّبت أن تشتري شيئاً بالليرة؟ أنا يا صديقي، ابن هذه الحياة، بل ابن هذه الحرب. أتدري كم موقع في محافظتنا ينبّش الناس فيها عن آثار؟ (600) موقع. كلّها فيها النبش ليلاً على قدم وساق. من النادر أن ترى موقعاً غير منبوش. حتى الخشخاشات (المدافن) لم تسلم. أنا لم أنبش أيّ خشخاشة. أخاف من وجه ربّي. لا أكسر تاجاً على عامود حجريّ، ولا أنتهك حرمة ميّت. بصراحة؛ نحن لو لم يكن هناك من يحمينا، لما استطعنا أن نقوم بمثل هذا العمل.

- (يقاطعه): وهل تريدني أن أعتدي على آثار يعتزّ مشتروها بها، ونحن ننتهكها من أجل قليل من المال؟

- والله، أنا لست كغيري من الناس. لو كنت من البداية نبشت، كما نبشوا، فأنا أكثر الناس ثراء. حقّقت سمعة طيّبة عند من يحمينا، وعند من ينقلنا إلى جسر الشغور ونحن حاملين بضاعتنا، دون أن يعترضنا أحد. ويحترمني كلّ الذين أتعامل معهم من لبنانيين، وأتراك، لأنّي لا أصعّبها عليهم. أبيعهم ما لديّ بما تيسّر، وأحمد ربّي، وأعود. دائماً أجدهم بانتظاري، وغيري لا يستطيع بيع ما لديه إلاّ بشقّ النفس.

- أنت واهم في أنّك تحقّق الثراء. أعتقد أنّ الأمر ليس كذلك. الآثار ليست ملكاً شخصيّاً لأحد، يستطيع التصرّف بها كما يشاء.

- (يقاطعه): أنا لست أفضل من بقيّة الناس. الكلّ ينبشون الأرض ليجدوا ما في باطنها. يبدو أنّك تقول ما يقوله مسؤول الآثار. أنا لا أفهم بالسياسة. أفهم أنّي أريد أن أعيش. (بدا كمن يفكّر، وانتبه نبيل إليه) قرّرت ألاّ أقرضك المبلغ الذي طلبته. اقترض من مسؤول الآثار!

- (مندهشاً) ليس هذا أملي فيك يا محمد. يا صديقي!

- إذا كنت تريد أن تحصل على المال، فهناك حلّ واحد. ما عليك إلاّ أن تعمل معي. (ساخراً) لديّ معول يناسب يديك. ها. ماذا قلت؟ (يلتزم نبيل الصمت، ومحمد يتابع). الليلة هناك من سيصطحبنا إلى ماري. ألم تسمع بمملكة ماري؟ هناك مغارة، لعلّي أتذكّر اسمها. آ.. تذكّرت. اسمها (ماركو). فيها كلّ كنوز المملكة. يُقال إنّها تُصيب من يدخلها بلعنة، فيختفي فيها. بالنسبة إلي استشرت أحد المشايخ.

فتح كتاباً كان في عبّه. قرأ فيه بعد أن طلب منّي معرفة اسم أمّي، وتاريخ ميلادي. قال لي بعد حساباته: نجمك الفلكيّ ليس خفيفاً، أنت صديق للجنّ دون أن تدري. الجنّ يحميك، في الدخول والخروج إلى، ومن أيّ مكان مرصود.

وأعدك يا نبيل، فيما لو ذهبت معنا ألاّ أدعك تدخل معي. أدخل وحدي، وأعطيك ممّا أستطيع أن أحمله منها الربع. ما عليك إلاّ أن توافق. هذا إذا أردت أن يكون لديك مال حلال، ودون أن تقترض منّي، أو من سواي. (يستمرّ نبيل على صمته، ويرتسم الخذلان على وجه محمد لإحساسه أن نبيل غير موافق على عرضه. يسكت محمد لحظات، ثم يتابع): أرى أنّك غير موافق؛ ما رأيك بعرض آخر؟

- (ظلّ نبيل على صمته، مستغرباً كلّ ما يبدر من هذا الصديق قائلاً في داخله). يبدو أنّني مخدوع بهذا الصديق، أو أنّ الحرب غيّرته، مثلما غيّرت الكثيرين. لا ألومه. ربّما كنت أفكّر مثله، أو أسوأ. لعلّه يصحو في لحظة ما!؟

- (يمدّ محمد يده إلى جيبه الداخليّة. تخرج كفّه بمحفظة جلديّة. يفتحها بهدوء، دون أن تبدو عليه أيّ أمارات من تردّد. يبدو أنّه ندم على ما بدر منه تجاه صديقه. يخرج منها كلّ ما تحتويه من نقود ورقيّة. يضعها أمام صديقه مبتسماً). إليك منها ما تشاء!

- (يبدو الاستغراب من جديد واضحاً على سحنة نبيل. لم يمدّ يده، ولم يجب على كرم صديقه). خذ. أقول لك خذ يا نبيل. خذها كلّها إذا شئت (لكن نبيل ظلّ على صمته، وإبائه). أقول لك خذها. (متوعّداً). إن لم تأخذها سأحرقها!؟

قلت لك سأحرقها، دون أسف إن لم تأخذها (يعانق نبيل، ويضع كلّ الأوراق في جيب نبيل، ودمعة حارقة تسيل على خدّه).

- (يسحب نبيل الأوراق من جيبه، ويأخذ منها ما طلبه، ويعيد الباقي إلى جيب صديقه، بذات الموقف الذي بادر به محمد): سأردّها لك في الوقت المناسب كما وعدتك.

- (مبتسماً).. إنّها لك. سأعود إلى مهنة أبي وجدّي. إلى الفلاحة، والزراعة، ولو بلغت بي الحاجة للشحاذة في هذه الظروف الصعبة.

***

26

‍

لا يمكن للزمن أن يُخفي شيئاً، لطالما هناك من يشعل شمعة في العتمة، حتى لا يأخذه الطريق إلى ما لا يريد، أو يحمل مصباح ديوجين، في عزّ النهار، ويبحث عما هو مفقود، ولتكن الحقيقة مثلاً. أو يضيء الجانب المعتم من القلب، ليفتّش بكل حنينه عن صورة حبيب ضاعت ذات يوم.

من يعرف الأماكن أكثر؟ هم أهلها ولا شكّ. أمّا من يعرف تفاصيل أيّ جسد أكثر؛ الأمّ، أم الحبيب؟ منّا من يرجّح الأمّ، ومنّا من يرجّح الحبيب. الاثنان يعنيان بالتفاصيل.

تسير سافو في طريق شائك. هكذا كان قرارها، وقد اختارت بنفسها هذا المسار الذي كان لها رحلة ممتعة حسب تصوّرها.

تجلس أمّ سافو على عتبة الباب بانتظار وحيدتها سافو من رحلتها الخطرة إلى الأردن، وسوريا الأمّ، إلى تاريخها، كما تعتبره هذه الصبيّة المتفجّرة حماسة لتلمس، وترى، وتحسّ؛ باختصار إنها تريد لحواسّها الخمس أن تشاركها لعبة المعرفة، أو هاجس المعرفة كما تريد لهذه المشاركة أن تُعرّف.

سافو لا تبالي بما ستواجه، فيما سعت إليه. ثمة أمر لم يكن في حسبانها هو البحث عن طعّان في عتمة القلب، وهو الذي يكاد أن

يكون دون تاريخ بالنسبة إليها، لأنّها لا تعرف كلّ التفاصيل عنه، مع أنّها في أعماق ذاتها، تشكّ كلّ الشكّ بأنّه ليس ذاك الكريستال النقيّ، أو الماس النقيّ، أو الذهب الخالص لتعلق به، وهو القرصان الذي لا يحرّم شيئاً تطوله يده!

حتى يوم الهدنة التي قصرت إلى أدنى حدّ في تاريخ الحروب، كانت هدنة حلب. والموقف الدولي من إلقاء القذائف من قبل المجموعات المسلّحة على هذه المدينة التاريخيّة، والسرّ هو فوق. عند السياسة. ثمة مسألة أخرى في دهاليز السياسة، هي المسألة اليهوديّة، التي تشكّل بقعة زيت كبيرة في بحرها.

والمسألة الشائكة أكثر، تباهي أشخاص من الصفوف الأولى في دولهم، باستخدامهم لإذكاء النار كلّما مالت إلى الانطفاء.

أمّا من خرج من خلف الكواليس وصعد الخشبة، هو البطل الأصلي في المسرحية: الدين، والمذاهب الدينيّة، والإثنيات، والشياطين.

كان طريق عودة سافو من جرش إلى دمشق لتلتحق ببعض زملاء رحلتها الذين كانوا بانتظارها. ونجاتها من الخطر أشبه بأعجوبة، ليتعكّر صفوها، جرّاء القنابل التي كان تطلق من بساتين الغوطة الشرقيّة على أحياء المدينة. لم تتوقّف عن السير، ذلك لأنّها رأت الناس لم يتوقّفوا عن ممارسة حياتهم الطبيعيّة. لكن للحقّ، توقّفت قليلاً لتعجب بالناس الذين بدوا لها، وكأنّ شيئاً لم يكن. كانت إحدى القنابل التي سقطت، وهي تقطع طريق المطار، لا تبعد عنها أكثر من مائتي متر، ومع هذا التقت بزملائها، وتابعوا إلى بيروت لتقلّهم الطائرة من هناك إلى أثينا. كان السفر بالطائرات إلى اليونان وغيرها، أحد بنود العقوبات على دمشق.

تتذكّر سافو، وهي في طريق العودة، ما سمعته من طعّان خلال حواراتهما المقتضبة، والتي على قلّتها كان لها الأثر الموازي لإعجابها به بشكل عام، جعلت منه الحميم الذي لا يفارق مخيّلتها، وما سمعته من أمّها سيليفا أيضاً، عن هذا الشيطان الذي احتلّ تلك المخيّلة، واستأثر بها.

الكلام الذي قالته الأمّ كان دليلاً لها قبل أن تنطلق من دمشق إلى مملكة سيع الأثرية في جنوبي سوريّة، برفقة مغامرين مثلها. انفردت عن زملائها في دمشق، وزارت المرأة التي رعت طعّان في طفولته، وقبل زواج أمّه، وانقطاع أخبارها. تحدّثت المرأة لسافو عن الكثير من التفاصيل في حياة أمّ طعّان، وعن لقاءاتها مع غرباء أحياناً. وتزويدها بأوراق وصور كأمانة يجب أن تصل إلى ابنها مع الزمن، لأنّها لن تراه أبداً.

رأت المرأة بسافو التي تعرف طعّان الخشبة التي يتعلّق بها الغريق، لشدّة ما أوصتها المرأة بضرورة تسليمه إيّاها، حتى ولو كان مثل هذا الشيء متأخّراً.

كان ذلك أكثر أهميّة لسافو من المرأة التي تنتظر من يسلّم هذه الأمانة لطعّان، فسافو تريد التعرّف أكثر على هذا الشابّ الذي أُعجبت به، وقرّرت إعادته إلى طبيعة إنسانيّة، تحبّ الحياة، ومباهجها، ليكون ربّان رحلتها في حياة ملؤها الحبّ، والاستقرار، والزواج، والإنجاب، لا يخيّم عليها سوى حبّ رجل ليس كأيّ الرجال، فيما لو استطاعت أن تثنيه عن مجمل الصفات التي اتّسمت بها شخصيّته، من عنف، وشراسة، وأنانيّة، وشهوة افتراس للمال، والنساء.

ممّا قالته المرأة لسافو أنّ أمّ طعّان كانت تستقبل في غرفتها رجلاً عجوزاً أشيب في السبعينيّات من العمر، ترافقه صبيّة في الثلاثين، لا

يبدو عليها أنّها ابنته، أو حتى قريبته. كانت حين تدخل لتقدّم لهم الضيافة من قهوة، أو عصير ليمون، أو فواكه، يلوذان بصمت مريب، ولم تكن تأخذ ذلك على أيّ محمل سيّئ، أو شكوك.

ظلّت هذه البنت تتحايل على سافو حتّى نشلت منها اللفافة التي حصلت عليها، وفشلت.

كانت سافو قد وصلت منزلها في أثينا قبل الظهيرة، وكان لها مع سيليفا أمّها، ذلك اللقاء العاطفيّ الحميم. تستريح سافو حتى المساء، وهي متلهّفة لرؤية ما تتضمّنه اللفافة، لعلّها تجد فيها أيّ بصيص أمل في إعادة حبيبها طعّان إلى الخانة التي تريدها له.

لتُفاجأ بأنّها ليست أكثر من أوراق مصفرّة، ومهترئة، عفا عليها الزمن. وكأنّها كانت في كهف مهجور، ومضت عليها مئات السنين. وليس فيها أيّ كلام تستطيع قراءته.

كانت الأوراق ليست سليمة كلّها، عدا عن أنّها أوراق صفراء تقادم عليها الزمن.

فردت سافو الأوراق والصور بتأنّ، وهي تدقّق النظر فيما تتضمّنه من كلام، أو رسوم، وخطوط، كأنّها خربشات طفل صغير. راحت تمعن النظر، وتفكّر في أنها لو لم تكن لها أهميّة لما احتفظت بها أمّ سافو، وأصرّت أن تصل إلى ابنها.

رأت أن فيها كتابات غامّة، وغير واضحة أبداً، وخطوط تفضي إلى دوائر، أو مربّعات، أو مستطيلات، ومثلّثات، وكأنّما كُتبت، ورسمت بيد ترتجف، أو بيد طفل يتعلّم الكتابة. ومتعفّنة بسبب رطوبة

نالت منها، وبعضها مبقّع كأنّما سالت عليه مياه موحلة، وجفّفته شمس حادّة.

عند هذه المحطّة من التاريخ، توقّفت سافو، وعادت إلى أوراقها، ونحّت جانباً الصور لأنها لم تجد فيها ذلك الماضي الغنيّ الذي يمدّها بما تريد. الصور حديثة العهد، وكلّها لأمّ طعّان، في فترة صباها، وبعد زواجها، ولم تكن بينها أيّة صورة لطعّان بعد ولادته. رأت بين الأوراق ورقة ملصقاً عليها من الخلف ورقة، حاولت أن تعزلها بترطيبها بالماء، فذاب حبر بعض الحروف، ولم تستطع أن تتبيّن منها شيئاً.

تدخل أمّها. تجدها مشغولة تفكّر. رغم ذلك تسألها:

- أخيراً. ماذا سنفعل بشأن طعّان برأيك يا ابنتي. هل فكّرتِ بذلك؟

- لا يحتاج إلى تفكير. يجب أن نردّ له كلّ ماله؛ وأكثر من ذلك، يجب أن نقطع علاقتنا معه نهائيّاً، لأنّنا لا نعلم إلى أين ستقودنا معرفتنا به. مثل هذا الشخص لا يؤتمن له؛ فهو يزداد شراسة يوماً بعد يوم.

- إذاً. علينا أن نتّصل به، من أجل هذا الغرض!؟

- نقول له أن يرسل أحداً ما، ليستلم ما استودعنا إيّاه. هذا الشخص أكرهه، وأكره رؤيته.

- ربّما يأتي هو، ويسأل عن سبب إلحاحنا على إعادة نقوده إليه. ماذا سنجيبه؟

- فليكن. وليأتِ هو، أو سواه. أنا سأتكفّل بالأمر. اطمئنّي.

***

28

يصل نبيل إلى الحدود مع تركيا، بعد تعرّضه للكثير من المضايقات، من قبل العصابات المتواجدة في كلّ مكان من مناطق الشمال. ولكنّ الضوء الأخضر له لا يزال يفتح له الطرقات جميعها، بل ويفتح له الحجب. على الرغم من أنّه كان يضمر الخوف من إطلاق حرس الحدود التركيّ العشوائيّ على المهجّرين.

كان قراره الأخير أن يسافر مباشرة، ويلتقي بصديقه طعّان، ويحاول إقناعه بالعدول عن العمل في البحر، والعودة إلى البلاد، بعد أن رأى ما رأى من ويلات على يد الأغراب، والمضلّلين من أبناء البلد التي وُلد فيها، واحتضنته، ورعته، وعلّمته، وفيه خفق قلبه للحبّ. فيها قبور أهله، وأقاربه، وأسلافه الأقدمين. فيها كان يفكّر، ويحلم، ويتأمّل. فيها له أصدقاء لا يمكن نسيانهم. فيها أدّى خدمته الإلزاميّة. فيها تربّى على أن يكون مواطناً حرّاً، ونزيهاً. أن يكون في منتهى الصحو ليرى من يسيء. فيها تعلّم ألاّ تكون هناك مراقبة، إلاّ رقابة الضمير.

يريد أن يذكّر طعّان بكل هذه الأمور، كي يرقّق قلبه، ويحنّنه إلى كلّ ما جال في فكره، لعلّه يتوب عمّا يقوم به من أفعال غير إنسانيّة. يعمد إلى ترتيب أفكاره التي سيواجه بها صديقه، وتوقّعاته ماذا ستكون ردود أفعاله عليه، وقد أصبحت شغله الشاغل، على مدار الوقت.

يرى أنّه بإقناعه، قد فعل شيئاً ما حسناً، تجاه صديق له، تشكّلت بينهما صداقة غير عاديّة. صداقة لا تسير على سكّة صحيحة، قوامها أفعال لا تمتّ إلى جانب الخير في الإنسان، أفعال تزيد من مآسي البشر، بدل أن تساعدهم على العيش بأمان. يغادر تركيا دون أن يلتقي بأحد فيها، ويصل أثينا. لم يتردّد في زيارة سيليفا (أمّ سافو) وابنتها، دون سابق اتّصال. يجد في المنزل سافو وحدها. أمّها كانت في زيارة إحدى صديقاتها. تقدّم سافو له واجب الضيافة.

ترى سافو ألاّ تناقشه بشأن إعادة نقود طعّان، وتتردّد في اللحظة الأخيرة، حين اشتبكت في داخلها أسئلة لم تكن في البال، حين اتّخذت وأمّها قرار الإعادة: وما يدرينا أنّه سيصل إلى صاحبه كاملاً؟ أو غير كامل؟ ما الذي قد يحدث فيما لو حدث مثل هذا الشيء؟ كيف، وكيف. تمنّت في هذه اللحظات الصعبة أن تأتي أمّها من زيارتها، لعلّ حلاً آخر يكون في ذهنها، لتتخلّص من كابوس هذه الوديعة، ومن صاحبها، الذي كان أملاً شكّله سراب الأمنيات، والأحلام، والوهم، وضيّعه زمن تتآكل فيه القيم، أو تتلاشى، لصالح قيم هشّة تقود البشريّة إلى ما لا يمكن حسبانه. كأنّما الأسئلة التي تنتجها الحياة، وحقائقها، هي التي ستظلّ الإجابة عليها تتكرّر إلى آخر الأزمنة: هل تفرغ الكأس التي نشربها؟ أليس هواء ما، سيملأ هذه الكأس؟ كيف ينزاح الهواء بفعل ملء الكأس بسائل ما؟ هكذا القيم؛ كأسٌ، وسائلٌ، وهواء. ليست كلّها من بئر واحدة.

هل سينجح نبيل في مسعاه؟ هل سيصل بصديقه إلى برّ الأمان؟!

لا يمكن لنبيل الصديق الوفيّ لطعّان أن يسأل أكثر من ذلك. لكن للزمن أسئلته أيضاً. للحاضر في الزمن، أكثر الأسئلة قسوة، والإجابة عليها صعبة، وقد تكون قاتلة.

سافو تنظر إلى نبيل، كما لو أنّها تراه للمرّة الأولى. تفكّر فيه كما لو أنه خشبة خلاص لقلبها المتعثّر في خياراته، في تحديد من ستهبه روحها. من سيملأ حياتها بالبهجة. من ستلقي بنفسها معه في بحر الحياة الصاخب، بعد أن لمست فيه الرجولة، والكبرياء، وعزّة النفس، والوفاء لصديقٍ لا يستحق التضحية. تتساءل في سرّها: هل تبوح له بما توصّلت إليه من نتائج حول هذا الصديق. تقول بصوتٍ داخليّ مدوٍّ: لا، ثم لا. فليكتشف، ما أنا اكتشفته. هو أحرى بتلمّس الحقيقة، والوقوف عليها، ليتصرّف على النحو الذي يرضيه.

نبيل هو الآخر يرى بسافو الكائن النقيّ السريرة. الكائن الذي لا يستحقه شخص يعادي الهواء الطلق، ويدمّر ما حوله من أجل المال. يقصد في داخله صديقه طعّان، الذي يمكن أن يرفع راية السلام في ساحة الحرب المشتعلة في جوّاه. ويتوقّف عن استعداء الخير، والجمال، في صحوة مفاجئة. يرشف من فنجان القهوة على مهل، لتطول فترة تواجده مع هذه الإنسانة، التي ترتفع بها السمة الملائكيّة، إلى أعالي الشغف. يستأذنها المغادرة، فترجوه أن يبقى حتى تعود أمّها من زيارة صديقتها. تسأله عمّا شاهده في سوريّا خلال زيارته الأخيرة لها. يقول لها باقتضاب: الحرب فيها تأكل الأخضر واليابس. يروي لها عن بعض ما شاهده، وما سمعه، ويقول لها: أمور كثيرة آلمتني. ما بالك بمن يقطع رأس إنسان، أو يأكل كبد إنسان، أو يغتصب طفلة بعمر لا يتجاوز الأربع سنوات؟ أو يلقي بإنسان من علوّ؟ ما بالك بمن يحرق حقل قمح على أبواب الحصاد؟ ثمّة أحداث لا يصدّقها عقل إنسان، منها ما رأيته بعيني، ومنها ما سمعت كيف حدث.

- (تقاطعه) لكنّي لا أصدّق، أنّ سوريّاً يفعل ذلك ضدّ سوريّ، أو ضدّ بلده؟

- الجاهل يفعل أكثر من ذلك بكثير. الجاهل عدوّ نفسه دون أن يدري. أنا لم أقل لكِ إنّ من يفعل ذلك سوريّ. أعتقد أنّك اطّلعتِ على بعض مجريات الأزمة السوريّة. أقول لك أزمة، ولا أقول حرباً، مع أنّها حرب على سوريّا، من الضفّة الأخرى التي لا تريد لسوريا أن تكون علمانيّة، ولا تريد لها أن تكون حرّة بقرارها، وسيّدة نفسها. هذا ما أراه على الأقلّ، مع أنّي لم أتبحّر كثيراً في السياسة. لكن حتى الغبيّ يفهم ما يجري. كانت للدين أيضاً حالته السلبيّة. مع أنّ الدين يحضّ على المحبّة، هناك من حوّله للكراهية. وسوى الدين أمور كثيرة. النفط. الغاز. ضوء الشمس. وتأتي إسرائيل كحارس لمصالح الغرب بالدرجة الأولى، فالغرب يريد لهذا الكيان أن يستمرّ كخندق أوّل في المنطقة ليحمي مصالحه، ولو أُبيد كلّ من على هذه الأرض؛ مع أنّني أرى أنّ هناك من العرب أنفسهم، من هو أجدر بحماية هذه المصالح، وأكثر تحمّساً لذلك. وبصراحة، وجدوا بجارة سوريّا في الشمال أكبر حليف لتنفيذ هذا الغرض. أنا حين أفكّر فيما يجري، أشعر بأنّ رأسي يكاد ينفجر. السياسة لها أهلها!

- لا شكّ أنّ المصالح تغلب على العقل في مواجهات البشر؛ لكنّني أرى أنّ الصراع في العالم، صراع وجوديّ، وثقافيّ. تنتصر فيه الفلسفة على الفقه بكلّ الأحوال، الفلسفة تستند على الفعل، والفقه يتكّل على الغيب. العرب حملوا الفقه إلى الأندلس وفشلوا، والغرب حمل الفقه إلى بلادكم في حروبه الصليبيّة وفشل. الفقه لم يكن دائماً على حقّ.

- أرى أنّ حوارنا ذهب إلى أبعد ما نرمي إليه. قلتِ لي أنّك كنتِ في زيارة للبتراء، وجرش، في شرقي الأردن، وسيع في الجنوب السوريّ. ما الذي توقّفتِ عنده من خلال هذه الزيارة؟

- الأمر الهامّ الذي توقّفت عنده، هو عودتنا إلى ما كنّا بدأنا

الحديث به. أتساءل ألا يحقّ للغرب أن يسمّي حروبه ضدّكم واحتلاله لأراضيكم، وإخضاع شعوبكم لإرادته فتوحات؟

- ماذا تقصدين؟

- أقصد لماذا تطلقون على ذهابكم إلى مشارق الأرض ومغاربها فتوحات؟ لماذا لا نبرّر للغرب مثل هذا الفعل وأنّ ردّ الفعل قد يتكرّر؟! ولا تعتقد أنّ ما أستنتجه يوافق رأيي!

- ولا يوافق رأيي أيضاً!

- سأسألك. ما رأيك بصديقك طعّان؟

- (بعد تفكير عميق) ربّما كان سؤالك يحرجني، فلن أجيب عليه إلاّ بكلام قليل. طعّان شخص مختلف. شرس. بريّ. أحياناً أعتقد أنّه لا يُروّض!

- وأنا أرى ذلك! لكن هل حاولت أن تروّضه؟

- لم أحاول من قبل؛ إنّما سأحاول عند لقائي به هذه المرّة.

- (تضحك).

- أتضحكين؟!

- نعم. هل تستطيع أن تدقّ الماء؟ بالطبع، لا. وأسألك: ما الذي يعطي الشجرة قوّة النمو، والارتفاع إلى أعلى، الجذور أم الأغصان والفروع؟ بالطبع الجذور! لا شكّ أنّه من جذر عنيف.

- أرى أنّ السيدة والدتك قد تأخّرت، ولا يسعني إلاّ أن أقول لك وداعاً

- (بعد تردّد) حاول أن تزورنا مستقبلاً. ستجد من يرحّب بك، ويستقبلك بصدر رحب!

***

28

〜❧〜

كانت راوية إلى جانب طعّان في قاربه المغادر من تركيا إلى جزيرة ليسموس اليونانيّة، بحمولة من بشر كما عادته في معظم المهمّات. راوية تحدّثه عن أشياء لا اهتمام له بها، وفجأة تتقيّأ دون إرادتها. تسارع لتطرح تقيّؤها في البحر. يلتفت نحوها دون أدنى اهتمام. تمسح وجهها بشال كانت تلفّه حول عنقها. بعد أن انتهت ممّا كان يعتلج بها من قيء، تلتفت نحو طعّان وتبتسم. ينتبه إلى ابتسامتها. فيتجهّم.

- (تمتعض). تعبس بوجهي، وكأنّ الأمر لا يعنيك؟!

- (يظلّ على عبوسه لفترة متجاهلاً ما أدركه من خطابها له) ماذا تقصدين؟

- تعرف ماذا أقصد؟

- (يصرّ على تجاهله). صدّقي لا أعرف ما تقصدين!

- أنا حامل يا طعّان!

- كلّ امرأة مقدّر لها أن تحمل، وتلد أيضاً!

- أهذه إجابتك لي؟!

- وماذا تريدين أن أجيب. أنت لست استثناء في النساء. كلّكنّ تحملن، وتلدن!

يعاود راوية التقيّؤ، وتنهمك أكثر من المرّة الأولى، بل وترتبك، فتطرح القيء وعيناها تحدّقان به بعتاب مرّ، فيطرش القيء على وجهه، وصدره العاري. ينتفض غاضباً، ويعفر بها بكلام بذيء، ينال من شرفها، ويسبّ أهلها، والقدر الذي جمعه بها.

- (تصرخ به غاضبة، وتشتمه). تفعل فعلتك يا نذل، وتسبّني، وتشتم أهلي. أنت كلب حقير. مجرم. مجرم!

- (ينقضّ عليها، ويرفعها إلى الأعلى، ويقذفها إلى البحر بكلّ قسوة، وهو يهمهم، ويشتم). البحر أولى بكِ وبقذارتك. (فيما كانت إحدى النسوة تصرخ به ألاّ يفعل ذلك. يخاطبها بلؤم وشراسة). أُلحقك بها إذا لم تبتعدي عنّي، وتسكتي.

راوية لا تجيد السباحة، راحت تتخبّط، وكان الموج أقوى من محاولاتها اليائسة لتنقذ نفسها. شيئاً، فشيئاً، كانت آخر نقطة سوداء -ربما كان طرف ثوبها- تغرق، وكأنّ شيئاً لم يكن. كان البحر أولى بها كما الكثيرين ممّن ألقت بهم المأساة طعاماً لكائنات البحر. وكان البحر سريرهم الأخير.

***

30

بعد عودة أمّ سافو من زيارتها، تستقبلها سافو بوجه بشوش. تخبرها قبل أن تسألها شيئاً أنّها استقبلت (نبيل) صديق طعّان، وغادر بعد زيارته القصيرة. وأنّ حديثاً طويلاً قد دار بينهما حول طعّان.

أبدت لأمّها إعجابها بالشابّ نبيل. ممّا قالته لها حوله، ثمّة أمور كثيرة يتميّز بها. فهمه للحياة، وللأمور العامة، ووعيه حول ما يجري في بلاده. تسألها الأمّ عمّا إذا كانت قد تحدّثت معه حول وديعة طعّان، فتنفي. قالت لها:

- ليتك طلبت منه أن يأتي صديقه، أو يرسل أحداً بشكل رسمي، ويستلم وديعته!؟

- لم يخطر في بالي أن أطلب منه ذلك.

- ما الذي يمكن أن نفعله الآن؟

- أتّصل بطعّان هاتفيّاً، وأكلّمه بلهجة حاسمة. أقول له قبل أن يفتح أيّ موضوع آخر حسب عادته، تعال خذ ما ودعته لدينا، أو إذا أردت أن ترسل أحداً بهذا الشأن، أن يكون ذلك بطلب رسميّ.

- أنتِ تصعّبين عليه ذلك! فليرسل أيّاً كان، ولو كان الشيطان.

- لا. على الأقل يجب أن يكون حاملاً رسالة، لتكون لدينا كوثيقة نعتمدها، في حال حصل أيّ التباس. والأفضل أن يرسل صديقه (نبيل)

- (تبتسم) ربّما يكون هذا الشابّ أفضل من غيره.

- هو أفضل بالتأكيد؛ لكن لماذا تبسّمتِ؟

- أمثل هذا السؤال يُسأل يا ابنتي؟!

- ماذا تقصدين؟

- أقصد أنّ الأحوال في بلده عادت إلى طبيعتها، وعمّ فيها السلام، يمكنك أن تقومي بزيارتها برفقته، وأنتِ أهدأ بالاً، وأكثر اطمئناناً على سلامتك.

- قولي: وسلامته أيضاً يا أمّي، ولا تخجلي!

مساءً، تتّصل سافو بطعّان، وتطلب منه أن يحضر لاستلام نقوده، لأنّ أمّها لا تستطيع الاستمرار بتحمّل مثل تلك المسؤوليّة بعد الآن، فيجيبها أنّه لا يستطيع أن يفعل ذلك في الوقت الحاضر، ولكنّ صديقه (نبيل) قادم إليها، وسيكلّفه بهذا الأمر، لأنّه أهل لثقته. ويستطيع الاعتماد عليه.

***

"الإنسان الحقيقيّ، ليس هو هذا الفرد،

أو ذاك، بل هو الإنسان الكلّي؛

فالأفراد ليسوا سوى صور متغيّرة "

هيجل

31

لم يسبق لغزال أن يصادق وحشاً كاسراً، ومن المحال أن يكون الوحش أليفاً حتى مع أبناء جنسه الضعفاء. هذه هي الحال ما بين نبيل وطعّان. هما لم يكونا كما يتصوّران نفسيهما صديقين، بل كانا كأخوين غير متكافئين أبداً، طبعاً، وسلوكاً، وقيماً. والحال ما بين الإخوة ينطبق عليهما تماماً. هذا ما أثبتته العلاقة بينهما. لا يمكن للفراشة أن تصادق النار. الفراشة لا تحبّ النار. هي تسعى إلى النور المنبعث منها بعقلها البريء. البسيط. القليل. فتحترق!

نبيل وطعّان مختلفان كلّ الاختلاف بطبعيهما. خطّان متوازيان لا يمكن أن يلتقيا، إلاّ ضمن دائرة. والتقيا فعلاً ضمن دائرة الشتات التي تشكّلت من المهجّرين، أو من الفارّين من أتون حرب لا تبقي، ولا تذر. أيضاً من المهاجرين الحالمين بحياة أفضل في بلاد الغرب. حياة جديدة لا تدفعهم إلى الفاقة، والعوز، والخوف من المستقبل. أضف إلى كلّ هؤلاء الذين سرقتهم الآلة الدعائيّة، من أولي الكفاءات، والخبرات، ومن فئة الشباب القويّ الذي تجدّد فيه أوروبا العجوز شبابها، أضف إليهم الأطفال الذين لا حول لهم ولا طول بكلّ ما يجري، فتأخذهم بعض الأسر، وتتبنّاهم.

ضمن هذه الدائرة بدأت لعبتهما مع المصير.

طعّان يريد الثراء الذي لا يدفع عنه شرّ الفاقة فحسب، أو يعوّضه عن أيّام الحرمان التي عاشها، أو يحلّ عقدة النقص التي يعاني منها. يريد الثراء الذي يجعله يدخل سوق المال والمنافسة بجدارة.

نبيل، كان لتورّطه في صداقة طعّان أكبر الأثر في مساره، وهو بأيّ حال يخالف بطبعه طعّان. تورّطه الآخر هو العمل مع عصابات تعيث فساداً في بلده. كان ذلك إكراها بالنسبة إليه. فأيّ عمل يمارسه، يعتبره ليس إدانة له. يعتبر أيّ عمل يقوم به ليس إلاّ من أجل أن يعيش. يريد المال ليسدّ حاجات العيش. ليعيش عزيزاً كريماً. ولا يعتبر الغربة وطناً آخر. أو يمكن أن يستمر إلى ما لا نهاية، في المكان الذي اغترب إليه، أو المكان الافتراضي الذي يحلم أن يسافر إليه، ويقيم فيه

إنّه في هذه الأيّام في أكثر من رهان مع نفسه. الانتصار على نفسه أوّلاً. ثم الاستمرار بالسير في الطريق الجديد الذي سلكه، دون خوف من النتائج. فتغيير طعّان من ذئب إلى حمامة. كلّ هذه الرهانات صعبة؛ فبعضها غير مضمون النتائج. وبعضها ينطوي على مخاطر، أولاها التداعيات التي تحملها في رحمها.

بعد اتّصال نبيل بطعّان بواسطة المحمول، يتّفقان على اللقاء في أحد المراكب الشراعيّة الصغيرة المركونة في زاوية من ميناء، خاصّة بمثل هذه المراكب، والتي تستخدم عادة للنزهات البحريّة القصيرة.

كان طعّان قد فهم من نبيل أنّه التقى بسافو في منزلها. وأنّه عبر الحدود مع تركيا، ولم يتعرّض إلاّ إلى أسئلة بسيطة من رجال الجمارك الأتراك، ولم تكن الأسئلة ذات صبغة تدقيقيّة به؛ فهو يعرف أنّ من

هم على شاكلته من العابرين يمرّون دون أدنى مساءلة.

نبيل يقطع المسافات، كما لو كان تحت تأثير مخدّر. توقّفت ذاكرته عن كرّ شريطها إلى الخلف. تكرّ إلى الأمام منفلتة لم يستطع إيقافها، أو ضبط حركتها، وسيرها. تتوقّف عند نقطة واحدة. هي (طعّان).

يمر الزمن سلحفيّا بطيئاً، حتى لحظة الوصول إلى المكان الذي تواعدا فيه على اللقاء.

يستقبله طعّان ببرود. يسأله بلؤم:

- كيف تزور سافو دون إذن منّي؟

- لم أكن أتوقّع من صديقي أن يسألني مثل هذا السؤال. فأنت بالنسبة إليّ...

- (يقاطعه بجلف، وهو ينظر إليه باستخفاف) ومن قال لك بأنّك صديقي. ها؟! سافو خطّ خطر، ليس مسموحاً لأحد أن يقترب منه! ثم أنت لم تكن مرّة على مستوى المسؤوليّة.

- (لم يعد نبيل يركّز في أيّ شيء يقوله طعّان. كانت الصدمة أكبر من قدرته على تحمّلها. لقد وضعه هذا الصديق الذي يتنصّل من صداقته، أمام مفترق طرق، وما على نبيل إلاّ أن يختار محو هذه الصداقة من دفتر حياته، الذي لم تكن فيه سوى الممحاة سيّدة أكثر المواقف فيه؛ أو الانعطاف الإيجابي، بعدم التخلّي عن صديق، لشبهة، أو لتسرّع، أو تهوّر في اتّخاذ قرار.

يختار نبيل الطريق الثاني الذي ينعطف نحو الحفاظ على الصداقة، والأخوّة، بالحوار، بالمحبّة، بالاهتمام. باحترام الرأي الآخر

بتعبيد طريق مشترك يسير عليه الصديق، وصديقه، إلى هدف واحد يتّفق الاثنان عليه، بالرضى الكامل عنه، وعن كلّ ما فيه من حيثيّات، لأنّ الأشياء الصغيرة مجتمعة، هي ما يصنع الكبير. تماماً كما يتشكّل أعلى الجبال من حبّات تراب، ومن حبّات رمال، ومن صخور صغيرة وكبيرة، ولا يخلو الأمر من أن تنبت فيه أعشاب صغيرة، وتتشكّل على حجارته الطحالب. كلّ ذلك. لا بدّ من أنّ المكان تعرّض ذات زمن إلى زلزال، أو بركان، وشكّل هذه الكتلة التي نسمّيها جبلاً).

- (يقول لطعّان بهدوء، وبعد أن فكّر في ردّ الفعل الذي قد يبدر منه). كنت أتوقّع أن تقول لي الحمد لله على سلامتك، لأنّ ما حدث معي، وما رأيته، وما سمعته، لا يمكن أن يحدث إلاّ في الأساطير، أو في بدع الخيال. (يسكت، وينتظر من طعّان أيّة إجابة ليبني عليها الكلام الذي عليه أن يتابعه، فلم يحرّك طعّان ساكناً. كان يحدّق إلى الأسفل بشرود، واستمر على وضعه هذا): هل تريد أن تسمع منّي شيئاً عمّا رأيت، أو سمعت؟!

- (يرفع طعّان رأسه، وينظر نحو نبيل نظرة طويلة، قرأها نبيل على أنّها نظرات ندم. وهي لم تكن كذلك في حقيقة الأمر، بل لمعرفة ما الذي يسعى إليه نبيل، وإلى أين يريد أن يصل).

-هات ما عندك؛ لكن باختصار!؟

- (ينتبه نبيل إلى أنّه ينظر إليه بلامبالاة؛ تنطوي على نظرة سخرية مبطّنة، ومع هذا يتابع). لم أكن أتصوّر أن تُجبر امرأة على أن تُطعم لحم ولدها. سمعت ذلك ممّن شاهدوا ما جرى. أتريد أن أروي لك كيف جرى ذلك؟

- (مستغرباً) أمعقول هذا؟!

- (استغراب طعّان شجّعه على أن يأتي بشاهد آخر). تُغتصب فتاة لا يزيد عمرها عن ثماني سنوات، أمام ذويها: الأمّ. الأبّ، وإخوتها الأطفال الأصغر سنّاً!

- أنت تكذب، إنّ مثل هذا لا يحدث حتّى، ولا في الأفلام!

- أقول هذا، وأنا كلّي يقين ممّا أقول!

- هذا لا يُصدّق. لا يمكن أن أصدّقه.

- أنت حرّ في أن تصدّق، أو، لا! (بعد فترة صمت، وأمور كثيرة توجع، وتضجّ بداخل نبيل، يتابع الكلام ليفرغ شحنات الألم التي أصبحت كالرابوط على كلّ ما فيه من حيويّة، وعلى ما يختزنه من ذكريات مؤلمة) أنا لم أكن أتوقّع ألاّ تصغي إلي. لم أكن أتوقّع.

- (يقاطعه طعّان) لم أكن أتوقّع أن تسافر إلى الديار، لتجلب معك الهمّ، والغمّ. نحن لم نبتعد عنها لنرجع إليها بانكسار. (ينظر طعّان إلى نبيل ليرى ردّ فعله المنعكس على قسمات وجهه. يرى الاستغراب مرتسماً بوضوح. يتابع) ألديك ما تقوله بعد الذي أتحفتني به؟!

- ما قيمة ما سأقوله لك، إذا كان ما قلته كالماء على البلاط، أو كصيحة في واد؟

(لحظات من صمت تسود بينهما، ثم يتابع نبيل بانكسار) أنا لم أقل لك كيف كان يحرقون الأشجار، والزرع لأهلنا. لم أقل لك كيف يعاني الناس في تأمين مقوّمات العيش. (يسكت قليلاً، ويتابع بشجن) لو كنت ترى ما تخلّفه مدافع جهنّم التي تطلق على الناس

الأبرياء لاحترق قلبك. لو سمعت ما حدث لأهل عين العرب، لنسائهم، ونساء غيرهم، كيف يُباعون بأسواق الرقيق. لو تعرف ما يحدث للفتيات الأجنبيّات المتورّطات بالجهاد. لو تعرف ماذا يحدث لأهل كفريا والفوعة منذ مدّة طويلة (يسكت قليلاً) لو أنّك فكّرت ما يعنيه حصار قرية. لو تعرف كيف يختنق الناس بالكلور، والزرنيخ، والسارين. آه من تركيا التي أمنّا لها، كيف يعبر منها إلى سوريا كلّ أنواع البلاء. الآثار السوريّة صار لها سوق في تركيا، وأنت لا تدري. كلّ ما تعرفه، أنّك تحمل بعض القطع. وهذا كلّ ما في الأمر. سُرقت تدمر. سُرقت أجمل الآثار. (تسيل دموع من عينيه لم يشعر بها حتى أحسّ بطعمها المالح في فمه الجافّ) كان أهلنا يموتون من البرد، والبترول يُسرق. آخ يا حلب. معامل حلب كلّها طارت مع بنات نعش. إلى أين لا تسأل يا طعّان.

شامة الدنيا يا طعّان لم يسلم أهلها من قنابلهم، وصواريخهم.

‪-‬ (يتململ طعّان، ويبدو في منتهى الضيق من كلام نبيل. يبدو أنّ طائر الشرّ تمكّن منه، ليذهب إلى أبعد من ذلك. يتلمّس قبضة المسدّس المشدود إلى حزام بنطاله. يخاطبه بامتعاض). ألن تنتهي من محاضرتك؟

‪-‬ وهل ضايقتك بأنّي أقول لك ما تعانيه البلاد من هذه الحرب عليها؟

‪-‬ يبدو أنّك لا تحبّ أن تعيش!

‪-‬ (يرفع نبيل رأسه. ينتبه إلى يد طعّان على قبضة المسدّس، ثم يحوّل نظره إلى عينيه، فيراهما تقدحان بالشرر). أرى الشرّ في

عينيك يا صديقي. هل أسأت إليك بشيء؟ أنا قلت عمّا آلمني، وعمّا جعلني أصحو لأنقذك ممّا أنت فيه. المال ليس كلّ شيء. المال ليس هو الحياة.

- المال هو كلّ شيء. هذا ما عليك أن تعيه.

- (يبتسم نبيل بسخرية). المال هو السبب في كلّ ما يحدث. هل تعرف كيف؟ اعرف من نفسك. لهاثك خلف المال، جعل منك شخصاً عنيفاً.

- (يقاطعه بجلف). احترم نفسك، وأنت تتحدّث معي. عليك أن تعرف حجمك.

- (مستغرباً) حجمي!؟

- نعم حجمك! أنت لست أكثر من صرصور.

- أنا لا أسمح لأحد أن يهينني يا طعّان!

- أنت!؟ أنا أراك أصغر من حشرة!

- ألهذا الحدّ وصلت بك الأمور للتمادي. أنا كلّ ما أسعى إليه، أن أعيدك إلى إنسان أعتزّ بأخوّته، وصداقته، لا شخص، لا يحلّل، ولا يحرّم!

- أنت لا تستحق أن تعيش!

- (يهزّ نبيل الحبل المشدود إلى الشراع حزيناً). يبدو أنّ كلامي لك غير مجدٍ!

- كلّك غير مجدٍ!

طعّان. أنا أريد لك الخـ..

- (كانت طلقة من مسدّس طعّان قد اختطفت بقيّة الكلام الذي يغلي في صدر نبيل. نبيل يترنّح. يتشبّث بالحبل. يلفظ أنفاسه الأخيرة، ولم يسقط).

متْ بهدوء، مثلما كنت تحلم أن تعيش بهدوء. أنا لا أحبّ أن أعيش كما تحبّ أنت، أو سواك. يدير طعّان ظهره، ويقفز من القارب إلى ناصية الميناء، من دون أن يلتفت إلى الخلف!

*

النهاية

KHAYAT